강화도

심행일기

나남
nanam

나남 창작선 140

강화도
심행일기

2017년 4월   5일 초판 발행
2017년 10월 20일 초판 5쇄
2023년 12월   1일 재판 1쇄

지은이   宋虎根
발행자   趙相浩
발행처   (주) 나남
주소   10881 경기도 파주시 회동길 193
전화   (031) 955-4601 (代)
FAX   (031) 955-4555
등록   제 1-71호 (1979.5.12)
홈페이지   http://www.nanam.net
전자우편   post@nanam.net

ISBN 978-89-300-0640-8
ISBN 978-89-300-0572-2 (세트)

신헌이 쓴 《심행일기沁行日記》는 19세기의 《난중일기亂中日記》다. 이순신 장군은 명량과 노량에서 수없이 몰려드는 왜선과 대적했다. 거북선과 판옥선, 조총과 총통이 전부였다. 해류의 본능과 군졸의 공포를 읽지 못했다면 조선은 그곳에서 익사했을 것이다. 조정의 헷갈리는 기류氣流에 휩쓸리지 않은 무장의 굳건한 심지가 조선인을 지금 여기의 한국인으로 살게 만든 역사의 방벽이다.

방벽을 무너뜨리려 1876년 정월, 일본 함대가 왔다. 단출했지만 신식 화기로 무장한 무적함대였다. 전함 9척, 보급선 3척에 1천 병력과 기마병, 대포와 회선포를 실었다. 사령관은 36세 나이의 구로다 기요타카黑田淸隆.

판중추부사 신헌은 강화도로 나아갔다. 빈손이었다. 경병 1천 명과 강화해협 포대가 숨을 죽이고 있었으나 막강함대의 화력에 비하면 빈손과 마찬가지였다.

《심행일기》는 1876년 2월 1일(양력)부터 2월 28일까지 한 달 동안 강화도 수호조규 체결과정을 소상히 적은 기록이다. 《난중일기》는 이순신 장군의 담대한 성격처럼 당시 상황과 전투에 대한 상세한 묘사나 심경토로가 거의 없다. '나는 배설의 목을 벴다' 이런 식이다. 신헌 역시 무장이다. 전라우수사를 지냈고 수도방위를 담당한 오위청 지휘관을 골고루 역임했다. 그런데 매일 일어난 사건과 의정부 공문, 관문 및 지방관이 올린 장계를 상세히 기록했다. 심지어는 익직溺職을 신청해 물러난 강화유수 조병식의 상소문까지

수록했다.

가끔 '울화가 치밀다', '분노가 끓다', '담화증痰火症(천식)에 가슴이 막힌다' 등과 같은 사적 표현을 고려해도 훌륭한 역사 문건이다. 오히려 사적 표현은 강화도 수호조규에 임하는 외교책임자의 심정을 헤아리게 해주는 풍향계 같아 고맙기도 하다.

왜倭가 왔다. 검은 연기를 뿜으며 밀려오는 왜선은 임진왜란 때의 목선이 아니었다. 화력으로 발진하는 화륜선이었다. 에도江戶 말기의 일본은 근해를 항해하는 화륜선火輪船을 더러 목격해 경계심을 키웠다. 1853년 페리 제독이 이끄는 흑선黑船함대가 우라가 항港에 입항해 대포를 발사하자 전 일본열도가 공포에 떨었다. 조슈번 사무라이 요시다 쇼인吉田松陰이 일본도刀의 강인함을 보여주려 우라가 항에 출정했는데 흑선의 위용을 보고 그 자리에서 무릎을 끓었다. '존왕양이尊王攘夷를 실행하려면 흑선을 배우는 게 먼저'라는 그의 깨달음에서 메이지유신明治維新이 발아發芽했다.

19세기 초반 이후 조선에 흑선은 여러 차례 왔다. 모두 쫓아 보냈다. 프랑스와 미국 함대는 강화도에 상륙해 살상을 저질렀다. 강화도는 수도를 지키는 보루였다. 수도 심心을 지키는 해문海門이란 뜻에서 강화도는 유수留守가 방어하는 심沁이다. 일본으로 치면 강화도는 요코하마 항이다. 강화도는 화륜선이 향하는 목표 지점이자, '은둔의 나라', '신비의 나라'에 근대와 제국주의가 몰려드는 입직구入直口다. 근대와 봉건, 만국공법萬國公法과 화이華夷질서가 맞부딪힌 섬.

유수가 거처하는 또 다른 수도방위대 광주에는 남한산성이 있다. 남한산성은 병자호란의 격전지로서 명청明清교체기, 존화론과 주화론이 맞부딪혔다. 존화론에 집착한 조선은 엄청난 전화戰禍를 감당해야 했다.

정주학에서 발원한 이 명분론은 240년 후 강화도 수호조규에도 버젓했는데, 박규수와 신헌이 조정사대부와 유림의 완고함을 뚫고 주화론을 주입했다. 제국의 도래와 바뀐 시대에 대처해야 함을 깨달았던 선각자先覺者는 드물었다.

강화도 열무당에서 대좌했던 신헌과 구로다 기요타카는 수호조규가 가져올 미래의 사태를 대강은 짐작했겠는데, 제국 일본의 팽창, 조선 강점, 중국 침략 그리고 태평양전쟁까지는 생각이 미치지 못했을 것이다.

20세기 동아시아의 비극이 거기서 발원했고, 위안부 소녀상, 독도, 사드배치와 같은 최근 쟁점의 본적이 거기 숨었다.

구로다와 대적하는 신헌은 서로 밀치는 두 개의 힘 사이에서 비장했는데 사대부와 유림은 천명天命의 정당성을 두고 각축했다.

2017년, 갈피를 못 잡는 정치권과 내부 싸움에 여념이 없는 한국 사회와 어딘가 닮지 않았는가? 그런 의미에서 이 얘기는 '오래된 미래'다. 안타까운 과거에서 발원하는 통한痛恨의 성찰을 진취적 사고로 갈아 끼우지 못한 채 반복의 덫에 빠져드는 누추한 미래, 그것이다.

*

무슨 연유인지 모르겠으나 봄이면 나는 강화도로 가끔 낚시를 다녔다. 그냥 그곳으로 갔다. 한강 변을 따라 펼쳐진 강 하류가 어딘지 쓸쓸했다. 철새가 내려앉는 강물의 흐름은 느렸다. 철조망이 쳐진 하류를 벗어나 김포와 통진의 번잡한 시가지로 들어서면 풍경이 낯설었다. 개발시대를 연상케 하는 번잡한 시가지가 21세기라는 시대적 배경에 좀 생뚱맞았다.

강화읍은 여전히 1970년대식이었다. 재래시장과 노점상이 늘어섰고 지붕이 낮은 식당이 줄을 이었다. 예전에 서울에서 시외버스를 타고 내리면 마주하는 그런 익숙한 풍경이었다. 시내를 조금 벗어나면 서문西門이 나온다. 나는 그곳에서 차를 세우고 점심을 먹었다. 시외버스 주차장, 편의점, 대중화장실이 그곳에 있었다. 봄 햇살이 내리쬐는 넓은 공터를 무심히 바라봤다.

거기서 고개를 넘어 20여 분을 달려가면 낚시터가 나온다. 섬 치고는 그 고개는 가팔랐고, 산도 우악스러웠다. 나는 그 고개를 가능하면 천천히 넘는다. 벚꽃이 절정일 때면 꽃비를 맞을 수 있다. 도로에 분홍색 꽃잎이 비단처럼 깔린다. 벚꽃 터널을 지나 너른 들이 나오고, 논밭에 물을 대주는 저수지가 펼쳐진다. 봄 붕어가 몇 마리 잡혀주면 나의 강화도행은 그저 풍경이다.

그런데 어느 날, 나는 나의 낚시행이 역사기행임을 알았다. 몇 년 전, 《인민의 탄생》(2011)과 《시민의 탄생》(2013)을 쓰면서 신헌과 강화도를 발견한 것이다. 내가 잠시 머물러 점심을 먹던 그 자리가 함대영이 있던 중영中營, 주차장과 대중화장실 자리가 열무당과 연무당 옛터였다. 고풍을 그대로 간직한 서문에는 첨화루瞻華樓(아름답게 번성하는 세상을 우러르는 누각) 편액이 걸렸다. 동문과 남문은 무너져 새로 개축했다. 진해문은 사라졌다.

북쪽 송악산 사면을 따라 성벽이 개축됐다. 동문 근처 강화도령이 살던 집은 '용흥궁'龍興宮이란 근사한 이름이 붙었고 그 옆에 강화도 한옥 성당이 있다. 벚꽃 고개는 고비재, 산은 고려산이고, 그 골짜기에 국화리가 있다. 옛 지명이 국정골이다.

눈으로 어림잡은 강화부성은 상당히 넓었다. 전함을 앞세운 근대가 진격해온 자리에서 신헌과 구로다의 영혼을 불러내는 일은 그리 어렵지 않았다. 19세기 전국에서 처형된 2만여 명 천주교도의 영혼이 함께 화답했다. 대박래선大舶來鮮, 서양 함대와 천주교는 동형이다. 무력과 구원이 함께 왔다.

미국과 중국의 함대가 남중국해에서 맞붙고, 사드배치로 한류韓流가 쫓겨나고, 촛불과 태극기 물결이 광화문에서 대결하던 작년 12월, 오랫동안 방치했던 문학의 세계로 잠시 이주했다. 논문으로는 도저히 화해시킬 수 없는 세상 현실을 언어의 바다에 절이고 싶은 욕망을 따라가고자 했다. 언어의 상상력은 때로 현실을 재구성한다. 40년 전 문학평론을 쓰던 대학시절이 새삼스러웠다.

겨울, 신헌의 일대기를 추적하다가 그의 묘소가 춘천 부근에 있다는 기록을 접했다. 장남 정희가 쓴 행장에 '춘천 유점의 언덕에 모셨다'고 했다. 춘천 유점리. 유점鍮店이라면 놋그릇 파는 가게이고, 유점리는 그런 가게가 모인 동네라는 뜻이다. 아마, 놋그릇을 만들어 북한강 뱃길로 한양에 공급하던 동네였을 거다. 생전에 다산 선생이 사돈을 뵈러 화천 가까운 곳까지 물길로 왕래했던 터라 그런 짐작이 가능했다.

20년 전 춘천시 북한강 주변에 작은 농가를 집필실로 개조해 쓰면서 가끔 들었던 지명이었다. 어느 날 정오를 지나 유점리를 찾아 나섰다. 한나절을 찾아 헤맸으나 유점리를 아는 사람은 드물었다. 강변 어디께 라고 일러준 노인정 어른들도 정확한 위치를 대지 못했다. 결국 사료를 뒤져야 했다. 한림대 박물관을 생각해냈다. 다행히도 답사 기록이 남아 있었다.

해가 뉘엿뉘엿 지던 시각이었다. 산동네를 가로질러 오솔길로 올라서니 언덕배미에 묘역이 나타났다. 놀랍게도 그 묘역은 내가 20년을 다니던 찻길 바로 위 능선에 숨어있었다. 집필실로 가려면 북한강을 따라가다가 절개지를 타야 한다. 그 절벽 길이 시작되는 산 능선에 신헌 묘역이 있었던 거다. 스무 해, 그곳을 드나드는 나를 보고 있었다니!

집필실에서 직선거리로 일곱 마장, 약 3킬로미터 정도, 그러니까

발
진

발진發進

조선해협에 풍랑이 일었다. 태양이 제일 먼저 뜨는 나라 일본에 병자丙子년 정월 해가 제일 먼저 졌다. 품해品海항에 어둠이 내렸지만 겐부마루玄武丸에는 불이 환히 켜져 있었다. 구로다 기요타카黑田淸隆와 일행이 결의에 찬 표정으로 출항을 준비 중이었다. [1]

구로다가 출진 명령을 내리자 겐부마루가 뱃고동을 울렸다. 사령선은 품해항을 출발해 원해로 나아갔다. 전함 쿄류마루蛟龍丸, 하코다테마루函館丸, 보급선 타카오마루高雄丸가 일렬종대로 검은 연기를 뿜으며 발진했다. 칠흑 같은 어둠이었다. 구로다는 주요 항구에 대기 중인 전함에 명령을 하달했다.

닛신日進이 요코하마를 출발했다. 모슌孟春은 나가사키에서 출발 명령을 수신했다. 전함 다섯 척과 보급선 한 척은 조선해협으로 방향을 돌렸다.

"모든 전함에 명령한다. 1차 집결지는 쓰시마 다케시키 만灣이다."

구로다의 발신이 다섯 척의 전함에 닿았다. 조선해협에 들어서자 동이 터왔다. 풍랑은 거칠게 일었지만 전함의 의기양양한 항해를 멈추지는 못했다. 7년을 끌어오던 서계書契문제를 이번에는 무력으로 해결해도 좋다는 일본정부의 훈령이 떨어졌다.

"통상수교를 맺는 일체의 과정에 무력을 사용해도 좋다. 여의치 않으면 한강을 타고 올라가 한양을 포격하라. 이에 관한 모든 전권을 부여한다."

품해항에 대기 중이던 구로다에게 하달된 일본정부의 강력한 결단이었다. 삼십육 세 장년의 나이로 메이지유신明治維新의 공신 반열에 오른 구로다는 각오를 다졌다.

도쿄를 떠나올 때 자신의 든든한 후원자이자 메이지 군부의 실력자 야마가타 아리토모山縣有朋가 한 말이 가슴에 사무쳤다.

"그대는 대일본이 세계로 나아가는 동양의 교두보를 확보해야 하오. 조선 원정이 바로 그것이오!"

야만국 조선이 우리 일본이 나아갈 길을 얼마나 성가시게 막아왔는가, 새로운 질서가 찾아온 줄도 모르고 중국에 빌붙어 종노릇이나 하는 조선을 이번 기회에 혼을 내 일본의 앞잡이로 써먹어야 한다. 구로다의 가슴에는 조선해협에 일렁이는 물결만큼이나 거세고 집요한 욕망이 넘쳤다.

2년 전 정한론征韓論이 한창 고조될 당시 사무라이를 잔뜩 태워 함대를 출동시켰으면 간단히 해결됐을 것을 왜 여태껏 지루하게 끌었는지 우유부단한 메이지 정부 지도부가 원망스러웠다. 지금이라도 명령이 하달됐으니 대일본의 창창한 앞날을 위해 멋지게 해치우는 거다. 메이지 정부가 수여한 직명이 전권변리대신全權辨理大臣

아닌가. 통상조약에 관한 모든 권한을 부여받은 대신, 육군 중장 구로다 기요타카.

전함 다섯 척과 보급선 한 척은 쓰시마에서 합류했다. 구로다는 정부의 명령을 기다렸다. 메이지 정부는 조선과 중국에 각각 사신을 파견하고 일본 함대가 조선으로 향하고 있음을 알렸다. 일단 국제법은 준수해야 뒤탈이 없었다. 우선 부산에 파견되어 있던 일본 외무관리 히로츠 히로노부廣津弘信에게 전신을 쳐서 전권변리대신이 급파되었음을 조선 조정에 알리라고 지시했다. 중국에도 공사를 파견했고 중국 예부에 보내는 요청서를 전달했다.

모리 아리노리森有禮 공사는 구로다와 일정을 맞춰 북경에 도착해 조선과 조약을 체결할 예정이라고 중국 총서에 통보했다. 중국이 속방屬邦으로 간주하는 조선과 독자적 조약을 체결하는 것에 대해 어떻게 나올지를 떠봐야 할 필요가 있었다. 쓰시마 근해에 떠 있는 함대에 정부 발신이 왔다.

"두 조정에 통고를 완료했음. 발진하라!"

구로다는 출진명령을 내렸다.

"목표지는 강화도, 동래를 잠시 들러 왜관에서 정보를 수집하고 곧장 목표지로 항해한다."

조선해협은 물갈퀴를 거두고 잠시 얌전해졌다. 일렬종대로 항해하는 구로다 함대는 거침없이 앞으로 나아갔다. 이번 임무는 막중한 국가 웅비의 출발점이다. 구로다는 젊음의 열기를 이기지 못해 갑판에 나와 있었다.

동승한 모리야마森山茂가 구로다를 부추겼다.

"소신이 7년 동안 못해낸 일을 전권대신께서 일거에 해내는구려. 조선이 얼마나 완강하고 고집이 센지 마음고생이 이만저만이 아니었지요. 이리 해라, 저리 해라, 변덕이 죽 끓듯 하고, 요구대로 갖다 주면 요것 틀렸다 조것 틀렸다 생트집을 잡으니 당해낼 재간이 있어야지요. 일찌감치 함대를 급파했으면 일이 쉽게 풀렸을 텐데 말이지요."

어깨가 으쓱해진 구로다가 맞받았다.

"아직 저 어둠에서 못 깨어난 조선의 뒤통수를 쳐줘야죠. 제까짓 게 아무것도 없으면서 거드름을 피운 게 얼마요? 섬기는 근성이 있는 나라는 힘으로 눌러야 정신을 차린다니까요. 중국을 섬기듯 일본을 섬기게 만들어야죠."

부대신으로 임명된 이노우에 가오루井上馨가 갑판으로 나와 합류했다.

"조선은 명분을 중시해 온 나라요. 굶어 죽어도 명분을 찾는 게 벼슬아치의 근성이지요. 중국과 조공朝貢관계로 연결되었지만 말이 조공이지 사실은 빌붙어 사는 것과 다름없소이다. 타국이 개입하면 중국이 돌봐주니 중국을 지붕 삼아 살아온 거지요. 명분! 이번 협상에도 명분을 찾아야 성공할 수 있어요."

구로다가 물었다.

"그럼 어떤 이치를 동원해야 좋겠소?"

이노우에가 망망대해를 바라보며 말을 이었다.

"저들이 생명을 거는 존화론尊華論을 건드릴 필요는 없어요. 지금 조선에는 위정척사衛正斥邪가 하늘을 찌를 듯한데, 그 뒤에는 대원군이 도사리고 있고, 영남유림이 후원세력이지요. 조정은 그들 손아귀에서 조금 벗어나 숨통을 트고 싶은데 이 명분론에 막혀 옴짝달싹 못하는 중이오. 그러니 우리와의 조약이 교린질서*를 무너뜨리는 것이 아니라 구호舊好를 증진한다, 그런데 조금 더 적극적인 의미에서 그런다는 점을 부각해야 저들이 순순히 말을 듣습니다."

구로다가 고개를 끄덕였다.

"좋은 조언이군요. 역시 외무성에서 내공을 쌓은 분은 아는 게 많소. 막후에서 잘 교섭해 주시오. 나는 조선왕을 상대할 테니 말이오."

메이지 정부의 막중한 임무를 수행하러 가는 세 사람의 마음은 근원을 알 수 없는 결기로 단단히 맺어져 있었다.

"자, 국가대사의 성공적 수행을 위하여 천황께 요배遙拜합시다!"

세 사람은 조선해협의 겨울바람이 부는 차가운 갑판 위에서 도쿄 쪽을 향해 허리를 굽혔다.

아산만 풍도風島가 멀리 수평선 위로 모습을 드러냈다. 구로다는 일단 풍도 앞바다를 정박지로 지정했다. 여섯 척의 함대가 일시에 정지했다. 전함들이 뿜어내는 검은 연기가 섬 쪽으로 날아갔다. 강화해협 부근의 수심과 지형을 살펴야 했다.

날이 밝자 구로다는 명령을 내렸다. 모슌과 쿄류를 보내 남쪽과

---

* 교린(交隣)질서: 중국을 중심으로 변방국가들 간 우의관계를 유지하는 체제.

북쪽 어귀를 측량하라 했고 물때를 잘 살피라 일렀다. 전함이 강어귀를 진입할 수 있는지 점검하라고 지시했다. 모슌과 쿄류가 바로 출발했다. 오후가 되자 근처 섬들에 담수가 있는지를 살피라 명령했다. 닛신은 종선을 거느리고 섬 탐사를 떠났다. 하코다테마루는 남양과 인천 연해를 측량하고 또 다른 정박장소가 있는지를 수색하라고 보냈다. 쓰시마에 정박 중이던 다카오마루가 함대에 합류하기 위해 출항했다는 전신이 들어왔다.

시모노세키에 정박 중인 호쇼 함鳳翔艦이 전신을 타전했다.

중국 예부의 답신을 수신했음. 외무성이 정리한 교섭문서와 자료를 입수했음. 한 시간 후 출항 예정. 내일 오후 8시 함대 합류 예정.

또 하루가 지났다. 아직 전함은 귀환하지 않았다. 구로다가 해도海圖를 펼치고 생각에 잠겼다가 대부도大阜道를 가리켰다. 이 섬이 강화와 남양 사이에 있고 뭍에 바짝 붙었으니 유사시 상륙하기에 좋지 않을까를 장교들에게 물었다. 각자 임무수행을 위해 떠난 전함들에게 일단 대부도로 집결하라 전신을 보냈다. 모슌은 풍도에서 호쇼함을 기다렸다가 대부도로 합류하라고 지시했다.

본함 겐부마루가 천천히 대부도로 접근했다. 갈매기들이 따라붙었다. 그런데 연해는 수심이 너무 얕아 함대 기지로는 적당치 않았다.

다음 날 구로다는 생각 끝에 영종도 아래 내양에 위치한 팔미도를 적시했다. 인천과 가까우니 조선 조정과 통신이 원활할 것을 고려했다. 오후 늦게 강화어귀에서 귀환하는 쿄류마루가 팔미도를

"이 문제로 왈가왈부한 지 어언 7년이나 되었사온데, 옳으니 그르니 안팎에서 말이 많사옵니다. 형조판서 박규수는 결국 받아야 할 것이면 받는 게 도리라 하지만, 격식이 여전히 어긋나 그걸 받으면 후환이 있을까 두렵사옵니다. 신은 어리석어 판별하기가 난망한데 영남유림이 또 일제 궐기를 준비한다는 소문이옵니다."

"그래서 어찌하자는 말이오?"

고종이 역정을 냈다.

좌의정 이최응이 아뢨다.

"지난 번 중국 예부에서 보낸 자문에 의하면, 일본이 수교를 요청한다 해도 조선이 이를 거절하면 전통적 교린에 충실한 것이기에 마땅하다고 했습니다. 중국 예부가 허락하지 않는 일을 어찌 조선이 앞장서겠습니까? 전하께서 이 곤혹한 사정을 중국에 호소해 해결해 주기를 바란다는 국서를 보냄이 어떠하신지요?"

"지난번에도 그리 말하지 않았소?"

고종이 다시 역정을 냈다.

우의정 김병국이 아뢨다.

"일본은 원래 믿을 수 없는 나라입니다. 왜란을 일으킬 때도 우리에게 알려주지 않았을뿐더러 강토를 유린하고도 명나라를 치니 길을 비켜달라는 것일 뿐이라고 해괴망측한 변명까지 늘어놓았습니다. 백번 양보해 구호舊好를 회복시키려 했건만 저리 건방지고 오만불손한 서계를 들이대니 절대 용납할 수 없습니다. 서계는 한 획, 한 글자만 어긋나도 물리치는 것이 예입니다. 거기에 '황'皇과 '칙'勅을 제 마음대로 쓰고 조선을 낮춰 부르니 있을 수 없는 일입니다. 통촉하여 주옵소서!"

"형판은 어떻소?"

고종은 박규수에게 물었다.

"그간 일본이 격식을 어기고 서식을 제 마음대로 고쳐 쓴 것은 맞습니다. '황'자와 '칙'자는 중국만 쓸 수 있는 글자로서 변방에서 쓰는 것은 예법에 어긋납니다. 신의 소견으로는, 자국을 높여 부르든, 조선을 낮춰 오만불손하게 나오든 모두 제 나라 일입니다. 우리와는 아무런 상관이 없습니다. 우리도 그리 쓰면 되는 것입니다. 물론 그런 일은 안 일어날 테고 일어난다면 중국의 사전 양해를 구해야겠지요. 격식, 글자, 인장은 그 나라가 국법을 고쳐 그리 되었다 이해하고, 대마도주對馬島主 직책도 그리 변경된 탓이라 돌리면 일은 수월해집니다. 비선飛船을 타든, 화륜선火輪船을 타든 세월이 바뀌었는데 무슨 상관이겠습니까. 전하의 도량으로 받아들이고 저 나라가 그리 된 사정을 사신들을 파견하여 따지고 교섭하면 두 나라의 구호를 회복할 수 있다고 사료되옵니다. 그리 안 하면 또 군함을 보내고 해안이 시끄러워질 텐데, 그걸 뻔히 보면서 일본을 내칠 필요가 없다는 게 소신의 생각입니다."

고종은 갈피를 잡지 못해 착잡해졌다.

"대체 일본이란 나라는 어떤 나라인고? 결론을 내릴 수가 없구려. 영의정은 주변 정세를 잘 살피어 곧 대책을 내려주시오. 오늘은 이만 끝냅시다."

오늘 회의도 결론 없이 끝났다.

신헌은 운요호 포격사건 후로 거의 매주 열렸던 어전회의를 기억해냈다. 대신들은 찬반으로 갈렸고 결코 양보할 생각이 없었다. 뾰족한 타협책은 없었다. 신헌은 대신들이 뾰족한 대답을 내놓지 않는 이유를 짐작했다. 양주에 내려간 대원군이 언제 환궁할지 모르기 때문이다.

지난여름, 영남유림이 대원군 봉환을 요구하는 만인소萬人疏를 또 한 번 감행했다. * 고종을 얕잡아봤던지, 아니면 척사에는 대원군이 방패막이가 돼야 한다는 그들 나름대로의 계산 때문이었는지는 모른다. 참 대단하기는 했다.

광화문에 차려진 소청은 4년 전보다 훨씬 크고 휘황찬란했다. 배소단背疏團도 규모가 컸고 전국에서 답지하는 호응도 비교가 되지 않았다. 대원군의 위세가 그만큼 크다는 뜻이었다. 대원군은 대신들 보라는 듯 조정에 서한을 보냈다.

근자에 들으니 왜국의 형세가 헤아리기 어려워 비난하는 말이 자주 오고, 전해지는 말에 헛소문이 많아서 인심이 두려워하며, 서계를 받지 않음이 화를 초래하는 단서가 될 것을 우려해서 못난 논의를 하는 자들에게 차츰 빠져든다고 하는데 이는 크게 잘못된 것이다. … 우리 삼천리 봉강封疆은 명분이 바르기 때문에 군대의 사기가 왕성한 반면 저들의 만 리 중명**은 명분이 없기 때문에 쇠퇴하리라는 것은 꼭 지혜로운 자의 계산이 아니더라도 알 수 있는 일이다. 2

* 대원군 봉환 만인소(萬人疏) : 1875년 6월 영남유림이 대원군을 봉환하라 주장하며 벌인 만인소.
** 만 리 중명(重溟) : 아득하고 아득한 일본 열도.

박규수 대감은 대원군의 이런 단호한 논리를 당연히 부정했다. 달포 전, 재동댁에서 회동할 때였다. 박 대감은 '원래 서계가 패서 만사*가 아니었는데도 이제까지 굳게 거절했으니 답답하다'고 불평을 털어놨다.

답답하기는 신헌도 마찬가지였다. 말로 교섭하는 게 낫지 저러다가 교전으로 치달으면 어쩌려고 저리 버티는지 조정 대신들의 완고함을 무지하다고 욕하고 싶을 정도였다.

강화도 성벽이 떠올랐다. 비록 초지진이 다시 무너졌지만 다른 포대가 건재하니 그나마 다행이다 싶었다. 작년에 그렇게라도 손질해서 다행이지 맨손으로 대적할 수 없는 노릇 아닌가? 어영대장 신헌은 주먹을 불끈 쥐었다.

＊ 패서만사(悖書慢辭) : 예법을 어긴 농담조의 망측한 글.

의정부 議政府

병자丙子년 정월 30일, 아산부사의 장계가 의정부議政府에 접수됐다.

풍도 앞바다에 화륜선 네 척이 출현했습니다. 어느 나라 선박인지 확인할 수 없는데, 신시申時경 멀리 수평선에서 검은 연기를 뿜으며 다시 한 척이 나타나 합류했습니다. 날이 저물어 더 볼 수 없습니다. 계속 지켜보겠습니다.

다음 날 영종첨사가 보고했다.

멀리 화륜선 두 척이 나타나 강화도 쪽으로 올라갔습니다. 빠르기가 바람 같고 크기는 판옥선 세 척을 합한 것만큼 컸습니다. 검은 연기를 뿜으며 금시 시야에서 사라져 어느 나라 배인지 확인되지 않습니다.

오후 늦게 부평첨사로부터 비슷한 보고가 올라왔다.

검은 연기를 뿜으며 화륜선 한 척이 종선 두 척을 이끌고 인근 섬에 상륙했습니다. 주변을 살피는 것 같았습니다. 무슨 연유인지는 알지 못합니다.

강화도 초지진에서 장계가 접수됐다.

해협 남쪽 항산도 부근에 화륜선 한 척이 나타났습니다. 해안 측량을 하는 듯했습니다. 무슨 영문인지 헤아릴 수 없었습니다.

대부첨사가 비슷한 내용의 보고를 올렸다.

큰 전함 한 척이 검은 연기를 뿜으며 대부도 인근에 정박했습니다. 요망색리*를 시켜 정탐시켰는데 배 옆구리에 '현무환'玄武丸이라 쓴 글자가 뚜렷했습니다. 왜선인 듯합니다. 얼마 후 현무환은 원양으로 나아갔습니다. 계속 지켜보겠습니다.

늦은 오후에 통진부사의 장계가 접수됐다.

화륜종선 세 척이 나타나 섬에 상륙했습니다. 네 개의 깃발을 꽂았습니다. 요망색리가 관찰했는데 얼굴과 행색으로 봐서 왜군이 분명합니다. 3

의정부는 전국에 경계령을 내렸다. 목멱산에서 봉화烽火가 올랐

---

* 요망색리(瞭望色吏) : 시력이 좋아 멀리 있는 물체를 관찰하는 말단 군졸.

다. 봉화는 곧 전국으로 퍼져나갔다.

　왜선 출현, 경계.

　의정부는 긴급회의를 소집했다. 우의정 김병국, 형조판서 박규수, 어영대장 신헌, 판중추부사 이유원이 자리에 앉았다.
　영의정 이최응이 턱수염을 덜덜 떨며 말했다.
　"왜, 왜선이 출현했소이다. 중국 예부에 조회문을 발송했는데 아직 답신이 도착하지 않아 무슨 영문인지 모르겠소만, 며칠 전 남양부사와 강화도 판관이 문정한 내용을 보니 왜국倭國 대신이 승선한 듯하오이다."
　이최응은 침을 꼴깍 넘기고 나서 말을 이었다.
　"남양부사 강윤姜潤이 풍도 앞바다에 정박한 일진함(닛신)에 승선해서 탐문했는데 조선 대관과 만나기를 요청한다는 내용이오. 대부 첨사가 현무환(겐부마루)이라 쓴 큰 배에 접근했다가 다른 배로 가라고 해서 옆 배에 승선했는데 역시 같은 얘기를 들었다 하오. 강화 판관은 맹춘(모슌)이라 쓴 배에 올라 문정했는데 50마리 정도의 군마와 1백 명쯤 되는 무장병력을 목격했다 합니다. 배에는 대포가 실려 있고 기계소리가 시끄러웠다 하오이다. 그 배 지휘관도 조선 고관을 만나러 왔다 했소이다. 까닭을 물었더니, '당신 같은 하관下官은 알 바 없다'며 외면당했다 합니다. 어찌하면 좋겠소?"
　"……."
　무겁고 숙연한 침묵이 흘렀다.

영의정이 말을 이었다.

"어제 접수한 화성첨사의 문정에 의하면, 함관함(하코다테마루)에 승선해 상군관을 만났는데 본국 정부로부터 명령을 기다린다 했더이다. 무슨 명령인가를 물었더니 강화도를 거쳐 한양으로 바로 진격하라는 명령이라 하오. 대체 어떤 일이 일어날지….."

우의정 김병국이 겁에 질린 채 물었다.

"모두 몇 척이나 된다고 합니까?

"글쎄요, 문정을 종합해 보면 대여섯 척 되는 모양입니다만, 정확히는 알 수 없으니….."

신헌은 이를 악물었다.

'드디어 올 것이 왔구나. 조부의 유언이 바로 이거로구나. 스승님도 그리 말씀하시지 않았는가.'

침묵과 공포가 흐르는 가운데 모두 형조판서 박규수를 쳐다봤다. 조정 안팎의 들끓는 불화 때문에 영의정직을 잠시 물러난 이유원이 뭔가 말을 하려다 그만두었다. 깊은 생각에 잠겼던 박규수가 이윽고 입을 열었다.

"중국 예부의 자문이 아직 오지 않아 정확히 헤아리기는 어려우나, 일본이 전함을 보내 우리를 협박하려는 것이 분명합니다. 저배에 고관이 타고 있고, 우리 조정 고관을 만나야 한다고 막무가내로 윽박지르는 걸로 봐서 서계문제를 따지고 타결하려는 목적일 게요. 만일에 따지는 게 목적이라면 한 척을 보내도 될 일을 여러 척이 왔으니 틀림없이 무슨 계략이 있을 게요. 전함이 일시에 한강을 타고 진격하면 큰 변고가 일어나니 아예 미리 서둘러 방지하는 게 상책일 듯싶소이다. 화륜선에 병력과 화기를 싣고 왔으니 한 번이라도 쓰고 싶을 텐데 저들이 뭍에 상륙해 살육을 행하기 전에 접견대관을 임명해 상대하는 것이 좋겠소이다."

"……."

박규수의 제안에 모두 가타부타 말이 없었다.

영의정이 조심스레 입을 열었다.

"저들이 들어오면 강화도로 올 터이니 어영대장을 급히 파견해 충돌을 준비하는 것은 어떻겠소? 아무리 막강한 병력이라도 지난번 신 공께서 강화도 포대를 단단히 고치고 군력을 증강했으니 왜군을 물리칠 수 있지 않겠소이까?"

이최응은 양주에서 운현궁으로 돌아온 대원군을 염두에 두고 있었다. 접견대관의 파견은 곧 왜를 받아들이는 조정의 뜻으로 간주될 것이기에 대원군의 불같은 화를 자초할 것이 뻔했다.

대원군은 왜양倭洋일체, 왜와 양적은 똑같이 금수禽獸이므로 절대 상대하지 말라고 서계 접수를 조심스레 타진하는 조정에 경고 서한을 날렸던 적이 있었다.

우의정 김병국도 무릎을 치면서 영의정을 거들고 나섰다.

"탁견입니다. 신도 영상 말씀에 동감입니다. 군함을 앞세워 왔다고 받아주면 앞으로도 계속 무력을 쓸 것입니다. 왜는 신의를 모르는 금수와 같으니까 교린의 예법을 내세워 저들의 상륙을 막는 것이 상수입니다. 영남유림도 강력한 척사斥邪를 부르짖는 이때 조정이 손수 나서서 금수를 대한다면 화를 자초하는 일이지요."

이유원은 말이 없었다. 말을 아끼는 듯했다. 뭔가 계략을 내세

윘다가 훗날 책임질 필요가 없었다.

　모든 말이 운현궁에 흘러들었다. 안 그래도 대원군 청환 세력이 조정 내부에 기밀망을 뻗치고 있고, 장령掌令 손영노孫永老가 고종에게 자신을 배척하는 상소를 올려 막심한 고생을 하지 않았는가.

　박규수가 목소리를 높였다.

　"그건 위험을 자초하는 일입니다. 백성이 왜선 출현을 다 아는 마당에 전쟁을 감행한다면 대소인민의 불안감이 극에 달합니다. 또 왜병이 무슨 짓을 할지 아무도 모르는 이 판국에 접견대관을 파견한다고 해서 손해 볼 일은 없지요. 저 배에 탔다는 고관이 어떤 목적인지, 어떤 직책인지 분명하게 파악한 이후에 접견대관을 물리고 격에 맞게 다른 조치를 취해도 늦지 않습니다."

　그는 자세를 고쳐 앉으며 말을 이었다.

　"그러나 만에 하나 외무성 고관이 탔다면 얘기는 달라지겠지요. 혹, 일본 고관이 격이 낮은데 우리가 접견대관을 파견했다고 감읍해 할 수도 있습니다. 우선 양국의 무력충돌을 피하고 나서 적절한 조치를 취함이 옳은 듯합니다. 유원의 의리*도 있고 하니 저들의 소원대로 고관이 접견해서 대화하는 것이 일단은 상책입니다."

　"……."

　다시 긴 침묵이 이어졌다. 수시로 접수되는 지방관의 문정과 장계를 훑어본 영의정 이최응이 최후의 단안을 내렸다.

　"박규수 대감의 말을 따르기로 하겠소. 판중추부사 신헌을 접견

---

* 유원(柔遠)의 의리: 먼 곳에서 온 사람을 잘 대접함.

대관에, 부총관 윤자승尹滋承을 부대관에 임명하겠소. 일이 급하므로 주상 알현은 제除하고 즉시 임무수행을 위해 출발하시오. 일단은 강화로 가서 조정의 기별을 기다리시오."

신헌이 고개 숙여 답했다.

"예, 조정의 뜻에 따르겠소이다."

신헌은 앞자리에 앉은 박규수를 바라봤다.

'풍전등화에 놓인 나라를 살릴 인물은 문무를 겸한 유장儒將 신공申公밖에 없소이다'라고 말하는 듯했다.

신헌은 고개를 살짝 끄덕이며 무언의 결의를 전했다.

'오랜 동안 각오를 다진 바이오. 이 한 몸 바쳐 전란을 막아내리다.'

강화도

병자년 2월 초하루, 날이 밝자 신헌은 오위영 제조提調들에게 무장태세를 강화하라고 비상대기령을 내리고 강화를 향해 출발했다. 사역원 첨정* 오경석과 훈도** 현석운을 인천으로 파견해 문정하라 일렀다. 그들은 즉시 길을 떠났다.

접견대관 신헌, 접견부관 윤자승, 호군護軍 낙희와 수행원 강위姜瑋 그리고 군졸과 파발이 뒤를 따랐다.

몹시 추운 날이었다. 용맹하고 지혜로운 셋째 아들 낙희樂熙가 있어 든든했다. 어영청 군관인 길동이 앞장섰다. 애마 흑풍黑風이 내쉬는 숨이 하얀 포말처럼 흩어졌다. 양화진과 행주항幸州項에 들러 만약을 대비해 전투태세를 갖추라 군령을 발령했다. 조정은 봉화를 올리고 비상사태를 알렸다.

---

* 사역원 첨정: 중국, 일본 통역을 맡는 관청의 종4품 벼슬.
** 훈도(訓導): 동래 왜관에 상주하는 사역원 소속 통역관 및 검역관. 요즘 식으로 말하면 대일 외교관리.

신시申時에 강화부에 도착했다. 작년에 단단히 손질한 남문이 신헌 일행을 반갑게 맞는 듯했다. 성민이 길 옆에 도열해 환호를 보냈다. 수문장도 옛 주인이 반갑다는 듯 고개 숙여 인사했고, 아이 무리가 소리치며 따라왔다. 천진난만한 아이들 얼굴은 전시와는 아무런 상관이 없었다. 말을 앞세운 고관의 행차가 마냥 즐거운 구경거리였다.

강화유수 조병식과 판관判官 박제근이 일행을 맞았다. 연무당에 마주 앉았다. 조병식이 정식으로 인사를 올렸다.

"잘 오셨습니다, 대감."

조병식은 사십 대 초반 나이에 벌써 고관자리에 올랐으니 누군가 뒤를 봐주는 것에 틀림없었다. 논리가 선명하고 행색이 반듯했지만 어딘가 오만불손함을 숨긴 표정이었다. 고관을 맞는 평상적 예의와 호의 뒤에 절박함은 보이지 않았고 말투에 약간의 하대가 섞였다. 무반을 멸시해온 사대부의 습성이 삭지 않은 채 당당했는데 전함의 출현에도 종묘사직에 대한 근심은커녕 소민小民에 대한 걱정 따위도 없었다. 저 표리부동이 출세의 비밀인가 싶었다.

신헌이 물었다.

"수고가 많소. 무슨 연고인지, 상황이 어떤지 파악했소?"

"예, 화륜선이 강화도 남쪽과 북쪽 어귀를 바쁘게 오르내리기는 했는데 정확히 무슨 연고인지는 아직 오리무중입니다. 여기 판관 박제근이 어제 남쪽 어귀에 정박한 맹춘함에 올라 문정을 했는데 말이 안 통해 필담을 나누다가 돌아온 바가 있습니다. 고관이 탔다는 소리를 들었답니다. 화륜선들은 아직 인천 앞바다 팔미도 부근에 있다는데 더러는 여전히 여기저기 목격되고 있습니다만 ….”

신헌이 판관에게 물었다.

“배 안에 무엇을 실었더냐?”

판관이 머리를 조아려 답했다.

“대포 열 문 정도가 보였습니다. 다른 작은 화포들은 천으로 덮여 못 보았고요, 군마가 여러 마리 있었습니다. 병사들은 갑판 아래 있는지 보이지 않았습니다. 화륜선은 무척 커서 갑판에서도 기계소리가 웅웅 들렸습니다. 군관을 만났는데 큰 소리로 얘기하다가 그만 두었습니다.”

신헌이 재차 물었다.

“어디로 가는지 아직 아는 바가 없는가?”

조병식이 답했다.

“어제는 강화도 북쪽에서 화륜선 한 척이 종선을 이끌고 제물진을 향해 내려갔습니다. 오후 늦게 화륜선 한 척이 다시 올라왔습니다. 월미도에서는 화륜소선이 병사를 태우고 근처에 정박했고 항산도 근처에 화륜선이 출현했다가 사라졌다는 보고가 있습니다.”

종잡을 수 없는 말이었다.

그때 당마* 편으로 영의정이 보낸 공문이 도착했다.

화륜선이 모두 팔미도 부근에 모여 있다. 접견장소를 인천으로 변경하라.

* 당마(塘馬) : 척후 임무를 맡은 기병.

42

날이 저물기 시작했다. 오늘은 강화에서 유숙하고 내일 날이 밝는 대로 떠나기로 했다.

조병식이 말했다.

"제 관사를 비워두었습니다. 오늘은 그곳에서 유숙하시고 술과 안주를 준비했으니 편히 쉬셨다가 출발하시지요."

신헌은 생각했다. 저 후의厚意 뒤에 숨긴 경멸조의 냉소는 무엇인가. 조선이 왜군에 굴복할지 모르는 이 절박한 상황에서 사대부의 예절로 치장한 저 느긋함은 어디서 유래하는 것인가?

해안을 오르내리며 위협하는 전함과 그에 아랑곳 않고 여유로운 벼슬아치, 그 사이에서 신헌은 가벼운 구토를 느꼈다.

'그러마, 일단 눈을 붙이자, 내일의 전투를 위해, 그대들의 허위와 호사와 안위를 위해.'

날이 아직 밝기 전 묘시卯時에 신헌 일행은 강화를 떠나 인천으로 향했다. 오시午時에 통진 관아에 도착해 점심을 먹었다. 관아 노복이 소반에 밥과 찬을 날랐다. 겨울이라 먹을 게 마땅찮았다.

오는 길에서 목격한 민가와 촌락은 여전히 남루했다. 추운 날씨였지만 땔감이 부족해 연기 나는 집이 잘 보이지 않았고 초라한 행색의 노인네들은 처마 끝에 옹기종기 모여 볕을 쬐고 있었다. 밥이 잘 넘어가지 않았다. 적과 대적을 앞두고 몸을 보존하셔야 한다고 채근하는 낙희의 건장한 얼굴을 보는 것만으로 허기가 가셨다.

"네가 밥이구나, 잘 먹어 두어라."

송구스러운 표정으로 낙희가 입에 밥을 넣었다.

'저놈이 벌써 마흔, 늦장가라도 들어야 할 터인데 시국이 이러하니….'

큰아들 정희正熙는 며칠 전 함경도 병마절도사로 발령이 났다. 잘 도착했다는 전갈을 받았다. 그런대로 안심이 되었다. 낙희도 군부의 신임을 얻을 만큼 실력이 빼어났다. 그가 부임하는 곳마다 군무는 반듯해졌고 군졸의 사기가 높아졌다. 조선의 군력을 단단히 증강하는 일을 결국 내가 못 해냈는데 가업이자 중대한 나랏일을 낙희가 해낼 거라는 생각에 다시 흐뭇해졌다.

신헌이 조정에 청을 넣어 낙희를 경호 겸 수행원 자격으로 동행하는 길이다. 인천을 향해 막 길을 나서려는 참에 당마가 도착해 인천부사와 남양부사의 장계를 전했다. 인천부사의 장계는 제법 길었다.

어제 오시午時에 이양종선 한 척이 곧장 월미도에 상륙했습니다. 왜병을 십여 명 거느린 자가 뭍에 올라와 지방관 면담을 요청해 신臣이 나갔습니다. 왜병은 총과 칼로 무장했고, 조선말 통역을 대동했습니다. 신이 물러가라 소리치자 그중에 직책이 높아 보이는 자가 물었습니다. 너는 누구냐고 해서, 인천을 다스리는 부사라고 밝혔습니다. 그럼 조정에 말을 전해 달라 했습니다. 내가 몇 년 동안 양국 간 교제를 추진했는데 일이 여의치 않아 대신을 모시고 왔다, 대신은 조선왕을 만나려고 한다, 만약 응답이 없으면 강화도를 거쳐 한양으로 곧장 함대를 몰고 갈 것이다. 그것은 전쟁을 의미하니 귀 조정에서 잘 결정하라고 했습니다.

돌아갈 때 그자가 자신의 이름이 '森山茂'(모리야마 시게루) 라 쪽지

에 써줬습니다. 이에 보고합니다. 인천부사 서흥.4

신헌은 이제 전후 사정을 조금 헤아렸다.

며칠간 일어났던 급박한 일들과 전함들이 해안을 오르내린 의도를 알아차렸다. 수심이 깊고 오래 정박할 곳을 찾아다닌 것이었다. 측량하고 급수하고 물때를 기록했다면 만일의 사태에 대비해 공격을 준비하는 것임에 틀림없다. 만일의 사태란 서계문제가 다시 수포로 돌아가는 것, 무슨 일이 있어도 서계를 성사시키고 돌아오라는 임무를 부여받았을 거란 생각이 들었다. 그렇지 못하면 공격해도 좋다는 허락도 받았을 터이다.

전권대신이라면 담판의 전권을 위임받은 고위 인사일 터, 귀 조정에 알려 달라 함은 일본이 우리 조정에 공식문서를 보내지 않았다는 뜻이다. 아니면 출항과 동시에 공문을 보냈다면 아직 수신하지 못했을 수도 있다. 강화로 갈 예정이란 전언은 사실일까, 아니면 다른 곳을 염두에 둔 속임수일까? 접견대관인 나를 만나자고 하니 속임수는 아닌 듯한데….

신헌은 심사가 복잡해졌다.

희미한 추측 속에 대체적 윤곽은 드러났는데 국가대사에 짐작은 금물이었다. 일단은 통진 관아에서 사태의 추이를 지켜보기로 했다. 인천부사에게 적의 동태를 상세히 관찰해 보고하라는 답신을 적어 당마를 보냈다. 해안지역 방비를 단단히 해야 했다. 통진, 남양, 부평, 강화에 포대를 재차 점검하고 경계를 바짝 조이라고 군령을 내렸다. 화약과 조총, 군량미가 충분한지도 점검하라 일렀다.

해안지역 관아와 군대가 동시에 비상경계에 돌입했다. 조정에서는 오후 내내 아무 연통이 없었다. 조정의 하교가 없는 상태에서 강화로 돌아가기도 난감했다.

다음 날, 인천을 향해 한나절 발길을 재촉하는 도중에 마침 오경석에게서 보고가 왔다. 기다리던 장계였다. 오경석이라면 정황을 정확히 파악했을 거였다. 반가웠다. 단숨에 읽어 내렸다.

보고가 늦어 죄송합니다. 현도 현석운과 함께 팔미도까지 가서 문정하고 오다 풍랑을 만나 배가 뒤집혔습니다. 지나는 어선에 구조되어 겨우 목숨을 건사하고 보고를 올립니다. 팔미도 앞바다에 운집한 전함 중 가장 큰 배에 올랐습니다. 군관과 사소한 다툼이 있었습니다. 그러다 왜인 한 명이 방으로 안내해 들어가 보니 외무성 대승大丞 미야모토 쇼이치宮本小一, 권대승權大丞 모리야마 시게루가 우리를 맞았습니다.

신이 따져 물었습니다. 지난번 부산에 온 히로츠 히로노부와 동래를 통해 교섭하기로 약조했는데 왜 배를 끌고 왔느냐고 했더니, 이미 늦었다는 답이었습니다. 자신들은 일본정부로부터 명령을 받고 구로다 대신을 모시고 왔다 했습니다. 전권변리대신이라 했습니다.

동래 왜관 관리가 자신들의 출항을 이미 우리 조정에 통보했다고 합니다. 지금은 강화 어귀를 측량하느라 팔미도에 머무는 중이며 곧 강화로 들어가 유수와 면담하고 한양으로 진입할 예정이라 합니다. 강화는 해문海門으로 타국 배가 함부로 진입할 수 없다고 신이 탓하자 그건 나랏일이니 자신들이 어찌할 수 없다 했습니다. 구로다 대신은 얼굴을 보지 못했습니다. 내일 구로다가 함대를 이끌고 강화도로 간다 했습니다. 선발대는 벌써 강화도로 떠났습니다.

다시 보고 올리겠습니다. 오경석 서書. 5

이제 사태가 확실해졌다. 신헌은 강화로 방향을 돌렸다. 조정의 허락을 받아야 했지만 화급을 다투는 일이기에 도착해서 장계를 띄워도 괜찮을 듯싶었다. 공식직함이 전권변리대신全權辨理大臣이라면 전권을 위임받은 것은 알겠는데 '변리'는 왜 붙였을까? 따져 해명을 받는다는 뜻으로 의미가 고약했다. 무얼 따지겠다는 건가? 다 지난 일이고 구호를 회복하면 충분한데 따지겠다고 덤비면 담판은 오래 끌 것이 분명했다.

나는 결정권을 갖지 않은 접견대관일 뿐이다. 의정부에서 결정할 일을 내가 알아서 결단할 수는 없다. 그러니 서계 말고 다른 일들을 도모하자면 담판은 오래 갈 것이고, 그 일들을 조정에서 거절하면 교섭은 결렬될 수도 있다. 결렬되면 결과는 무엇일까? 흑풍위에 앉아 강화도로 향하는 신헌의 심사는 복잡했다.

미시未時경에 배로 갑곶에 닿았다. 진해문을 통과하니 저 멀리 남문이 보였다. 다시 강화로구나. 강화도와 나는 끊지 못할 인연으로 엮였구나. 경기중영, 양화진, 미리견米利堅(미국) 함대, 초지진 등의 일이 주마등처럼 스쳤다.

혜련慧蓮이 강화로 떠난 그때부터 그런 운명이 시작되었던 거다. 한강은 언제나 그리움이었다. 강물이 닿는 곳, 그곳에 혜련이 있었다. 홍수가 나서 인근마을을 휩쓸 때나, 한발에 강물이 말라 여울처럼 흐를 때도 한강은 그저 그리움을 간직한 채 흘렀다. 마음의 수문을 맘대로 닫거나 열 수 없었다. 홍수처럼 넘치면 넘치는 대로, 여울처럼 휘감기면 감기는 대로 내버려 둘 수밖에 다른 도리가 없었다.

재작년 갑술甲戌년, 강화유수로 있는 동안은 일생 가장 행복한 세월이었다. 신헌은 혜련의 수문장이었다. 신헌의 갈라진 인생이 합치되는 듯했다. 갈라진 틈을 비집고 피어났던 허허로움이 적어도 그동안은 잠잠했다. 성벽을 고치면 혜련의 담장을 고치는 듯했고 군졸들에게 농사일을 거들게 하면 혜련의 밥상이 풍요로워지는 듯했다.

고려산 성소*에도 녹봉을 쪼개 몰래 곡식을 보내줬다. 천주교도들이 더러 잡혀 처형되기도 했지만 그런 일은 점점 드물어졌고 대원군이 물러간 이후로는 감시와 탄압이 확연히 느슨해졌다. 장례를 천주교식으로 지내는 촌민도 더러 눈에 띄었다. 조정으로 돌아올 때 마음의 균열이 다시 살아났다. 밀쳐낼 적과 끌어안을 여인이 그곳에 있었다.

왜양의 탐색과 벼슬아치의 척사가 빚어내는 공수攻守의 전선, 무력과 인륜이 대립하는 전선에서 신헌은 어느 쪽에도 가담하지 못하는 경계인으로 살았다. 이제 밀쳐낼 적은 들어왔고 품었어야 할 여인은 홀로 늙었다. 적을 수납하면 경계는 무너질 것이다. 무너진 경계를 넘어 여인에게 갈 수 있을까.

강화부성에 도착하자 영종첨사의 장계가 동시에 날아왔다. 장계는 간략했다.

* 성소(聖所) : 천주교도가 모여 사는 산중 촌락. 교우촌으로도 부른다.

일본 함대가 항산도에 집결 중.

항산도라면 그들이 상륙할 장소는 초지진이다. 항산도에서 일본 함대는 일대 결전을 준비하고 있음이 분명했다. 초지첨사로부터 같은 보고가 들어왔고, 조금 뒤 오경석에게서 장계가 왔다.

급히 보고합니다. 항산도가 목표지이며 모리야마 시게루가 선발대를 꾸려 상륙해서 이미 강화유수를 만났습니다. 대신大臣 응접절차와 호위 군대의 상륙 및 거처 문제를 협의했다고 합니다.

그렇다면 강화유수가 이 문제를 어찌 처리했는지 물어볼 필요가 있었다. 순영군관과 아전들이 도열했다. 신헌이 판관 박제근에게 물었다.

"강화유수가 보이지 않는데 어찌 된 일이냐?"

"……."

신헌이 호통을 쳤다. 그러자 죄를 지은 듯 작은 목소리로 답했다.

"어제 일본 선발대가 함포를 쏘며 상륙해 강화부성으로 행군해 왔습니다. 공포탄인 듯했는데, 무력으로 막기에는 역부족이었습니다. 할 수 없이 그들과 군대 주둔과 숙소 문제를 논의했습니다. 이후에 유수는 익직*을 신청해 사처로 물러났습니다."

신헌은 기가 막혔다. 처음 봤던 그 느낌이 맞았다. 어투와 행동

---

* 익직(溺職): 직분을 다할 수 없다고 판단해 공무수행 중단을 요청하는 일. 조정의 감사를 받게 되지만 능력을 벗어나는 일로 판명되면 처벌이 가볍다.

거지가 어쩐지 교활하고 처세술에 능한 듯하더니 이 엄혹한 순간에 직무정지를 신청해 물러난 것이다.

'괘씸한 놈 같으니. 제 몸 하나만, 제 앞가림만 하는 놈이 어찌 나라 안위를 구할까….'

신헌은 군관과 아전들에게 비상경계령을 내렸다.

"일본 함대가 왔다. 무슨 수작인지 아직 분명치 않으나 대포와 기병을 싣고 온 것으로 미뤄, 결코 그냥 지나칠 소사小事는 아니다. 나라와 조정의 안위가 여기 강화도에 달렸다. 오늘부터 비상 경계령을 발령한다. 성문을 걸어 잠그고 수상한 일이 발생하는 즉시 판관에게 알려라."

"옛!"

군졸과 아전들은 각자의 직무로 돌아갔다. 성문에 횃불이 걸리고 성벽을 따라 군졸들이 비상경계를 섰다. 신헌은 하처下處에 여장을 풀었다. 육신이 노곤했다. 며칠을 통진, 부평까지 갔다가 돌아온 것도 그렇지만 일본 함대의 동향이 수상쩍었다. 강화도에 잠시 머물렀다가 한양으로 곧장 진입할 거라면 전쟁이 일어난다는 말인가?

'왜倭를 조심해라, 왜는 군대를 끌고 올 것이야!'

조부의 유언이 생각났다. 스승도 '왜를 조심하라'고 당부했다. 낙희가 문안을 드리고 물러갔다. 신헌은 잠이 오지 않았다. 목침을 베고 몸을 뒤척였다.

'다시 강화도구나. 여기가 내가 누울 마지막 자리겠지.'

신헌은 고려산 너머 국정골을 생각했다. 그곳에 혜련이 산다.

그리움이 마음을 녹였다.

'아, 혜련. 그대 곁으로 다시 왔구려. 먼바다에서 밀고 오는 양적을 막으려 일생을 바쳐 지켜낸 섬, 이제 그대 조부의 말씀대로 왜적이 왔소이다. 내가 그대를 지켜주러 다시 왔는데, 그대의 천주天主를 지키는 건지 물리치는 건지 알 수가 없소이다. 왜적 함대 앞에 나는 여전히 빈손이오. 젊은 시절, 그대를 마음에 품었을 때부터 빈손이 아니기를 그리 애썼건만, 이 강토를, 강화도를 지켜낼 무기가 나에게는 없소이다.

며칠 후에 왜국 장수가 대포와 기마를 앞세워 진군해 올 것이오. 그 장수가 화친을 내세워 새로운 교제를 도모할 것이지만 그들이 감춰둔 먼 의도를 막아내기가 벅차다오. 이 나라는 궁핍해서 무기가 없고, 사대부와 벼슬아치들은 무비武備에는 아랑곳 않고 명분론에만 매달렸소. 그들이 애지중지하는 명분으로 지척에 정박한 함대를 막아내야 하오. 부디 힘을 주시오. 빈손으로 막아내리다. 그대를 보낸 이후로 빈손이 아닌 적이 없었다오.'

허전한 마음 밭에 내리는 혼곤한 잠 속에서 40년 전 혜련을 떠나보낸 마재의 아득한 기억으로 빠져들었다.

마
재

마재 馬峴

처마 끝으로 햇살이 번졌다. 동지 한파가 물러가자 제법 따뜻한 바람이 불었다. 밤새 내린 서리가 녹아 나뭇가지에 물방울이 걸렸다. 처마에서 낙수 떨어지는 소리가 똑똑 들렸다. 담장 밖 인가에서 관솔 때는 연기가 문풍지로 스몄다.

신헌은 자리에서 일어났다. 오늘은 기어이 찾아봬야겠다고 작정했다. 간밤 꿈자리가 어수선했는데 아스라이 떠오르는 낭자의 자태가 자꾸 눈에 어른거렸다. 얼굴을 보려 했으나 속절없이 멀어지는 그녀에게 말을 걸 수가 없었다. 살포시 미소만 지을 뿐 뒷걸음치는 그녀가 정수리에 걸려 작은 통증이 남아있었다.

정혜련. 선생의 손녀. 마재馬峴에서 스승을 찾아뵐 때마다 찻상을 날라 와 잠시 앉았다 가는 그녀에게 눈길을 주느라 스승의 말이 들리지 않았다. 정신이 아찔했다. 고향에 있는 내자內子가 갑자기 스치자 신헌은 움찔 날선 죄의식에 몸을 떨었다. 기계 유 씨 가문에서 출가한 부인은 첫째아이 정희를 낳았다.

'스승을 뵈러 가는 길이야!'

신헌은 다산 선생을 내세워 죄의식을 떨쳤다. 마음이 한결 나아졌다.

겨울햇살이 온통 훈련원* 앞마당에 퍼진 시각에 신헌은 여장을 챙겨 길을 나섰다. 뚝섬에서 옥풍玉風을 관리하는 길동에게 동대문에 대기하라고 파발을 보냈다. 옥풍은 몇 해 전 작고한 조부가 물려준 애마였다. 조부는 정순왕후의 신임을 얻어 훈련도감** 도제조都提調(최고지휘관)를 역임하고 물러난 뒤 낙향해 진천 생가에서 세상과 작별했다. 숨을 거두기 전 조부가 신헌의 손을 잡고 말했다.

"옥풍을 잘 건사해라, 그놈은 제주 갑마장에서 기품이 제일 뛰어난 군마軍馬 …."

호흡이 자주 끊겼으나 평생 길러온 무관 기질이 말마디에 실려 있었다.

"군마로…. 나와 노년을 같이했다."

"예."

신헌은 다소곳이 응답했다. 어릴 적 세상을 등진 아버지의 최후 모습도 이러했을까. 잠시 회상에 잠긴 신헌을 조부가 돌려세웠다.

---

* 훈련원(訓練院) : 무예를 익히고 군사를 훈련시키는 관청으로 무과(武科)를 주관했다. 병서를 가르치고 활쏘기, 말 타기를 익혔다. 원장은 종2품 도정(都正), 부원장은 종3품 부정(副正). 첨정(僉正)은 종4품. 동대문 밖에 있었다.
** 훈련도감 : 기민구제와 정병양성을 담당하는 기관. 사수, 포수, 살수 정병의 훈련을 맡고 수도방위와 국왕호위를 담당했다. 5군영체제가 정비되면서 중앙군사력의 핵심기관이 되었다. 종1품 도제조, 종2품 제조, 대장의 지휘체계로 편성되었다. 돈의문 안쪽에 있었다.

56

"자고로 …. 무관은 조정을 잘 지켜야 되느니라. 군주를 보필하고 나서 인민을 살펴라. 왜倭를 등한히 해서는 안 되느니라. 왜는 언젠가 조선에 군대를 보낼 게야. 한평생 잊지 않고 살아야 하느니…."

조부가 숨을 거두기 전 마지막으로 남긴 말이 귀에 쟁쟁 울렸다.

'왜는 언젠가 조선에 군대를 보낼 것이다.'

그럴지 모른다고 신헌은 생각했다. 남쪽과 동쪽 해안에 출몰했던 왜구가 요즘에는 서해 고군산도까지 올라온다는 비인첨사의 보고를 며칠 전에 접했으니 조부의 유언이 사실일 거라고 생각했다.

인가와 가가假家가 엉킨 저잣거리를 지나 홍인지문(동대문)에 이르자 멀리 길동이 옥풍을 대동하고 손짓하는 모습이 보였다. 길동은 진천 고향집에서 가사를 봐주던 사노私奴의 아들이었다. 30여 년 전 공노비 혁파가 있었을 때 면천해 줬으나 식솔을 데리고 나갈 곳이 없다고 그냥 집에 눌러 앉기를 간청했던 간돌아재의 아들이었다. 십년 터울인 길동은 주인집 종손인 신헌을 큰형처럼 따랐는데 신헌도 서글서글한 성격에 꽤 영리한 길동을 동생처럼 대했다.

7년 전, 조부의 공적을 기려 신헌에게 별군직을 하사한다는 조정의 기별이 왔을 때 신헌은 고작 열일곱 청년이었다. 아버지를 일찍 여의고 조부의 손에 커서 그런지 열일곱 청년의 티를 벗고 양반댁 가문을 이끄는 의젓한 기품을 갖췄다. 신헌의 용모와 기품은 고을에 소문 날 정도였다.

옆 고을 향수鄕首를 지낸 재지사족在地士族 기계 유 씨 가문이 중신아비를 넣은 것도 그 무렵이었다. 혼인은 성대하게 치러졌다.

온 고을 사람들이 종일 먹고 마시고 흥을 돋워 이웃 고을과의 각별한 결속을 축하했다.

혼례를 올린 한 달 뒤, 신헌은 어린 길동을 데리고 한양을 향해 떠났다. 유 씨 부인의 얼굴을 익히기도 전이었다. 돌아앉은 뒷모습만 기억날 뿐 얼굴 윤곽이나 이목구비를 자세히 뜯어볼 엄두를 못 냈다. 작년에 고향집에 잠시 들렀을 때도 서먹서먹하긴 마찬가지였다.

길동은 뚝섬 마장에서 옥풍과 몇 마리 군마를 관리하는 말단 마부馬夫다.

"길동아, 잘 지냈느냐?"

"예, 나으리, 오늘은 날씨가 좋아 옥풍을 데리고 강변에 훈련하러 나가려던 참이었는데요!"

"그러면 잘 되었구나. 마재까지 가면 며칠 훈련 몫을 하는 셈이니까."

"그나저나 마재까지 가시려면 길을 서둘러야 합죠."

오랜만에 길을 나서는 게 사뭇 흥겹다는 걸 감추지 못한 목소리였다.

"가자!"

신헌이 옥풍에 올라타면서 말했다. 신헌의 목소리에도 약간의 흥분이 섞인 걸 길동도 알아챘다. 옥풍은 반갑다는 듯 힐끗 뒤를 돌아보더니 천천히 발길을 옮기기 시작했다.

청량리에 이르니 걸인들이 달려들었다. 신설에서 용두를 거쳐 청량리에 이르는 큰길에도 달라붙는 걸인들을 내쫓느라 길동이 혼쭐이 났지만 걸인들이 집단으로 모인 청량리의 광경은 그야말로 비참했다. 작년에 나라를 휩쓴 대기근 여파가 아직도 저리 흉하게 남아있으니 조정의 걱정은 그치질 않았다. 그런데 누구 하나 묘책을 내는 대신이 없었다.

묘당*은 영조의 계비인 정순왕후가 장악했고 경주 김 씨와 풍양 조 씨 문중이 권력을 분점하던 때여서 두 문중의 눈 밖에 날 계책을 상주하는 것은 위험천만한 일이었다.

환곡을 풀어 일단 기근을 면하게 하고 그 힘으로 백성을 일으켜 세워 농사에 열중하게 하면 될 터인데 그걸 입 밖에 내는 사람이 없었다. 조정 창고에 쌓인 환곡은 두 세도 문중이 권력을 행사하는 사私무기로 쓰였다.

계동대감 김조순은 순원왕후의 부친이자 순조의 장인으로, 안동 김 씨 세도정치의 수장이었다. 김조순의 비위를 건드린 자는 곧장 효수형에 처해지거나 유배를 가야 했다.

신헌은 세도정치 와중에 충청도 진천에 박혀 있는 자신을 천거한 세력을 정확히 짚지 못했다. 왕세자의 장인이 풍양 조 씨의 거두 조만영 대감이었기에 두 문중은 권력을 두고 엎치락뒤치락 했다. 조부가 풍양 조 씨 문중과 내왕이 있었던 걸로 봐서 후원세력이 풍양 조 씨 집안일 거라는 어렴풋한 느낌만 있었을 뿐, 딱히 누구인지 짐작이 가지 않았다. 조부의 관직생활을 훑어보면 대충 알게 될 거라 갈무리해 뒀다.

이리저리 팔을 휘저어 걸인을 쫓아낸 길동은 너른 마당을 지나

---

* 묘당(廟堂) : 왕실과 대신을 합쳐 부르는 말. 조정.

자 길을 재촉했다. 마재까지는 아직 넘어야 할 고개가 몇 개 있었다. 점심을 한참 지난 시간에야 겨우 도착할 수 있을 터였다. 망우리를 넘어 남양주 가는 길로 접어들었다. 남양주에서 강을 따라 부지런히 걸어 예봉산을 넘으면 이윽고 마재가 저 아래에 한강과 함께 펼쳐질 것이다.

낭자! 신헌의 가슴이 쿵쿵 뛰었다. 옥풍이 그걸 눈치챘는지 뒤를 돌아보았다.

그때 남루한 차림의 꼬마들이 관목 숲에 숨어 있다가 뒷걸음질 쳤다. 몰골이 말이 아니었다. 흠칫 놀라 어쩔 줄 모르는 아이들에게 다가갔다.

"어디서 사는 게야?"

아이들은 겁에 질려 아무 말도 못했다. 길동이 먹다 남은 참을떼 줬다. 아이들은 서로 눈치를 살피더니 낚아채듯 주먹밥을 입 속에 구겨 넣었다.

"천천히 먹어라."

경계심을 푼 아이가 손가락을 들어 말했다.

"조기…. 언덕배미를 넘으면… 움막에요."

"그래, 멀리 나왔구나. 어서 가거라!"

신헌은 남은 찬을 싸주고 아이들을 돌려보냈다. 사내아이가 앞장서 덤불 숲속으로 사라졌다.

'흠…. 필경 교우촌 애들일 게다.'

예봉산 깊은 골에 교우촌*이 있다는 말을 얼마 전에 훈련원 도정

都正에게서 들었다. 지명이 갓골이라 했던가?

정해박해(1827) 때 효수형을 당한 신도가 수백 명에 달했다. 충청도 내포지역에는 관아에 끌려가 문초를 당하다 죽은 사람이 백여 명이었는데 고향 진천에는 사교도邪敎徒가 나오지 않아 다행이었다. 천주쟁이는 지독하기로 명성이 자자했다. 조리돌림을 당하고도 끝내 천주를 배반하지 않으니 그 정성과 믿음이야말로 감복할 지경이었다. 투옥된 천주쟁이들이 가끔 죽어나가면 간수가 담장 밖에 내다 버리곤 했는데 족제비가 물고 가면 수고를 덜어줬다고 그리 기뻐했다.

"갓골, 그래 지명이 갓골이었지."

그곳 사람들은 뭘 해먹고 사는지, 왜 세상과 등지고 사는지, 왜사서 죽음을 자초하는지 내내 궁금했다.

훈련원 정교가 신헌에게 은밀하게 전한 얘기가 떠올랐다.

"천주쟁이는 죽을 때 얼굴이 환해진다나요? 망나니가 칼을 휘둘러 목을 내려칠 때조차 잔잔한 미소와 충만한 표정이 가관이래요. 도저히 믿기질 않아요."

어째서일까? 현세의 고통을 끝내준다고 그런가, 아니면 저 세상에 누가 반기기라도 한단 말인가? 부부유별, 장유유서하지 않고 대소민 신분차별을 인정하지 않는 천주교는 위험천만한 사교였다. 주상 전하 위에 누군가가 있다고 믿는 것은 대역죄다. 그들이 믿는

* 교우촌(敎友村): 천주교 박해를 피해 산중으로 은신한 교도들이 만든 촌락. 성소(聖所)라고도 불린다.

천주는 가상이고 환상일 뿐, 이 대명천지에 우주를 주관하는 인물이 있다는 얘기는 혹세무민하는 괴설에 불과했다.

안정복 선생이 그리 말하지 않았던가? 양반이 서학서를 제자諸子나 불도佛道 서책처럼 여겨 서재에 두고 완상했는데 그게 화근이었다고. 천주를 불가의 석가와 유사한 존재로 파악하는 것 자체가 잘못된 생각이며 천주학은 위선지학, 오직 성인지도는 유학이다. 그렇기에 저놈들이 산속에서 종자를 퍼뜨리면 묘당이 손상될 터, 서교西敎의 폐단은 뿌리부터 제거해야 옳다.

예봉산을 넘자 저 밑에 마재가 보였다. 마음이 급해졌다. 길동을 채근했다.

"길동아, 타거라!"

뒤에 길동을 태운 채 옥풍은 가파른 내리막길을 질주해 단숨에 마재 다산 선생댁 문 앞에 당도했다.

다행히 스승은 사랑채에 계셨다. 여유당與猶堂 현판이 가쁜 숨을 몰아쉬는 신헌을 진정시켰다. 길동은 문밖에서 옥풍을 달래고 있었다.

"스승님, 그동안 옥체 보존하셨는지요? 너무 오래 뵙지 못해 송구스럽사옵니다."

안에서 기척이 나더니 받은 목소리가 들렸다. 뵙지 못한 동안 기력이 쇠약해졌다는 생각이 순간 스쳤다.

"들어오시게."

신헌은 공손히 합장하고 예를 올렸다. 훈련원 첨정 복장이었다.

다산 선생은 반갑다는 듯 부드러운 미소를 띤 채 입을 뗐다. 옆에는 중국에서 구해온 게 틀림없는 비단 책자가 놓여 있었다.

"자네에게 좋은 소식이 있었던 게지. 복장이 바뀌었구나. 허허!"

"예, 스승님, 훈련원 첨정으로 승진했습니다. 별군직에서 출발해 이른 나이에 너무 빠른 벼슬이 아닌지 심히 걱정되옵니다만, 묘당의 뜻이 그러하니 하늘을 모시듯 받들어야지요."

"잘 되었구나. 그래, 지난번 글은 읽어보았느냐?"

지난번 글이라면 선생이 저술한 《경세유표經世遺表》를 이르는 것이다. 신헌은 훈련원 생도를 교육하면서 틈틈이 스승이 구상한 나라운영 원리를 읽고 또 곰곰이 곱씹었다. 그중에 가장 가슴에 닿은 것은 민보론*이었다.

"예, 스승께서 설파하신 민보론이 마음에 와 닿았습니다. 고을마다 여전閭田을 만들어 공동경작하게 하고 거기에서 나오는 작물로 군세를 충당하면 부세賦稅 비리나 이정제**의 모순을 혁파할 수 있습니다. 고을마다 군졸을 둬서 농민을 훈련하고 예비 병력으로 만들면 율곡 선생이 말한 것처럼 10만 양성이 가능합니다."

"그래! 정곡을 파악했구나. 자네는 군무에 종사하니 반드시 민보론을 염두에 두고 무비武備에 전력해야 하느니라. 조선은 대대로

---

* 민보론(民堡論): 전략 요충지마다 산성을 쌓고 병란이 터지면 농민들이 자전자수(自戰自守)하는 방위론. 다산 정약용은 향촌마다 공동으로 경작하는 여전을 만들어 군역을 공동부담하고 농민이 유사시에 향촌방위대 역할을 수행해야 한다는 이론을 주장했고, 신헌이 계승했다.

** 이정제(里定制): 전세, 군세, 환세 등 부세를 동리별로 총액제를 정해 공동부과하는 제도로 1711년 실시했다.

중국에 무력을 의존했으니 이적이 쳐들어오면 속수무책 당할 수밖에 없어. 강토가 유린되고 백성이 피를 보는 것을 막아야 하네. 자네같이 학식을 겸비한 무장을 보니 마음이 든든하구먼! 허허."

장지문이 열리더니 낭자가 찻상을 들고 들어왔다. 가슴이 다시 쿵쿵 뛰었다. 말을 잇지 못했고 얼굴이 상기되었다. 낭자가 옆에 다소곳이 앉아 목례를 올렸다. 받는 둥 마는 둥, 어찌할 바를 몰랐다. 얼굴이라도 한 번 똑바로 볼 수 있다면 얼마나 좋을까. 하얀 저고리에 다홍치마를 입은 그녀에게서 향긋한 풀 냄새가 났다. 그 냄새가 신헌의 정신을 어지럽게 만들었다.

스승은 뭔가 생각에 잠겨 말을 잇지 않았다. 어색한 침묵 사이로 그녀가 옅은 목소리로 말했다.

"조부님, 식기 전에 드십시오. 지난 가을에 따서 말린 국화차이옵니다."

옥잠화 꽃피는 모습이 저럴 게다. 가슴이 싸하게 저렸다. 풀 냄새에 목소리가 실려 오자 수많은 나비가 날았다. 방 안에 나비가 가득 날아 꽃향기를 퍼뜨리는 듯했다. 수백 마리의 나비가 그녀의 마음 조각을 물고 신헌의 어깨에, 팔에, 무릎에 날아와 찔러 넣었다. 전율이었다.

생애에 이런 감정은 처음이었다. 세상이 까닭 없이 밝아지고 울렁거리고, 해와 달이 마구 섞이고, 밤과 낮 구별도 개의할 이유가 없는 듯한 느낌이었다. 강물이 넘친들, 산이 무너진들 아무런 공포가 없을 듯했다. 아니 그 공포도 그녀와 함께라면 행복한 시간일 것임을 확신할 수 있었다. 계절이 아무리 바뀌어도 전혀 늙지 않은 채 그 자리에 그냥 있을 것 같았다.

그의 가슴에 소슬바람이 불더니 갑자기 태풍이 몰아쳤다. 다시 잠잠해지고 이젠 선녀들의 노래 소리가 들렸다. 그녀의 풀 냄새는 신헌에게 신비스런 명약이었다. 그녀가 어디 있든 한걸음에 달려 갈 용솟음이 느껴졌다. 그런데 어젯밤 꿈에서 본 모습이 다시 떠오르자 몸은 굳어졌다. 고개를 까딱할 수 없었다.

"내 손녀 혜련이가 다음 달 혼례를 올리기로 했다네! 벌써 나이가 찼으니…."

스승이 찻잔을 들며 말했다.

아, 무슨 청천벽력 같은 소린가. 어젯밤 꿈 장면이 그거였구나. 말하려 해도 자꾸 멀어졌던 것은. 혜련이 슬픈 표정을 지었던가, 뭔가 말하고 싶은 표정임에는 틀림없었는데 그거였구나.

맥이 빠졌고 허탈감이 몰려왔다. 곧추세웠던 허리가 조금 꺾였다.

"흠!"

긴장이 꾹 다문 입술 사이로 새나갔다. 정신을 수습해야 했다.

"예, 스승님, 축하드릴 일이지요."

예의를 차렸다. 표정을 들키지 않아야 했다.

"사돈댁은 어디에…?"

겨우 자세를 고쳐 앉은 신헌이 여쭸다.

"그래, 강화도에 사는 경주 이 씨 사족이라네, 잘 되었지 뭔가?"

"예, 다시 한 번 축하드리옵니다."

혜련! 혜련! 마음속에서 그녀의 이름을 부르는 자신이 왜소해졌다. 그녀는 얼굴이 상기된 채로 일어섰다. 목례를 하고 뒷걸음으로 물러나갔다.

"예, 스승님, 이번에 승진해서 책임이 더 무거워졌습니다. 자주 찾아뵙지 못하게 될까 두렵습니다. 가르침을 이정표로 삼아 군무에 열중하겠습니다. 옥체 보존하시옵고, 노후 잘 보살피시기를 앙망합니다."

"부디 그리해주게, 시세가 심상치 않아…."

신헌은 비틀거리며 일어나 합장했다.

스승은 앉은 자리에서 허리를 굽혀 절을 받았다.

"부디 오래 계십시오. 그래야 위급 시에 귀한 말씀을 얻을 수 있사옵니다."

말을 더 잇지 못한 채로 물러나와 장지문을 닫았다. 현기증 때문에 섬돌을 헛디딜 뻔했다.

해가 조금 기울었다. 낮은 담장 저편으로 햇볕에 반짝이는 강물이 보였다. 강물은 비늘 같았다. 따뜻한 오후 바람이 비늘을 사방으로 흩날렸다.

'내가 왜 이러나.'

하기야 나이가 꽉 찼으니 혼례를 치를 시기가 지났지. 그런데 이마음은 어찌하나. 혼례를 예정한 낭자에게 마음을 털어놓을 수도 없는 법, 게다가 혼인한 지아비가 그리함은 법도에 어긋난다는 것을 왜 모르겠냐만, 말이라도 나눠봤으면 하는 갈망이 목울대까지 치밀어 올랐다.

길동이 손짓했다. 서둘러야 해 질 녘에 한양에 도착할 거라고 일러주는 소리가 귀에 들어올 리 없었다.

"그래, 가자!"

옥풍에 올랐다. 그때였다. 길동이 "잠깐만요!" 하고 외친 것은.

여유당 뒤편에서 누군가 손짓하는 모습이 보였다. 혜련 아가씨였다. 길동이 잰 걸음으로 다가갔다가 뭔가를 전해 받은 듯 연신 굽실거리며 인사했다. 그 모습을 뛰는 가슴으로 쳐다봤다.

어젯밤 꿈속에서처럼 혜련은 뭔가 말하고 싶은 표정이었다. 그녀는 손을 약간 올려 살며시 흔들었다. 아, 작별인사! 가슴이 미어졌다.

옥풍에 올라탄 채로 혜련의 작별인사를 받는 자신이 비겁하고 용렬하게 느껴졌다. 관모를 살짝 올렸다 놓았다. 그녀는 곧 담장 뒷켠으로 사라졌다.

사라진 빈자리에 앙상하게 마른 나뭇가지가 흔들렸다. 잔가지에 수만 마리의 나비가 앉았다 허공중으로 사라졌다. 풀 냄새가 공중으로 날렸고 꽃이 떨어졌다. 빈자리에 겨울 햇살이 쏟아졌다. 그녀가 사라진 자리에 내리는 햇살은 무심했다.

길동이 빨간색 작은 비단 보자기에 싸인 물건을 건넸다.

"가재두!"

신헌은 괜히 길동에게 성화를 부렸다.

"알았어요, 보채시기는 ….."

마을 앞 작은 고개를 넘어 예봉산 비탈로 들어섰다.

신헌은 옥풍 위에서 비단보자기를 풀었다. 한글로 쓴 편지였다.

소저, 이제 멀리 떠납니다. 부디 옥체 보존하소서.

"아!"

몸이 비틀거렸다. 옥풍이 놀라 발을 멈췄다.

"왜요, 나리. 어디 아프세요?"

길동이 물었다.

"아니다, 가재두!"

편지를 싼 보자기에는 작은 십자가가 들어있었다. 신헌은 십자가를 부서져라 힘껏 손에 쥐었다. 옥풍 그림자가 길게 늘어졌다.

경기중영

제법 소슬바람이 불었다. 청명한 가을이었다. 바위를 세워놓은 듯한 인왕산 봉우리가 가을 하늘을 찌를 듯 섰다.

신헌은 군장을 하고 경기중영* 마당으로 나섰다. 경기도 방비를 맡은 사마**가 되어 돈의문 밖 경기중영으로 온 지 벌써 이태가 지났다. 조부가 도제조(최고지휘관)로 있던 훈련도감이 바로 돈의문 안에 있었다. 조부의 손길이 닿는 듯했다.

별군직 이듬해 무과급제를 했어도 신헌의 승진은 빨랐다. 무반武班 종4품 벼슬이니 29세 나이로는 눈총을 받을 만큼 특별한 승진이었다.

조정은 안동 김 씨 문중과 풍양 조 씨 문중이 여전히 대립했다. 효명세자의 갑작스런 죽음으로 처가인 조만영 집안이 위기를 맞았

* 경기중영(京畿中營): 경기도 방어를 담당하는 군사기구.
** 사마(司馬): 무반 종4품 벼슬.

지만 풍양 조 씨 세력은 여전히 컸다. 세자의 장인 조만영과 아우 조인영은 의정부를 장악하고 육조 대신에 조 씨 일파를 등용해 조정을 호령했다. 김조순은 순조비이자 딸인 순원왕후를 내세워 조만영에 맞섰다. 그런데 순조가 승하하고 어린 헌종이 등극하자 헌종의 장인인 조만영의 위세는 외려 커졌다.

모든 국사가 조 씨 문중과 그를 견제하는 김 씨 문중 손으로 이뤄졌다. 두 문중은 거미줄처럼 궁중의 요직을 연결해 긴밀한 권력망을 만들어갔으며 급기야 어영청을 비롯해 총융사, 수어청, 훈련도감, 금위영, 의금부를 두고 자리를 다퉜다.

경주 김 씨 주력인 김조순, 김좌근 일가의 세력은 만만치 않았다. 헌종 즉위로 잠시 물러나는 듯했지만 사사건건 부딪혔다. 헌종이 즉위하고 헌종 모친인 신정왕후(조 대비)가 수렴청정을 하자 조정은 바람 잘 날이 없었다. 조정의 동향에 신경이 더욱 쓰였다. 언제 변방으로 좌천될 날이 올 것이다.

"나리, 준비됐습니다."

길동이 옥풍을 대동하고 큰 소리로 외쳤다.

"히힝∼."

옥풍이 반갑다는 듯 신헌을 불렀다.

"그래, 가마."

길동은 뚝섬 군마장에서 돈의문 밖 고마청雇馬廳 마부로 전직했다. 군마와 파발마를 관리하는 관청인데, 경기중영에서 불과 두 마장 떨어진 곳이니 신헌의 마부로 일하기는 안성맞춤이었다.

옥풍은 세월의 흔적을 안고 늙은 모습이 역력했다. 그래도 3년 전 뚝섬에서 종자를 받아놨으니 다행이었다. 옥풍 씨를 받은 망아지는 무럭무럭 자랐다. 검은 등짝에 흰 점이 있는 것으로 미뤄 먼 조상은 몽골 아니면 중국 북방계일 거라 생각했다. 성깔이 남달라 이름을 '흑풍'黑風이라 지었다.

오늘은 새남터에서 훈련이 있는 날이다. 중영 군졸들을 데리고 활쏘기와 조총 사격술을 연마하려던 참이었다. 군관 다섯에 군졸은 각 부대별로 50명씩 배치되어 있어 오늘은 정병 두 개 부대만 차출했다. 하나는 각궁부대, 다른 하나는 조총부대다. 군관이 와서 보고했다. 열병한 군졸을 사열했는데 훈련원 생도에 비해서 군기가 느껴졌다. 믿음직스러웠다.

해가 떠올라 인왕산을 비추는 시각에 병력을 출발시켰다. 신헌은 옥풍을 타고 앞장섰다. 중영문을 나서자 아이들이 구경하러 몰렸다. 길동이 큰 소리로 겁을 줬다.

"물렀거라, 이놈들아."

신헌은 예전 고향집 생각이 났다. 길을 돌아 마포 쪽으로 접어들자 저잣거리가 나왔다. 약국이며, 싸전이 늘어섰고, 잡화점 앞에는 엿장수, 물장수, 땔감장수가 호객하고 있었다. 도성에 근접한 동네여서 그런대로 풍족해 보였는데, 야산을 하나 넘자 풍경은 금시 초라해졌다. 움막집이 줄을 이었다. 서강 쪽 언덕에는 토막민들이 굴을 파고 사는 모습이 눈에 들었다.

작년, 한 차례의 기근이 몰아쳤다. 그해 여름은 유난히 서늘해서 곡식이 여물지 않았고 채소도 꽃을 피우지 못했다. 벌과 나비가 날아들기도 전에 과실나무 꽃이 속절없이 그냥 떨어졌다. 그해 가을과 겨울에 십수만 명이 굶어 죽었고, 먹을 것을 찾아 고향을 등진 유민이 수를 헤아릴 수 없었다.

동대문 밖은 강 건너 남쪽지방에서 몰려든 유민으로 북적였지만 먹을 것을 찾을 수 없었다. 굶주린 백성이 아귀다툼을 벌였는데도 조정은 손 쓸 궁리를 하지 않았다. 곡식창고는 굳은 자물쇠로 채워졌다. 군졸들이 창고를 밤새 지켰다. 먹지 못한 생명은 시든 이파리처럼 떨어졌다. 종로 시전 거리에 사람들도 자취를 감출 정도였다.

유민들이 잠입하지 못하게 수비대가 도성문을 단단히 지켰다. 성곽 주변을 따라 움막이 줄을 이었다. 때로는 낮은 성벽을 넘어 도성 안으로 잠입하는 유민들이 있었으나 곧 금위영 군졸들에게 걸려 다시 도성문 밖으로 내동댕이쳐졌다.

성안은 그런대로 안전했지만 전염병에는 안전지대가 없었다. 그해 여름에 굶주린 백성에게 전염병이 덮쳤다. 호열자였다. 신헌은 남대문과 동대문 성벽에 주렁주렁 매달린 시체를 수도 없이 봤다. 열병으로 죽은 시체를 성벽 높이 매달면 역병疫病 귀신이 중간에 길을 잃어 집안으로 돌아오지 못한다고 백성들은 믿었다. 건장한 남정네도 호열자에 걸리면 고열에 구토를 멈추지 못했고 설사에 탈수증을 일으켜 그대로 쓰러졌다. 가족 가운데 누가 호열자에 걸리면 역병이 옮아붙을까 얼씬 못했다. 병자는 거리를 떠돌거나 산중으로 몰려갔다.

서강 언덕에 덕지덕지 붙은 토막민이 생겨난 까닭이었다. 요행히 살아남은 사람들도 집으로 돌아갈 엄두를 못 냈다. 역병 귀신이 언제 다시 가족을 괴롭힐지 모른다는 두려움에 떨었다. 역병에 걸

72

린 궁중 하인도 곧장 추방되어 청량리 근처를 떠돌며 걸식하다 죽었다는 소문을 들었다.

왕십리 도선장에 쌓인 역병 시체가 작은 동산을 이뤘다. 나룻배 주인들은 한 구당 2전을 받고 잠실 쪽 백사장에 갖다 버렸다. 다음 해, 왕십리로 반입된 잠실 뽕잎과 채소는 그 어느 때보다 때깔이 좋았다. 기근과 호열자에도 아랑곳 않은 채 조정은 세력다툼에 진력을 다했다.

높은 하늘을 등지고 멀리 갈매기가 날았다. 서강 백사장의 뽀얀 살이 눈부시게 펼쳐졌고 그 너머 한강물이 넘실거렸다. 기근에 백성이 죽고 역병이 돌아도 강물은 한결같았다. 신헌은 강물의 한결같은 풍경을 사랑했다. 때로 홍수가 인근 마을을 휩쓸 때도 있지만 강물은 원래의 자태를 회복해 넘실거리면서 하구로 흘러갔다.

강 하구엔 강화도가 있다. 강화도를 떠올리자 신헌은 호패 안쪽을 더듬었다. 작은 십자가가 만져졌다. 그날 이후로 신헌은 호패 주머니 안쪽에 작은 천을 잇대 십자가를 넣어두었다. 천주쟁이의 상징이라는 느낌은 추호도 들지 않았다. 조정이 천주쟁이를 소탕하려 눈을 부릅뜨고 전국에 군졸과 포졸을 수시로 풀었기에 십자가를 소지하는 건 위험천만한 일이었지만, 멀리 가버린 혜련의 분신이자 맺을 수 없는 연심戀心이었다.

그것 없이는 한시도 마음을 의지할 곳이 없고, 그것 없이는 어느 곳도 갈 수 없음을 알았다. 십자가는 인생의 동반자였고 기근과 역병을 이겨낼 수 있는 마음의 힘이었다.

군졸을 열병시키고 각궁角弓 훈련에 들어갔다. 각궁 살수들은 손

놀림이 제법 익숙했다. 다섯 열로 정렬한 살수들은 백보 앞에 늘어선 과녁을 향해 화살을 날렸다. 솜씨가 제법이었다.

조선의 주력인 각궁부대는 유엽전부대와 편전부대로 편성되었다. 유엽전은 경향 각지에서 평상적으로 쓰는 화살로 사거리가 120보 정도이고, 대나무를 반으로 쪼개 만든 통아桶兒 사대에 얹어 쏘는 편전鳥銃은 사거리가 150보 정도였다. 화살을 날린 다음 바로 다시 쏘는 동작이 가능하기에 각궁은 조총보다도 군사작전에 훨씬 유리했다. 그러나 적에게 치명적 충격을 가하는 데에는 조총을 능가하지 못했다.

조총은 사거리가 150보에서 2백 보 정도여서 멀리 있는 적을 넘어뜨리기에 화살보다 훨씬 좋은데 사격하고 난 다음 동작이 느리다는 게 문제였다. 총열을 닦아내고 연환鉛丸을 총대에 다시 밀어 넣고 화약을 채운 다음 가늠쇠를 당겨야 연환이 발사되는데 그사이 시간이 각궁보다 몇 배 더 걸렸다.

그러나 조총의 위력은 각궁에 비할 바 아니었다. 한 번 맞으면 적은 다시는 일어서지 못했다. 연환이 살 깊숙이 박혀 피를 토하며 죽었다. 경기감영은 조총 5백 자루를 보유했다. 훈련도감과 금위영, 어영청, 총융사에는 그보다 더 많은 조총이 보급되었는데 화약이 부족해서 사수훈련을 제대로 못하는 게 흠이었다.

경기중영도 사정이 비슷해서 오늘은 한 발씩만 쏘는 것으로 훈련을 마감해야 했다. 오 열 종대로 늘어선 사수들이 긴장했다.

"땅, 따땅, 땅."

무릎 자세로 앉은 일 열 사수가 과녁을 행해 가늠쇠를 당기자 천지를 진동하는 소리가 났다. 근처 갈대밭에서 물새가 놀라 무리지어 뛰어올랐다. 상공을 날아오른 물오리 떼는 멀리 밤섬 쪽으로 혼비백산 날아가 버렸다. 이미 화살이 수십 발 꽂힌 과녁은 연환을 맞자 아예 풍비박산이 나 뒤로 자빠졌다.

'흠, 조총 사격시간을 줄이는 게 관건이야.'

신헌은 혼자 중얼거렸다.

각궁 살수들은 조총의 위력을 짐짓 얕잡아보려는 듯 조총 사수들을 놀려댔다.

"어디 한번 다시 쏴 보게나. 내가 먼저 자네를 죽일 수 있어!"

전쟁의 참화를 한 번도 겪어보지 않은 군졸들은 병정놀이에 흥이 났다. 전쟁을 겪지 못한 건 신헌도 다르지 않다고 생각했다. 군관이 호통 쳤다. 그때 군관이 파발이 도착했다는 전갈을 알렸다. 파발이 무릎을 꿇었다.

"감영에서 급히 듭시라는 분부이옵니다."

"알았다. 급히 가마."

파발은 곧장 말을 부려 오던 길을 되돌아갔다.

"무슨 연유일까?"

신헌은 부대를 상군관에게 맡기고 옥풍을 부려 경기감영으로 달렸다. 길동이 외쳤다.

"나리, 곧 따라갈게요."

경기감영

경기감영* 포정문을 지나 옥퐁에서 내렸다. 포졸들이 도열해 있었고 안쪽에서 웅성거리는 소리가 들렸다. 포졸 수장이 예의를 차렸다. 내삼문을 들어서니 경기감사京畿監司가 집무하는 선화당 마당에 형틀이 있었고, 웬 중늙은이가 머리채를 흩뜨린 채 곤형棍刑을 맞고 있었다. 벌써 서넛 대를 맞았는지 볼기에 핏자국이 선명했다. 형리가 든 곤장이 치도곤治盜棍인 걸로 봐서 중범죄자인 것이 분명했다.

감사 홍학연洪學淵이 내삼문에 들어서는 신헌을 보고 손짓했다. 신헌은 감사에게 다가서 예를 올리고 까닭을 물었다.

"부르셨습니까, 대감."

"어서 오시오, 중군장. 오늘 조정에서 특별 계문이 하달되었소.

---

* 경기감영(京畿監營): 현재의 경기도청에 해당하는 관청. 지금의 서대문 네거리 적십자병원 일대에 있었으며, 그 서쪽으로 평안도 의주(義州)로 통하는 제일대로(第一大路)와 경기중영(京畿中營)이 있었다.

76

사교도를 색출해 발본하라는 묘당의 지시가 추상같소이다."

"예, 그리하군요. 그런데 저자는?"

"마침 광주 분원에서 천주쟁이를 검거해 감영으로 이송했소. 이름은 이경윤인데, 정해박해(1827) 시 내포지역에서 체포돼 사사된 이경언의 사촌이오. 이자가 광주로 몰래 이주해 신도들을 끌어 모아 산속으로 피신했는데 명도골이라는 교우촌을 만들었소. 신도가 줄잡아 1백여 명에 이른다 해서 오늘 오전에 은밀하게 덮쳐 절반을 체포하고 우두머리격인 저자를 잡아 문초 중이오."

"음. 예⋯."

신헌의 입에서 답인지 한숨인지 모를 신음 같은 것이 터져 나왔다.

"저자를 더 족쳐 작년에 잠입한 서양 신부 소재를 물어야 할 것이오. 정탐한 바에 의하면 적어도 세 명이 압록강을 건너 기호지역으로 몰래 들어왔다는 것이오. 며칠 전 그중 한 명이 다녀갔다고 저자가 실토했소. 그런데 끝내 행선지를 불지 않소이다. 들은 대로 지독한 자요."

"예."

신헌은 말을 잇지 못했다. 감사가 자신을 부른 까닭을 아직 말하지 않았다.

"저자의 실토를 받아내 소재를 파악하면 포도청 포졸을 도와 중영 군졸을 보내라는 의금부 통문이 왔었소. 그래서 부른 것이오."

"예, 그리 됐군요. 그럼 저자를 자백토록 하는 게 급하겠소이다."

"그렇소."

감사 홍학연은 다시 자세를 고쳐 앉아 문초를 계속했다. 포도청 군관과 포졸들이 형틀 둘레에 바짝 붙어있는 걸로 봐서 오늘 기어이 끝장을 보겠다는 기세였다.

"이경윤은 듣거라. 내 다시 묻겠다. 그 서양 신부 이름은 무엇이냐?"

"모…모방*… 이라 부릅니다."

중늙은이가 거의 꺼져가는 소리로 말했다.

"세 명이라 들었는데, 다른 이는 무엇이냐?"

"모… 모릅… 니다. 소인은 오로지 한 분만 뵙습지요."

"거짓이 아니렷다! 그럼 그 서양 놈이 변복했느냐?"

"그렇사옵니다. 조선 복장으로 변복… 했사옵니다."

"어디로 갔느냐? 바른 대로 말하라!"

"소인은 행… 선지를… 모르옵니다."

"뭐야! 저자에게 두 대를 더 쳐라!"

형리가 치도곤을 치켜들었다. 박달나무로 만든 치도곤은 어느 곤장보다 단단하고 예리해서 서넛 대 만에 살이 헤지고, 낫더라도 장독 때문에 시름시름 앓다가 죽을 만큼 치명적인 형벌이었다.

두 대를 더 때리자 천주쟁이는 혼쭐을 놓고 기절했다. 군졸이 머리에 물을 부었다.

중늙은이는 교우촌 촌장이라 했다. 1백여 명 신도들의 입는 것, 먹는 것을 책임지고, 하루 일과를 지도하는 마을의 어른인 셈이다.

---

* 모방(Pierre-Philibert Maubant) 신부: 1836년 의주를 거쳐 한양으로 왔다. 정하상의 집에서 유숙하고 활동하다가 1839년 기해박해 당시 참수되었다.

심문에 의하면, 아침에 일어나 기도회를 집전하고 이상한 노래를 부르며 다시 일과로 돌아가 농사일을 한다. 밤 이슥히 다시 기도회를 여는데 신도의 신앙생활에 관련된 모든 일을 세심히 운영하는 총책임을 맡는다고 했다. 전국 산속 깊숙이 형성된 이런 성소聖所가 수십 군데에 이르고 서양 놈이 곳곳을 다니면서 세례를 주고 기도회를 집전한다고 했다. 서양 놈은 농사짓는 법과 나무 기르는 법, 그밖에 생존에 필요한 기술을 전수한다고도 했다.

"정신이 들었느냐?"

홍학연은 조바심이 나서 외쳤다.

"저… 저놈들이 갑자기 정신이 돌아 양놈을 따른다고 떠벌리고 천명을 외면하고 성현을 업신여기는 말을 일삼으니, 이 어찌 통탄할 노릇이 아니겠는가. 공맹의 나라에 천주와 예수가 웬말이냐? 성스런 위패를 내동댕이치고 나무 몽뎅이 꺾어 만든 십자가를 걸어두니, 이게 사술이고 미신이 아니더냐? 극락이라면 이해가 간다만, 노래하고 중얼거리며 손잡고 울부짖는들 천당에 보내준다고 하더냐? 도대체 천당은 또 뭐냐, 그 기도라는 걸 하면 흉악한 죄를 사해 준다고 하니 죄짓고 기도하고, 죄짓고 기도하라는 그 속임수를 내가 모를 것 같으냐? 남녀노소가 한꺼번에 모여 그리하고 있으니 퇴폐도 도를 넘어 역모에 이른다. 뭐라고, 십계와 칠극? 우리에겐 삼강오륜이라는 훌륭한 게 있다. 너희들은 서양귀신에 홀린 것이다. 그건 인륜을 폐하고 양속을 망가뜨리는 사악한 논리일 뿐이다. 어찌 임금이 아니고 천주가 가장 높으신 분이냐? 천주가 어디 있느냐? 너희들은 이마두*라는 자가 오래전에 쓴 《천주실의》에 미혹되었을 뿐이다. 그럼에도 여름날 넝쿨처럼 서로 엉켜 있으니 내 참으로 통분할 노릇이다!"

감사는 일장연설을 하고 나서 혹시 배교할지 모른다는 희망에 문초를 계속했다.

"내가 다시 한 번 묻겠다. 너희들 교리에는 왕과 신민의 관계는 들어있지 않다. 그게 임금을 업신여기는 도리라 부르는 것이다. 말해 봐라!"

정신을 수습한 중늙은이가 속삭이듯 말했다.

"그러하지 않습니다. 삼강오륜이 나쁘다는 게 절대 아닙니다. 임금을 거부하는 것도, 부모를 몰라보는 것도 아닙니다. 부모가 우리를 태어나게 했지만 부모도 임금도 모두 천주님이 만들어주신 것입니다. 천주님은 이 세상의 영혼이며 근본입니다. 우리가 사는 것은 천주님의 명령에 따른 것이고, 우리의 혼과 육신을 결합하시는 분이고, 온 우주를 관장하시는 거룩한 은총입니다. 저희들은 비록 미천한 신분이지만, 바람과 비와 햇살 속에 그분의 숨결이 깃들었음을 압니다. 천주님은 가엾은 우리를 거둬주시는 자애로운 손길입니다."

"저, 저놈이 아직도…. 주둥이를 놀리는구먼!"

"도대체 저런 교리를 어찌 배웠는가? 글도 읽을 줄 모르는 무지한 것들이?"

* 마테오 리치(利馬竇, Mateo Ricci): 1583년 중국에 입국한 선교사. 1601년 북경으로 가서 천주교 성당을 지었다. 유교의 논리와 천주교 논리를 비교해 천주교설이 더 진리임을 설파한 《천주실의》(天主實義, 1603)를 저술했다.

"그걸… 아는 건 어렵지 않습니다. 언문을 알면 혼자라도 쉽게 터득할 수 있습니다."

"흠, 그렇군. 마지막 심문이다. 천주를 부정한다면 살려주겠다!"

"저는… 소인…은 만 번 죽어도 배교할 수 없습니다. 천주는 우리의 어버이십니다."

"곤장을 다시 쳐라!"

형리가 곤장을 치켜 올렸다. 그때 신헌은 보았다. 그의 얼굴에서 해맑은 눈빛과 평온한 표정을, 뭔가 기뻐 고요히 읊조리듯 작은 목소리로 노래하는 모습을.

신헌은 정수리에 힘을 모아 이를 들으려 애썼다.

"천주가 주신 사랑 한없는 은총일세, 죄짓고 두려운 자 천주에게 의탁하세, 이리 힘든 현세에서 천주 사랑 공경하고…. 악!"

중늙은이의 육신이 늘어졌다.

신헌이 황급히 말했다.

"대감! 혹여 저 대역죄인이 죽기라도 한다면 의금부에 할 말이 궁핍해집니다. 그러니, 이쯤 하시고 목숨을 건사하게 하는 것이 현명합니다. 문초는 또 해도 되니까요."

"그러지…. 흠! 곤장을 거둬라!"

감사도 딱했는지 급히 명했다.

"그자를 투옥하라."

군졸과 포졸이 중늙은이를 둘러메고 영이청 뒷켠 감옥으로 끌고 나갔다. 포도청 군관도 난처한 기색이 역력했다.

"어째 저 천주쟁이들은 저리도 지독한가요. 감당이 안 되옵니다, 대감."

대사성을 지낸 홍학연은 실토를 못 받아낸 낭패감을 삭이는 중이었다.

"서교가 여름 장마에 솜이불 젖어들 듯 남녀노소 가릴 것 없이 퍼지니 막아낼 방도가 없구려. 조정에서 저리 난리인 것도 이해가 가고도 남구만. 그나저나 내일 당장 양주로 출동해서 교우촌을 샅샅이 뒤지라는 명령이 떨어졌소이다. 이번에야말로 씨를 말려 죽이지 않으면 낭패를 볼 것이오. 중군장은 병졸을 끌고 며칠 색출작업을 하고 돌아오시오. 반드시 성과가 있어야 하오. 그렇지 않으면 조정의 문책에 화를 입을 각오를 해야 할 것이오."

신헌과 포청 군관은 예를 갖추고 선화당을 물러 나왔다.

"허허, 큰일인 게요. 민심이 이래가지고야 …."

군관과 헤어지면서 신헌은 혼잣말로 중얼거렸다. 호패 주머니의 십자가에 온통 신경이 쓰였다.

'전국에 방이 붙었다면 혜련도 목숨을 부지하기 어렵겠구나 ….'

길동이가 옥풍을 끌고 하직인사를 했다.

중영으로 돌아오는 신헌의 발걸음이 휘청거렸다.

송추 노룻골

신헌은 경기 북부 양주로 출동했다. 황사영의 시체를 몰래 안치했다는 장흥 부근은 천주교도의 은거지로 소문이 나 있었다. 그곳은 북한산 뒤편 골짜기로 수리봉, 고래산, 계명산으로 둘러싸인 천연의 은신처였다. 노룻골이라 했다. 그곳으로 들어가려면 좁은 골짜기를 따라 난 오솔길 외에는 다른 길이 없었다.

천주교도들이 이 길 외에 달리 어떻게 외부와 내통하는지 알 도리가 없었는데, 그들은 옹기를 빚고 감자와 더덕 같은 돈이 되는 작물을 재배해 몰래 내다 팔았다. 아마 은신처 뒤쪽 구름재를 넘어 양주 읍내로 나다니는 길이 있을 거라 짐작했지만 산중이 너무 깊어 관아에서도 그냥 내버려 둔 상태였다.

조정의 척사론은 궁중을 바짝 긴장시키고도 남았다. 몇 번의 소탕전에도 불구하고 아직 사교쟁이들이 살아남아 여기저기 풍습을 어지럽히고, 얼마 전 서양 신부들이 몰래 잠입해 위험천만한 사태를 작당하고 있다는 거였다.

경기감사 홍학연에게 하달된 조정의 유시는 헌종의 장인 집안인 검교제학檢校提學 조인영이 직접 쓴 것이었다. 《척사윤음》이었다. 조정은 풍양 조 씨 조인영, 조만영 형제에 의해 완전히 장악된 때였다. 신헌은 경기중영에도 하달된 헌종의 《척사윤음》을 찬찬히 읽어내려 갔다.

천주학은 선왕의 법도가 아닌데 몰래 서로 속여 유인하고, 성인의 바른 가르침이 아닌데도 길들이고 현혹시켜 점차 오랑캐와 짐승의 지경에 빠져들게 되었다. … 지금 이 사교가 제멋대로 횡행하는 것은 내가 허물이 많고 잘못 인도한 것이므로 스스로 자책하니 아픔이 내 몸에 있을 뿐이리오. … 저 야소耶蘇라는 자는 사람인지 귀신인지 진짜인지 가짜인지 알 수가 없도다. 그 무리들의 말로는 천주가 만물과 인류의 큰 부모라고 하나, 하늘은 소리도 없고 냄새도 없거니와 사람은 육신이 있으니 결단코 서로 혼동할 수 없는 것인데 현혹시킴이 이토록 거짓될 수 있으랴? … 사람과 짐승의 한계가 구분되는 것이니 내 어찌 거듭 되풀이해서 말하지 않을 수 있겠는가? 애통해 하면서 유시하노라! 6

이치는 맞는 듯했다. 그렇다고 오랑캐와 짐승이랄 것까지는 없지 않나 하는 의구심이 생겼다. 중국에서 일컫는 상제上帝를 천주天主라 해도 되지 않을까만, 단지 천주를 만물의 창조주라고 하는 데에는 약간의 거부감이 일었다. 성리학의 천명과 천주의 섭리는 어떤 관계가 있을까? 따져봐야 할 문제였다.

제사를 거부하는 것은 잘못인데 삼강오륜을 따르지 않는 것은 더 문제인 듯싶었다. 남녀노소가 한자리에 앉아 기도하는 모습은 아무래도 받아들이기 어려웠다. 스승 다산 선생께서도 한때 천주학에 심취하지 않으셨는가. 그건 학문으로 간주해서 그럴진대, 다산 선생이 진짜 신자였는지는 아리송했다.

3년 전 스승이 숨을 거두실 때 신자들이 왔다는 소문을 얼핏 듣기는 했는데, 그게 과연 사실인지를 확인할 방법은 없었다. 아, 혜련이 스승 곁을 지켰다면 살짝 물어볼 수는 있었을 거다.

오전 나절이 지나 신헌이 끄는 부대는 송추계곡 입구에 도착했다. 부대를 둘로 나눴다. 군졸 30명은 계곡 오솔길을 따라 진입하고, 동작이 날랜 20여 명을 뽑아 구름재를 넘어 고래산 뒤쪽으로 넘어오라 명령했다. 앞뒤로 포위할 작정이었다. 구름재를 넘는 부대를 먼저 출발시켰고, 조금 휴식을 취한 뒤 본대가 정면으로 진입했다. 옥풍 고삐를 잡고 길동이 앞장섰다. 열 마장가량 전진했을 때 남루한 차림의 아이들이 관목 숲에서 뛰어나왔다.

"어딜 가는 게냐?"

아이들이 놀라 뒤로 물러섰다. 한 여남은 명 되는 무리였다.

"어딜 가는 게냐 물었다!"

신헌이 호통 쳤다.

"어른들이 촌을 떠나라고 야단치고 뒷산으로 달아났어요!"

"그럼 봇짐을 챙겨 떠난 게냐?"

아이들이 울먹였다. 개중 열 살이 넘은 듯한 사내애가 말했다.

"예…. 그냥 산을 내려가라고 했어요."

군졸이 들이닥친다는 기밀이 샌 것이 틀림없다. 천주쟁이들은
여러 곳에 연락망을 가동하고 있다는 말이 맞았다. 혹시 군졸 중
천주교도가 있어 미리 알려줬을지 모른다. 조 대감의 말마따나 잡
초를 제거하려면 뿌리까지 뽑아야 하는데 그냥 두면 곧 생기를 얻
어 풀씨를 흩날리는 법, 명줄이 강한 교우촌이 딱 그 격이었다.

군졸 둘에게 아이들을 수습해 관아로 귀환하라 일렀다. 못 먹어
말라비틀어진 골격이 옷 밖으로 나온 아이들은 코를 훔치며 군졸을
따라 산을 내려갔다.

노룻골에 도착하니 인기척이 없었다. 예상대로 모두 도주해 버
린 후였다. 천막이 여기저기 쳐 있고 토굴도 보였다. 서강 언덕배
기 토막촌보다 더 허름하고 남루했다. 이런 곳에서 사람이 살다니
신헌은 눈물이 핑 돌았다. 나뭇가지로 얼기설기 엮은 초라한 오두
막에서 기침소리가 났다. 신헌이 조심스레 접근했다. 허기에 지치
고 병든 늙은이 둘이 어둡고 비좁은 방에 누워 있었고 벽에 걸린 십
자가가 걸려 있는 게 눈에 들어왔다.

신헌이 물었다.

"모두 어디로 갔느냐?"

둘 중 그래도 근력이 남은 듯한 늙은이가 힘겹게 말했다.

"모두 떠났어요…. 한참 전에."

"혹시 신부가 여기 왔었느냐? 그런 기별을 갖고 왔으니 솔직히
자백하라. … 다 끝났느니라!"

"……."

밀고할 수 없다는 듯 단호한 표정이 스쳤고, 곧 중얼거리는 소리

86

가 들렸다.

"저희는 천주님의 뜻을 믿사옵니다. … 인도하여 주시고 항상 은 총이 가득하게 하여 주옵소서. 성부, 성자, 성신의 이름으로 기도 하옵나이다. …"

그때 뒷산에서 부스럭거리는 소리가 들렸다. 발걸음 소리였는데 한둘이 아닌 듯했다. 먼저 떠난 부대의 군관이 소리쳤다.

"여기 모조리 체포했습니다, 양놈도 있어요!"

군관의 목소리는 우렁찼고 마치 훈장이라도 받아야 한다는 듯 의기양양했다.

신헌이 나가 보니, 50여 명 정도 남녀 신도들이 보따리에 등짐을 지고 마을 뒤쪽 기슭에서 이쪽을 향해 내려오고 있었고, 뒤로는 군 졸들이 토끼몰이하듯 사람들을 몰았다.

촌락 마당에 모두 앉히고 군졸들이 빙 둘러섰다. 신자들의 표정 은 두려운 기색이 역력했다. 부녀자가 안은 젖먹이가 울었.

무리 구석에 키가 훤칠한 사람이 눈에 들어왔다. 방립方笠*에 포 선布扇**을 써 막 초상을 치른 사람인 줄 알았는데, 바로 그 양인洋 人이었다. 신헌이 물었다.

"그대는 누구인고?"

"……."

"이 사람은 법국에서 파견된 신부올시다. 앵베르 주교*입니다."

---

* 방립(方笠): 비와 햇볕을 막기 위해 챙을 넓게 만든 관모. 삿갓과 비슷하다.
** 포선(布扇): 두 개의 막대기에 삼베를 이어 만든 얼굴 가리개. 흔히 장례 때 상주가 착용한다.

복사服事인 듯한 중년 남자가 말했다.

"조선말을 모릅니다."

그가 덧붙였다.

"여기서 무엇을 했느냐?"

"신도에게 성회를 베풀고, 세례도 하고, 아픈 사람 치료도 해줬습죠."

신자를 무더기로 잡아 한껏 사기가 오른 군졸들에게 신헌이 일렀다.

"여기 신자들 보따리를 모두 한곳에 부리고 중영으로 돌아갈 준비를 해라. 복사는 주교를 데리고 이 앞으로 나오라!"

복사가 앵베르 주교를 모시고 신헌 앞에 섰다. 난생처음 보는 양인이었다. 키는 6척 정도, 피부는 하얗고 머리는 약간 벗겨졌는데 얼굴은 그런대로 인자해 보였다. 오랑캐처럼 사악하고 인륜을 해하는 짐승 같은 느낌이 아니어서 일단 안심되었다.

복사가 보따리를 여전히 움켜쥐고 있었다. 빼앗기지 않으려고 안간힘을 썼다. 약간 실랑이가 있었지만 군졸에게 보따리를 넘겨줬다. 십자가와 묵주를 빼고는 모두 처음 보는 물건이 들어 있었다. 복사가 말했다.

"그건 성물聖物이옵니다. 미사를 집전하고 세례 줄 때 쓰는 물건이옵죠."

금박과 옥이 달린 비단처럼 고운 검은 모자를 신헌이 가리켰다.

---

* 앵베르(Laurent Marie Joseph Imbert) 주교(1796~1839): 조선 교구 2대 교구장. 1839년 기해박해 당시 체포되어 효수됨.

복사가 우물쭈물했다.

"그…. 그… 건 주교관主敎冠이라 합니다."

주교를 상징하는 관모였다. 신헌도 얼핏 들었던 얘기가 떠올랐다. 바다 건너 먼 나라에서 조선을 독립교구로 선정하고 주교主敎라는 직명을 가진 사람을 파견한다는 소문이 한양에 돌았다.

'아, 이 사람이구나!'

홀로 감당하기 벅찬 사실들이 한꺼번에 엄습하자 신헌은 침을 꿀꺽 삼켰다.

"어떻게 이 먼 나라에 왔느냐?"

"배로 중국에 와서 북경에 머물다 만주로 해서 3년 전 겨울에 압록강을 건넜습죠."

"이 나라 국법이 사교를 엄금하는 것을 모르느냐?"

복사가 통역을 했다. 주교는 신헌을 똑바로 보면서 도통 알지 못하는 말로 중얼거렸다. 그 말은 물결처럼 구름처럼 흐르는 듯했다.

"나는 이 나라 불쌍한 생명을 구하러 왔습니다. 하늘과 땅과 온 세상의 주인이며 우리의 아버지로, 먹을 것과 옷을 내려 주시며, 별과 달, 비와 이슬, 나무와 새를 창조하신 천주님의 은총을 우리의 측은한 영혼에 가득 전하러 왔습니다."

'과연 듣던 대로구나.'

신헌은 생각했다.

주교가 잠시 생각에 잠겼다가 말을 이었다.

"그대는 무지無知 속에서 진리를 보는 눈을 가졌습니다. 천주의 계명을 아직 깨닫지는 못했지만 신령체인 영혼이 음식만으로 살지 못한다는 것을 이미 아는 사람입니다. 그대의 직무를 수행하느라 우리를 압송하겠지만 신자들을 어여삐 여기고 천주의 거룩한 마음을 이해하려 애쓰는 마음이 그대의 얼굴에 비칩니다. 그대는 언젠가 불쌍한 백성이 마음 놓고 천주님을 찬양할 수 있게 길을 닦을 인물입니다. 제가 그대를 위해 천주님의 성언聖言을 전하며 기도하겠습니다."

"네 이놈, 무슨 해괴망측한 말이냐?"

신헌은 군졸이 보는 앞에서 고함을 질렀다.

"저놈을 포박하고 신자들을 일렬로 세워라. 보따리는 군졸들이 들고 젖먹이들을 안아라. 자, 중영으로 귀환한다!"

그러자 복사가 애원했다.

"오두막에 남은 노인들을 보살펴야 합니다."

신헌은 할 수 없이 복사의 애원을 들어줬다. 주교가 병자들을 위해 종부성사終傅聖事를 해주었다. 주님의 성체가 아픈 이의 몸에 들어 낫게 하는 기도였다. 신헌은 군졸 음식을 노인과 병자들에게 남겨두고 산에서 내려왔다. 군졸들이 짐과 갓난아이들을 안아 들고 하산하는 모습이 꼭 한 무리 난민 같았다.

옥풍에 탄 신헌도 갓난아이를 품에 안았다.

신헌은 군졸을 양주 관아에 파발로 보냈다. 노룻골을 소개하니 사후를 잘 수습하라는 당부였다. 신자의 거처를 비밀리에 알아낸 지방 포졸들이 신자를 겁박해 노략질을 일삼고 부녀자를 겁탈하는 일들이 자주 벌어졌는데 그걸 우려한 조치였다.

다른 군졸을 시켜 고양 관아에 소달구지와 먹을 것을 준비하라고 보냈다. 50여 명을 이송하자면 한밤중에야 도착할 것이기에 달구지가 필요했다. 고양을 거쳐 무악재를 넘을 작정이었다. 서둘러야 해지기 전에 중영에 도착할 수 있을 것이다.

앵베르 주교

　신자들을 경기중영과 감영 감옥에 분산해 수용했다. 앵베르 주교는 금부에 넘겼다. 중범죄자로 의금부 수배를 받아온 터라 그리 조치했다. 군졸이 데리고 온 십수 명의 아이들은 저잣거리 가게에 입양해 보냈다. 그래도 싸전, 잡화점, 약방 주인들이 흔쾌히 받아줘 고맙기 그지없었다. 아이에게 무슨 죄가 있겠는가? 가게 주인들은 혀를 끌끌 찼다.

　"불쌍한 것…."

　압수한 물품은 의금부로 보냈다. 제의류祭衣類, 경본經本, 주교관, 십자가, 묵주 등이었다. 감옥은 수십 명에 이르는 신자들로 가득 찼다. 신음소리와 기도소리가 뒤섞였다. 음식을 꼬박꼬박 들여보냈다. 죽음을 앞둔 자에게 허기라도 면하게 해줄 요량이었다.

　그들은 하나씩 포도청 포장捕長 앞으로 나아가 고문을 당했다. 신헌은 경기중영 집무실에서 꼼짝도 않고 신자들의 비명소리를 들었다. 호패 안주머니에 든 십자가를 자주 만졌다. 혜련의 얼굴이 떠올랐다 사라졌다. 비통한 표정이었다. 신헌은 밤잠을 설쳤다. 식은땀을 흘리며 아침을 맞은 적도 있었다. 신자들은 하나둘씩 사라졌다.

며칠이 지났다. 의금부에서 통문이 하달됐다. 체포자 중군장은 새남터에 입회하라는 통지문이었다. 앵베르 주교의 사형집행이 결정됐다.

신헌은 다음 날 아침 옥풍을 타고 새남터로 나갔다. 맑은 겨울이었다. 매서운 강바람이 불었다. 서양 주교의 사형을 보러 구경꾼이 모여들었다. 새남터에는 곳곳에서 잡혀 온 신자들로 북적였다. 양손을 묶인 채 꿇어앉은 천주교도들이 수백 명이었다. 지역별로 무리를 지어 앉힌 게 꼭 군사 훈련장처럼 보였다.

신헌은 헛기침을 했다. 옥풍에서 내려 강화도에서 잡혀 온 무리가 있는지 찬찬히 살피며 걸음을 옮겼다. 아녀자들이 많은 무리가 눈에 들어왔다.

신헌이 조심스레 물었다.

"어디서 오셨소?"

남루하기 짝이 없는, 그러나 천주의 부름을 받을 준비가 되었다는 표정으로 아낙이 말했다.

"화성에서 왔습죠. 아이들이 어디 갔는지, 제발 좀…. 보살펴주세요, 나리!"

죽음보다 더 두려운 것은 여기저기 걸식하며 다닐 아이들이었다. 천주가 보살펴주겠지만, 아이들이 겪을 고초를 생각하면 어미의 가슴은 메어 터졌다.

다행히 강화도에서 잡혀 온 신자들은 없었다. 강화유수가 다스리는 지역이기에 경기 관할이 아니었지만, 신헌은 긴장을 풀지 못했다. 호패주머니 속 십자가를 어루만졌다.

'제발, 살아 있기를!'

구경꾼이 앞다퉈 강변으로 몰렸다. 말뚝이 세워졌고 그 위에 깃발이 펄럭였다. 군졸 백여 명이 둘러쌌다. 앵베르 주교가 끌려나왔다. 옷은 거의 찢기고 피멍자국이 군데군데 선명했다. 주교는 걸음걸이도 못할 만큼 쇠약해진 상태였다.

의금부 사직司直*이 중군장을 호명했다. 포장이 작성한 결안에 주교의 서명을 받는 자리에 입회하라고 했다. 신헌은 포장과 함께 주교 가까이 다가갔다. 그는 거의 실신상태였는데 표정은 잔잔했다. 알게 모르게 작은 미소가, 어쩌면 환희와 같은 충만함이 퍼져 있다고 생각했다. 저것이 말로만 듣던 순교殉敎의 희열인가? 신헌은 의아해했다. 포장이 주교의 늘어진 손을 잡아 올려 지장을 찍었다. 의금부 사직이 사형선고문을 읽었다.

"집행하라!"

구경꾼들이 탄성소리와 함께 박수를 쳤다.

군졸 셋이 달려들어 앵베르 주교의 옷을 벗겼다. 속옷만 남은 알몸이 되었다. 다시 양팔을 등 뒤에 대고 포승줄로 묶어 꿇어 앉혔다. 술이 불콰하게 취한 망나니가 비틀거리며 주교 앞에 섰다. 그는 주교의 양 귀를 아래위로 접어 화살을 꽂았다. 주교가 고통에 몸을 틀었다. 다른 망나니는 얼굴과 머리에 물을 뿜고 석회를 듬뿍

---

* 의금부 사직(司直) : 의금부는 수사기관. 사직은 종4품 관직.

뿌렸다. 포승에 묶인 주교의 몸은 허연 물체로 변했다. 고통을 참느라 굳어진 몸이 조금씩 꿈지럭댔다.

말뚝에 깃발이 펄럭였다. 바람이 조금 일었다. 두 명의 망나니가 몽둥이를 주교의 양 겨드랑이에 끼고 번쩍 들어 올렸다. 그러자 군중의 함성이 터져 나왔다. 댓 바퀴를 돌자 망나니들도 어지러웠는지 주교를 털썩 주저 앉혔다. 머리를 눌러 앞으로 밀었다. 술을 한 잔 더 마신 도都망나니가 칼을 들고 춤을 췄다.

"온 세상에 저승사자라 해도 내가 진짜 저승사자다. 내 칼 맛이 어떤지 보여 주마, 양놈 귀신이 와도 내 칼을 피할 수 없어!"

망나니는 흥을 돋우며 칼춤을 추더니 단숨에 내리쳤다. 첫 칼은 빗나갔다. 망나니가 재수 없다는 표정을 지으며 다시 술잔을 들이켜더니 맴을 돌았다. 두 번째 칼질을 했다. 이번에는 목줄 옆이 스쳐 붉은 피가 횟가루를 적셨다. 군중이 야유를 퍼부었다. 화가 난 망나니는 술잔을 거푸 들이켜더니 양손에 칼을 집어 들었다.

"역시 양놈 목숨이 아주 끈질기구나!"

신헌은 침을 꿀꺽 삼켰다.

건너편 관악산 봉우리에서 검은 구름이 몰려왔다. 갑자기 강바람이 매섭게 일었다. 먹구름은 순식간에 한강을 덮치고 이쪽 백사장으로 달려왔다. 사람들은 옷깃을 여미며 '이상한 일도 다 있네!'라고 쑥덕거렸다.

"악!"

단발마의 비명이 들리더니 주교의 목이 땅에 떨어져 굴렀다. 망나니가 외쳤다.

"캬! 그놈의 명줄이 길기는 기네, 끝났다!"

포장은 잘린 머리통을 화살로 찍어 사직 앞으로 가져갔다. 사형수의 머리인지를 확인하는 마지막 관례였다. 잘린 머리통에서 피가 뚝뚝 떨어졌다. 사직은 고개를 끄덕였다. 포장은 머리통을 무명실에 꿰어 넉 자 정도 되는 말뚝 위에 걸었다. 그 밑에 '대역죄인 양인 앵베르'라는 팻말을 달았다. 그것으로 중죄인 사형집행은 끝났다. 이제 저 많은 수백 명 신도들 목을 벨 차례다.

신헌은 진저리를 쳤다. 이제 돌아가야 했다. 저 무고한 생명이 피바다를 이룰 끔찍한 광경을 더 보고 싶지 않았다. 입회명령을 지켰으니 임무는 끝났다.

그런데 마음은 천근만근이었다. 내가 잡아온 사람 아닌가. 묘당의 추상같은 명령만 아니라면 산 넘어 행방을 감추라고 했을지 모른다. 그러나 다 끝난 일, 종묘사직을 지킬 임무가 내게 있다.

하늘을 덮은 먹구름이 걷히기 시작했다.

신헌은 옥풍을 채근해 도망치듯 서강 언덕을 넘었다.

금위영

작년에 또 대기근이 전국을 휩쓸었다. 굶어 죽은 사람이 10만 명을 넘었다. 여름인데도 냉기가 엄습했고 태양은 자주 일그러졌다. 논밭이 가뭄으로 타들어갔다. 주상이 목멱산에 나가 기우제를 올리고 조정 대신들이 엎드려 하늘에 빌었으나 비는 오지 않았다. 임금은 조정 대신들의 성화에 못 이겨 서강과 용산 제당祭堂에 나가 머리를 조아렸다.

늦은 봄에는 비 대신 토우土雨가 쏟아졌다. 흙먼지였다. 세상을 뒤덮은 흙먼지는 담장과 장독과 지붕에 쏟아져 내렸다. 서양 신부를 잡아 죽여 하늘이 노했다는 괴담이 돌았다. 의정부는 전국 장시에 방을 붙여 괴담 유포자를 역모죄로 다스리겠다고 했으나 괴담과 비기秘記는 파발보다 더 빨리 촌락에 닿았다.

농민들은 모내기를 포기했다. 과실나무는 잎을 못 틔우고 말라 비틀어졌다. 논둑에 풀도 싹을 못 내밀어 산하가 온통 거무죽죽한 빛을 띠었다.

신헌은 금위영* 집무실에 있었다. 작년에 황해도 봉산군수직을 마치고 새로 받은 직책이었다. 무반이 당상관에 오르려면 지방 관장을 지낸 경력이 필요했다.

조인영 대감은 신헌을 지목해 당상관으로 키울 요량이었다. 봉산군수 임기가 끝나자 신헌을 바로 조정으로 불러올렸다. 금위영 대장, 도제조와 제조의 명령을 받는 일선 지휘관으로 안동 김 씨 세력을 견제하라는 조인영 대감의 은밀한 전갈이 있었다.

그때 확실히 알았다. 자신의 후원세력이 조인영·조만영 형제라는 사실을. 20년 전, 신헌에게 별군직을 하사한 세력도 그랬고, 이듬해 무과시험에 급제한 이유도 그와 연관이 있었음을 그제야 분명히 깨달았다. 신헌이 따져보니 연고는 매우 견고했다.

조인영·조만영 문중 선조 중에 조경趙璥이라는 어른이 있는데 신헌의 조부를 군문에 입문시킨 후원인이었다. 조경은 정조 연간 공조참판과 함경도 관찰사를 지낸 당상관으로 군 개혁에 지대한 관심을 가졌고 신헌의 조부를 적임자로 지목했다. 신헌이 조부의 후계자이자 그들의 세력을 수호하는 호위대였다. 그들의 후원이 고마웠으나 당장 눈앞에 펼쳐지는 끔찍한 광경 때문에 적의敵意가 피어났다.

신헌에게는 도성 성벽을 넘는 유랑자를 막는 일이 더 급했다. 도성문은 굳게 잠겼으나 굶주린 사람은 죽음도 불사했다. 굶어 죽느니 성벽을 타고 넘어 쓰레기라도 뒤져 먹어야 했다. 야음을 틈타 유랑자들이 성벽을 타고 넘어왔다. 이들을 체포해 도성 밖으로 쫓

---

* 금위영(禁衛營): 수도 내부 방비를 담당하는 군기관. 오위영 중 하나.

는 게 일상 업무였다.

유랑자들은 거리에 주저앉아 쓰러졌다. 그들을 쫓아내느니 차라리 죽기를 기다려 시체를 버리는 일이 더 쉬웠다. 힘없이 주저앉은 유랑자를 군졸들이 등에 메고 성문 밖에 버리는 일은 고역이었다. 소달구지를 동원했다. 곳곳에 못 치운 시체가 널려 있었다. 시체를 버리려고 성문을 열면 걸인이 달려들었다.

성 밖은 그야말로 아비규환이었다. 성벽을 따라 나뭇가지로 얼기설기 엮은 움막이 다닥다닥 붙었는데, 그 안에는 이미 죽었거나 죽어가는 사람들이 즐비했다. 지옥이 따로 없었다. 왕십리에 쌓인 시체더미를 치울 방도가 없었다. 뱃사공들이 잠실벌까지 갖다 버리는 시체 운임을 갑절로 올렸다. 장례에 들일 돈이 있으면 생곡을 구해야 했다.

조정은 뾰족한 대책을 세우지 못했다. 조 씨 문중과 김 씨 문중이 서로 실정失政을 탓하며 대립했다. 안동 김 씨 세력은 김조근의 딸을 헌종의 왕후(효현왕후)로 들여 교두보를 만들었다. 효현왕후가 성장해 시어미와 대적할 수 있는 힘을 한시 바삐 확보해 주기를 바랐다. 신헌은 조정이 세력다툼에 혈안이 돼 백성을 저대로 내버려두는 게 심히 못마땅했다. 그러나 할 수 있는 방법이 그에게는 없었다.

중급 군관이 된 길동이 의정부 공문이 도착해 제조께 올렸다고 아뢨다. 도제조都提調가 호출했다.

"연행사 사절이 무악재를 넘어 곧 당도한다는 전갈이오. 금의대장이 군졸을 끌고 돈의문에 나가 맞으라는 분부요."

"예, 명령대로 수행하겠습니다."

신헌은 군장을 챙겼다. 길동에게 군사 40명을 차출하라 일렀다. 신헌은 흑풍을 타고 돈의문 앞에 군사를 정렬시켰다. 성문이 열리더니 연행사절이 도성 안으로 밀려들어 왔다. 행색은 초라했다. 두어 달을 걸어 그 먼 길을 왔으니 꼴이 말이 아니었다. 지난 동지에 파견된 사은사 행렬이었다.

동지사冬至使 행렬은 매년 반복되는 조공사절로 조선에서 나는 온갖 진귀한 물자를 공물로 실어 보내는데 말이 1백여 필, 사행원이 2백여 명 되는 대규모 행사였다. 그때에 중국에 보내는 자문咨文이나 외교문서表文를 전달하고 예부로부터 조회문照會文을 받아온다. 1년에 30여 차례를 보내니 조정의 세곡이 축나는 것은 당연했다. 그리해야 외적外敵을 막아주니 변방국으로서는 별다른 도리가 없었다.

정사와 부사는 여전히 여복旅服 차림이었고 먼지를 뒤집어써 얼굴이 창백했다. 수십 개 준령을 넘고 수십 개 강물을 건넜으니 그럴 만도 했다. 공물을 실었던 1백여 마리 말이 지친 듯 줄을 이었고, 사행원들이 안도의 한숨을 쉬며 문 안으로 속속 들어섰다. 도성민들이 박수를 쳤다. 엄청난 행렬을 보고 놀랐는지 개들이 컹컹 짖으며 따라붙었다.

신헌은 행렬 앞에 나아가 예를 차리고 환영인사를 했다.

"먼 길을 다녀오시느라 수고하셨소이다!"

연행사 정사正使를 맡은 예조참판 조윤영이 지친 목소리로 답했다.

"말도 마시우. 죽을 고비를 몇 번 넘겼소이다. 다시는 안 갈 거요!"

"그래도 어찌겠습니까? 청나라가 우리를 보호해 주는데, 답례를 해야지요."

신헌은 정사를 곁에서 호위하며 천천히 궁궐 쪽으로 걸었다.

"오다가 봉천 인근 산에서 화적떼를 만났는데 큰일 날 뻔했소. 저기 훈련원 도정이 화적떼 두목을 단칼에 벴으니 망정이지 아니면 다 죽을 뻔했소이다!"

"큰일을 당하셨군요. 다 주상께서 굽어 살피셔서 목숨을 부지하셨네요. 덕화를 입으셨어요!"

"핫, 핫, 핫!"

조윤영은 궁궐을 보자 안심이 된다는 듯 크게 웃었다.

"그런데 말이지요. … 의주義州 변문邊門에서 수상한 얘기가 떠돕디다. 서양 신부들이 조선에 잠입하려고 북경을 거쳐 변문 부근에 잠복 중이라고 합디다. 그리고 중국 예부의 말로는 법국 함대가 요동遼東 항에 정박 중이라던데 곧 조선으로 쳐들어온다는 소문이 떠돌아요. 금위대장께서 도성을 잘 지켜야겠소. 그렇지 않으면 3년 전 사태가 또 벌어집니다."

"예, 명심하겠습니다. 그나저나 여독을 잘 다스리셔야 할 텐데요."

연행사 행렬은 광화문에 당도해 부복하고 해산했다. 정사와 부사는 입궐해 복명했다.

금위영으로 돌아오면서 신헌은 생각에 잠겼다. 법국 함대라 …. 거기에 또 신부가? 신헌은 습관적으로 호패주머니 안쪽 작은 물체를 만졌다. 그녀가 강화도로 떠난 후 생긴 무의식적 습관이었다.

신헌은 천주교도가 아니었다. 천주교를 짐승 보듯 혐오하는 것도 아니었다. 혜련에 대한 연심의 징표, 그것이었다.

홀쩍 떠난 혜련이 그리워질 때면 십자가로 달랬다. 박달나무로 만든 작은 십자가는 따스한 온기를 품고 있었다. 황혼이 질 때, 눈이 내릴 때, 싹이 돋을 때, 꽃이 필 때 신헌은 느닷없이 밀려오는 그리움을 십자가로 다스렸다. 저렇게 애처로운 시체더미를 속수무책으로 목격해야 할 때 신헌은 십자가를 매만졌다. 십자가는 마음의 균열을 비집고 올라오는 허허로움을 달래주는 명약이었다.

3년 전 황해도 봉산鳳山에서도 그랬다. 신헌은 진천에 가족을 남겨놓고 홀로 부임했다. 산 밑에 약 천 호戶가 모여 사는 촌락이었다. 인근 마을 민가들은 험준한 산 협곡 사이에 옹기종기 흩어져 있었다. 산세가 험해 군 전체를 돌아보기에는 벅찼지만, 신헌은 자신이 책임진 지역을 일일이 돌아봤다. 촌민들은 흑풍을 타고 나타난 젊은 군수를 경계했다.

촌락의 존위*를 불러 마을 사정을 들었고, 아전들에게 민원을 받아 적게 했다. 환곡還穀 부정이 가장 큰 문제였다. 늦은 봄, 보릿고개에 관아는 촌민들에게 환곡을 풀어 입에 풀칠이라도 하게 해주는데 가을걷이가 끝난 후 이자를 몇 곱절로 받아 챙기니 겨울나기가 어렵다고 불평이 이만저만이 아니었다. 아전들이 그 얘기를 받아 적다 땀을 흘렸다.

* 존위(尊位): 마을 촌장에 해당.

102

"너희들이 과연 그랬느냐?"

아전들은 몸 둘 바를 몰라 했다.

"지금까지 비리는 눈감아주겠다. 오늘 이후로 그런 일이 일어나면 태형을 면치 못할 것이다!"

아전들은 젊은 군수의 추상같은 호령에 머리를 조아렸다. 촌민들 사이에 소문이 퍼졌다. 신헌이 가는 곳마다 촌민들이 몰려나와 손뼉을 쳤다. 막걸리와 안주를 들고 대령하는 존위가 생겨났다. 신헌이 말했다.

"비용은 관아에서 지불하지요."

신헌은 스승이 저술한 《목민심서牧民心書》를 떠올렸다. 스승은 혜련이 강화도로 떠난 이태 후에 작고하셨다. 마음을 의지하던 큰 기둥이 무너진 듯 아팠다.

군내 마을을 돌아보는 일을 끝내고 신헌은 집무실에 있었다. 산촌이라 농사 수확량이 경기도에 비해 형편없이 적었는데 이걸 늘리는 방법이 없을까를 궁리하는 중이었다.

아전이 황급히 달려와 해주목海州牧 관아에서 보낸 관문關文*을 전했다.

장연 해안에서 서양 신부와 접촉하려던 김대건金大建이라는 자를 체포해서 한양으로 압송했다. 이자를 문초해 보니 황해도 어딘가에서 밀입국한 신부와 접선하려던 것이 분명하다. 관할지역을 샅샅이 뒤져

* 관문(關文) : 상급기관이 하급기관에 보내는 공식문서.

발견되는 즉시 해주 관아로 압송하라. 해주목사海州牧使 이진묵 서書.

'아, 또 그 서양 신부라니!'

신헌은 앵베르 주교를 체포한 것이 내내 마음에 걸렸다. 망나니의 칼에 떨어진 머리가 불쑥 생각나 진저리를 칠 때가 한두 번이 아니었다. 밤에 식은땀을 흘리며 깼다. 혜련이 땀을 닦아주는 듯했다.

'신 공의 죄가 아니어요, 다 천주님의 뜻이랍니다!'

그냥 군졸만 보내자. 며칠 산간을 돌아다니게 하고 장계를 띄우면 그걸로 족하지 않겠나. 이 험한 산중을 어찌 다 뒤질 수 있을까. 아니다. 그래도 혹시 성소가 발견된다면 군졸들이 덮쳐 아녀자를 겁탈할 수도 있겠지. 금수처럼 다뤄 죽일 수도 있고, 재물을 약탈하면 큰일이지. 내가 나서야 할까.

신헌은 다짐을 못했다. 혹시라도 서양 신부를 만나게 된다면 압송해야 하나, 그러면 또 혜련에게 죄를 짓는 것일 터, 분명 누군가 있다고 했는데, 접선한다면 험한 산중일 텐데…. 가야 하나? 신헌은 잠을 이룰 수 없었다. 풀벌레가 찌르르 울었다. 여름밤은 짧았다. 건너편 보강산에 여명이 밝아왔다.

"가자!"

신헌은 이른 아침에야 결단을 내렸다. 군졸 20여 명을 동원해 3일 정도 군량을 준비하라 일렀다. 험한 산중을 뒤지자면 3일 정도로는 어림도 없지만 보부상이나 심마니가 다니는 길을 따라 주변을 뒤지면 안 될 것도 없다는 계산이 섰다.

진시辰時에 군졸을 출동시켰다. 신헌은 그들을 앞세운 채 흑풍을 타고 뒤따랐다. 옷은 군장으로 갈아입었다.

첫날은 동쪽 수양산 기슭을 뒤졌다. 허탕이었다. 둘째 날은 북쪽 대룡산 자락을 뒤졌다. 그곳은 험하기로 소문이 나서 군졸들은 입산을 망설였다. 가끔 보부상이 호환虎患을 당하는 곳으로 이름이 나 있었다. 날이 저물어 산기슭에서 야영했다. 멀리 산 아래 호수가 저무는 석양에 반짝였다. 세상은 아름다운데 삶은 왜 이리 험난한지 가슴이 저려왔다.

삶이 험난해 신부들이 왔는가? 백성의 고달픈 삶을 위로하고 가엾은 영혼을 적셔주려 그들은 그 먼 길을 마다않고 오는가? 대체 법국이 어디 있는 나라인가? 신부들은 정말 가엾은 영혼을 구원하는가? 죽어갈 때 앵베르 주교의 표정을 봐서는 그럴 수 있다는 짐작이 들긴 했지만 확신이 가지는 않았다. 상제上帝가 있을 뿐이지, 바람과 꽃과 새가 천주의 은총으로 생겨난 것이다? 천지사물이 천주의 뜻이고 천주에게서 생령을 받았다?

이해할 듯 말 듯한 상념에 신헌은 잠이 들었다.

셋째 날은 구월산 아사봉 자락이다. 북쪽 사면에서 훑으며 남쪽으로 내려올 예정이었다. 그러면 해 질 녘에는 봉산 관아에 돌아갈 수 있다. 군졸들은 오늘 수색을 마치면 귀가할 수 있다는 기대감에 힘을 냈다. 북쪽 사면을 향해 출발했다. 흑풍이 히힝 울었다. 이 녀석이 오늘따라 어미가 그리운지 발걸음이 고르지 않았다. 옥풍은 봉산에 부임하기 전 죽었다. 35년 세월을 견뎠으니 그럴 만했다. 옥풍은 마지막 숨을 몰아쉬면서 신헌을 바라봤다. 신헌은 머리를 안아줬다.

'이 녀석아, 나하고 못 볼 걸 자주 봤지, 이제 편히 잠들려무나.'

길동이 사체를 해체해 뚝섬 부근 산에 묻었다. 눈물을 애써 참는 길동이 고마웠다.

산 중턱에 이르자 군졸을 쉬게 하고 점심을 때웠다. 큰 바위 밑이었다. 흑풍이 히힝 울었다.

'저 녀석이 왜 그러나, 오늘따라!'

흑풍이 뭔가를 발견한 것 같은 직감이 왔다. 흑풍이 바라보고 있는 곳, 신헌은 오십 보쯤 떨어진 관목 숲을 주시했다. 관목 숲 사이로 어둑한 곳이 눈에 띄었는데 나뭇가지로 얼기설기 덮은 흔적이 보였다. 점심을 먹느라 그걸 눈치챈 군졸들은 없었다. 아무래도 수상쩍은 느낌이 전해왔다. 군무 20년에 신헌의 감각은 절정에 올라 있었다.

'혹시 저곳에?'

신헌은 군졸을 정렬하고 명령을 내렸다.

"나는 이곳에서 조금 쉬다가 지름길로 하산할 것이니, 너희들은 저쪽 산모퉁이를 돌아 수색하고 산 아래 저기 보이는 마을에서 합류하기로 한다, 알아듣겠나?"

"예!"

군졸이 일제히 합창했다. 군관에게 부대를 인솔하라 하고 출발을 명했다. 부대가 저쪽 산모퉁이를 돌아갔다. 신헌은 천천히 몸을 일으켰다. 흑풍이 히힝 울었다. 흑풍 등을 쓰다듬어 진정시키고 관목 숲 쪽으로 조심스레 접근했다. 나뭇가지로 가린 뒤편에 작은 동굴 같은 것이 보였다. 짐승 동굴이기에는 조금 커 보였는데, 혹시 호랑이라도 뛰쳐나오면 위험하다는 생각에 칼을 빼들었다. 들고 나는 통로가 협소한 걸로 봐서 호랑이나 곰은 아닐 듯했다.

칼로 덤불을 헤쳤다. 뭔가 있었다. 조심스런 기척이 있었고 온기가 느껴졌다.

"누구냐?"

신헌은 낮고 굵직한 목소리로 물었다.

"……"

틀림없이 사람이었다.

"손을 머리에 얹고 이리 나오너라. 그렇지 않으면 칼 맛을 봐야 할 거다!"

신헌이 소리쳤다.

"……"

잠시 후, 부스럭거리는 소리와 함께 두 사람이 모습을 나타냈다. 남루하기 짝이 없는 몰골이었다. 봇짐을 지고 있었다. 먼 길을 가는 듯한 행장이었다. 얼굴은 천으로 가렸다.

"화적인가? 화전민인가? 아니면 죄를 짓고 도망하는 자인가? 얼굴을 보여라!"

그들은 얼굴을 감쌌던 천을 벗었다.

"초립도 벗어라!"

조선인 뒤에 키 큰 양인이 몸을 움츠렸다. 관아에서 색출을 명한 그 서양 신부가 눈앞에 출현한 것이다.

'아, 또 서양 신부인가?'

신헌은 움찔했다. 앵베르 신부가 눈앞에 나타났다 사라졌다.

내 운명은 서양 신부와 이리도 엇갈리는가? 그들은 칼을 빼든 신헌을 두려워하지 않았다. 신헌은 칼을 천천히 내렸다. 평범한 범부凡夫에게 칼을 들이대는 것은 무장의 도가 아니다. 신헌이 명령했다.

"이리 나와 앉으시오!"

두 사람이 밝은 장소로 나와 앉았다. 조선인은 어디서 많이 본 얼굴이었다. 익숙했다. 어디서? 기억을 더듬었다. 아, 그래, 그곳, 송추 노룻골에서 본 자! 그 복사! 이름이···. 현석문玄錫文이었지, 아마.

신헌은 그자를 경기중영에 투옥했다가 살려줬다. 젖먹이 둘을 안겨 멀리 가라 일렀다. 젖먹이를 좋은 집에 입양시키고, 다시는 내 앞에 나타나지 말라고 신신당부했다. 금부禁府에 올리는 보고서에는 그자가 천주교도는 아니고 단지 돈을 받고 통역을 맡았다고 둘러댔다.

배교를 다짐해 방면한 신자들 속에 섞여 그는 중영 감옥을 나갔다. 젖먹이 둘을 팔에 안았다. 포졸들이 수상쩍은 눈초리로 바라봤으나 중군장의 결정에 항의할 사람은 없었다. 그들도 사형집행에 이미 질려 있었다.

"나타나지 말라 일렀거늘, 왜 이리 내 앞에 또 나타났느냐? 그것도 이 멀고 험한 산중에서?"

신헌이 호통 쳤다. 기가 찼다. 기가 찬 것은 복사도 마찬가지였을 게다. 그가 굶어 힘없는 어조로 말했다.

"관장님이 여기 제 앞에 나타나신 것은 천주님의 뜻이에요!"

"이놈아, 천주니 뭐니 자꾸 그러지 마라. 저 서양 신부는 또 뭐냐? 너는 서양 신부하고 평생 사는구나!"

신헌은 어이가 없어 말이 자꾸 헛나왔다.

"여기가 어디냐, 한양에서 오백 리 떨어진 산중이야. 네놈이 나를 따라다니는 거냐, 아님 내가 너를 따라다니는 거냐. 헷갈리는구나!"

복사가 말했다.

"신부님은 압록강을 건너왔어요. 한 달 전에요. 사리원을 지나 파주로 해서 한양으로 들어가려다 경비가 삼엄해서 배를 타려 했어요. 장연 앞바다에서요. 그런데 조선인 신부가 붙잡히는 바람에 산중으로 피신했어요. 한양에 가는 길입죠. 신자들이 머리를 빼고 기다리고 있어요."

"조선인 신부가 다 있느냐?"

"예, 조선 이름은 김대건이고, 천주교 본명은 안드레아로 부르죠."

"안드레아는 또 뭐냐? 그걸 한자로 어떻게 쓰느냐?"

"저 바다 건너에 있는 나라들은 한자를 안 쓰죠. 안드레아, 콜롬바, 토마스…. 이렇게 불러요."

"저 신부 이름은 무엇이냐? 어디서 왔는고?"

"다블뤼 신부*라고 하옵니다. 법국에서 왔고요."

---

* 다블뤼(Marie Nicolas Antoine Daveluy) 신부: 1845년 김대건 신부의 안내로

다블뤼 신부가 신헌을 보며 성호를 그었다.

"성부, 성자, 성신의 이름으로 기도하옵나이다."

기도하는 소리가 물결 같고 바람 같았다.

산새가 뽀르륵 뽀르륵 울었다. 흑풍이 안심했다는 듯 고개를 주억거렸다.

한양에서 수백 리 떨어진 이 첩첩산중에 서양 신부와 앉아 있다는 생각에 신헌은 '헛, 헛, 헛' 웃었다. 웃음 뒤에 위기감이 엄습했다.

복사가 말했다.

"사실은 요동에서 군함을 타고 고군산도로 가려고 했어요. 요동에 정박 중인 세실* 함장이 태워준다고 했죠. 세실 함장은 본국에서 명령을 받았어요. 신부를 죽인 조선을 징벌하라고요. 세실 함장이 갑자기 상해로 돌아갔는데 언젠가는 군함을 몰고 올 겁니다. 우리를 살리려고요."

"군함을 보내 따지러 온다는 게야? 조선 국법을 어겼으니 죽어 마땅하지, 그걸 따진들 무슨 소용이 있다고…."

신헌의 말은 이미 기운을 잃었다.

이자들을 잡아 압송해야 했다. 해주 관아에서 그리 혈안이 되어 찾고 있으니 포승에 묶어 데려가자.

그때 앵베르 신부의 얼굴이 떠올랐다. 혜련의 얼굴이 스쳤다. 혜련의 표정은 슬펐다. 신헌은 그 표정을 떨치려 고개를 흔들었다.

페레올(Jean Joseph Jena Baptiste Ferréol) 주교와 함께 조선 입국.

* 세실(Cécile) 함장: 상해에 정박한 프랑스 전함 함장. 조정에 신부 처형을 따지는 서한을 보냈다.

이젠 꿈에 두 명의 신부가 나타나겠구나!

신헌은 신부를 슬쩍 쳐다봤다. 그는 팔을 높이 쳐들고 다가올 운명의 시간을 각오하는 듯했다.

"천주님, 이 땅에 가엾은 영혼을 구제하러 왔으나 힘이 부족하여 천주님의 은총을 줄 수 없는 지경에 이르렀습니다. 천주님을 언제나 경배하옵고 천주님을 위해 순교할 수 있는 영광을 주시옵소서. 우리의 가장 높으신 주인과 창조주를 알지 못하면 생명은 무익한 것입니다. 하느님의 은혜로 저 앞에 있는 관장에게 성세와 성신의 진정한 뜻을 깨우치게 하소서."

신부는 또다시 물결 같고 구름 같은 말을 중얼거렸다.

신헌은 호패주머니 십자가를 어루만졌다.

어찌할까, 각오가 서지 않았다. 군함이 온다고? 신헌은 군함을 본 적이 없었다. 일본과 중국을 들락거리는 사역원 역관들에게서 얘기를 들었을 뿐, 군함이 어떤 것인지 헤아릴 수 없었다. 병사를 싣고 있는가? 함포에 화승총을 싣고 있는가? 돛은 몇 개를 달았을까? 크기는? 무력충돌이 일어날까? 복사가 하는 말로 봐서 군함이 온다면 그냥 따지러 그 먼 바닷길을 수고스럽게 오지는 않을 건데…. 무슨 일이 일어날까. 그런데, 아무튼, 이자들을 어찌해야 좋은가?

천주쟁이가 무력을 행사할 리는 없고 단지 영혼을 바꾸는 일인데 조선의 유교가 단단하면 범인이 물들 이유가 없지 않은가? 불교와 도교도 있는데 사교邪敎가 침범한들 곧 시들고 말 뿐, 서양 신부들은 결국 돌아가지 않을까?

아니다! 기해박해 때 보지 않았는가? 천주쟁이들은 한 번 물들면 결코 돌아서지 않아서 잡초 없애듯 뿌리째 뽑아야 한다. 그런데 뽑는다고 다 뽑힐까? 뽑힌다면 왜 자꾸 번성하는가? 군졸 중에서도 몰래 천주를 신봉하는 자가 속출해 군이 애를 먹고 있지 않은가?

생각할수록 수렁에 빠졌다. 그러나 분명해지는 것은 있었다. 내가 이자들을 압송한다고 해서 포자처럼 퍼진 사교를 다 없앨 수는 없다. 조정도 눈을 부릅뜨고 발본색원하지만 항간에 스며드는 영혼을 다 물리칠 수는 없다. 실체가 무엇인지 알려고 하지 않고, 다만 천주쟁이들을 박해하고 죽이는 일을 권력투쟁의 방편으로 쓰는 조정의 암투가 혐오스럽게 느껴졌다. 게다가 고문과 사형이란 번거롭고 못할 짓을 시도 때도 없이 군부에 명령하는 권문세가들의 잔인함도 마음에 걸렸다.

더 죄를 짓지는 못하겠다. 조정에 짓는 죄보다 무고한 사람을 잡아 죽이는 죄가 더 무거워 보였다. 이기심이라곤 찾아볼 수 없는 저 맑고 남루한 사람들을 어찌 밀고하겠는가, 또 내가 압송할 수는 없다!

신헌은 결단한 듯 비장한 목소리로 명령했다.

"내 눈 앞에서 당장 사라져라! 설령 잡히더라도 이 일은 절대 발설하지 마라! 당신의 천주가 그리 약속했다!"

그건 명령이 아니라 부탁이었다. 애원이었다. 복사와 신부는 어리둥절했다. 곧 사정을 알아차렸다. 신헌은 흑풍을 끌고 허둥지둥 산 아래 마을을 향해 발을 옮겼다. 3년 전의 일이었다.

신헌은 금위영 집무실에 있었다. 날이 흐렸다. 반가운 비가 곧 쏟아질 듯했다. 장마가 접근하고 있다.

신헌은 알고 있다. 자신이 풀어준 자들이 잡혀 참수당했다는 사실을. 신헌과의 일을 발설하지 않았다는 사실을. 3년 전, 한양에 박해*가 한 차례 몰아쳤을 때, 그들은 일망타진되어 새남터로 끌려갔다. 그 복사는 한양 은신처에서 잡혔다. 신부는 종적을 감췄다. 언젠가 다시 나타날 것이다. 한발이 든 한강은 말라붙었고 모래사장에서 먼지가 풀풀 날렸다. 마른 모래에 피가 뿌려졌다. 이 유혈은 언제까지 계속될 건가?

복사 말대로 법국 군함이 고군산도 앞바다에 나타났다 홀연히 사라졌다. 세실 함장이 보낸 협박 서한에 조정은 분노로 떨었다. 서한이 오히려 역효과를 냈다.

'어차피 죽을 운명, 잘 풀어줬지!'

신헌은 그런 생각을 하면서 호패주머니 십자가를 만졌다.

장맛비가 쏟아지는 날 헌종이 승하했다. 후사가 없어 조정은 강화도에 어영청 군사를 보냈다. 정조의 이복동생 은언군恩彦君의 서출 손자 이원범元範을 왕으로 옹립한다는 조정의 결의가 내려진 후였다. 나이 열넷, 영문도 모른 채 어린 철종이 임금 자리에 올랐다.

안동 김 씨 문중은 딸을 철종 왕비로 들여보내려 음모를 꾸몄다. 풍양 조 씨 문중이 밀리고 안동 김 씨가 세력을 확장했다. 조정에 칼바

* 병오박해(丙午迫害) : 1846년에 일어난 천주교도 박해. 수백 명이 죽었다.

람이 불었다. 이번에는 풍양 조 씨가 추풍낙엽처럼 떨어져 나갔다.

어느 무더운 여름 날, 금위영 제조가 신헌을 호출했다. 표정이 어두웠다.

"조정에서 하명을 받았네. 신 공을 전라남도 녹도로 유배하라는⋯. 죄목은 임금께 사약私藥을 올린 죄라네."

신헌은 얼마 전 헌종의 생모 신정왕후의 부탁을 받은 적이 있었다. 신정왕후는 신헌을 자식처럼 신임했다.

"임금이 어의御醫가 지어준 약을 먹어도 효험이 없으니 어디 널리 탐문해서 명약을 구해 주게."

신헌은 도성 내외 명의를 수소문해서 체환*에 좋다는 약의 조제법을 적어 올렸다. 그게 사단이었다. 안동 김 씨 문중은 요직을 차지하고 나서 군부에 손을 뻗었다. 풍양 조 씨의 후원을 받는 금위대장이 삭탈관직 대상에 올랐고, 사약처방을 올린 죄명으로 녹도鹿島에 위리안치**를 발령했다.

경기중영에 있을 때부터 희미하게 각오한 바가 현실로 닥쳤다. 신헌은 남도南道를 향해 홀로 출발했다. 언제 귀환할지 모르는 길이었다. 그 길을 따라 사약賜藥이 내려올지도 모른다. 남도에 서양 신부가 구원의 신약神藥을 들고 내려오지는 않을 것이다.

---

* 체환(滯患): 음식을 먹고 급체하는 병.
** 위리안치(圍籬安置): 죄인을 귀양살이 보낼 때 탱자나무로 울타리를 만들어 가두는 형벌.

녹도鹿島

　섬은 쓸쓸했다. 홀로 고립된 세월의 흐름은 느렸다. 갯바위에 뿌리를 내린 해초들은 절기가 몇 번 바뀌어야 색깔이 변해 떨어졌다. 거센 물살에도 기어이 몸을 지탱했다. 섬을 스쳐 지나는 물살은 빠르고 거칠었다. 섬은 해남 울돌목 어귀에 서 있었다. 누군가 잡아당기듯 쓸려오는 물살을 온몸으로 버텨냈고, 다시 일제히 밀어낸 조류를 등을 굽혀 버텼다. 울돌목의 해류海流는 바다가 아니었다. 협곡을 쏟아져 내리는 격류激流였다.

　격류의 세월을 살고 있는 섬에서 신헌은 느릿하고 고립된 세월을 보냈다. 조석으로 몸을 트는 그 물살은 성난 민심처럼 으르렁거렸지만 아주 흘러가는 것은 아니었다. 흘러갔다가 다시 왔다. 으르렁거림은 같았지만 고립된 세월을 보내는 그에게는 새로웠다.

　사십 줄에 접어든 신헌에게 세상과의 고립은 외롭지만 고마운 새둥지처럼 다가왔다. 건너편 진도에 솟은 해안 절벽과 뭍의 윤곽이 정물화처럼 고정되자 신헌은 비로소 자신의 심연이 보였다. 외

115

부가 정지되고 마음의 심연에 꿈틀대는 무언가가 포착됐다.

　신헌은 조정의 와류 속에서 생겨난 마음의 균열을 직시했다. 두 문중이 격돌하는 세도정치의 와류에서 신헌의 자리는 없었다. 흔쾌히 뿌리내릴 교두보는 없었다. 흔연히 가담하지 못한 채 금위대장까지 올랐다는 것은 기적에 가까운 일이었다. 조부의 영혼이 감싸준다는 생각이 들었다.

　그러나 세도정치의 음험한 기획들은 조부의 손길을 사정없이 부숴버릴 것이고, 착지를 거부하는 신헌의 부유浮游가 사약賜藥을 자초할지 모른다. 유배는 종종 사약으로 끝났음을 그는 잘 알고 있었다. 위리안치라 해도 이 작은 섬은 신헌의 앞마당이자 뒷마당이지만 사약을 피할 곳은 없었다.

　십 년 전 신헌이 수사水使로 있었던 건너편 우수영에서 파발이 가끔 제철 음식을 날라다 주는데, 그 어리고 무뚝뚝한 파발이 의금부 포장捕長과 함께 언제 사약을 들고 들이닥칠지 모른다.

　이 고립된 작은 섬에서 첫해에는 사약에 대한 두려움으로 떨었다. 누가 거룻배를 타고 오는 게 무서웠다. 고향집에서 온 서한이거나 두륜산 초의선사가 보낸 차茶 봉지였는데, 가슴이 쿵 내려앉는 경험을 십여 차례 겪은 후에야 비로소 익숙해졌다. 죽음을 이렇게 가까이 이유 없이 접한 적은 없었다. 차라리 전장이라면 죽음을 대비할 수 있겠지만 예견할 수 없는 죽음은 두려웠다.

　으르렁거리는 해류가 죽음에 대한 두려움을 씻어가 버린 것은 신기한 일이었다. 소용돌이치는 해류를 보고 있노라면 거역할 수 없는 어떤 힘이 느껴졌다. 삶을, 인생을 자신이 운영하는 게 아니라 결코 알 수 없는 초인간적 힘에 의해 좌우된다는 생각이 들었다. 마음의 균열은 자신의 힘을 믿은 결과였다. 초자연적 힘과 자신의 의지 사이에서 균열이 기원함을 신헌은 목격했다.

균열은 허허로움을 피워냈다. 고립된 세월 속에서, 아침저녁으로 포효하는 물살 곁에서 균열의 생성을 엿볼 수 있는 것은 유배의 수확이었다. 신헌은 그 허허로움을 처음으로 대면할 수 있었다. 아직 초인간적 힘에 투항할 수도, 자신의 의지를 버릴 수도 없는 나이에 그는 그 균열을 있는 그대로 받아들이기로 했다.

혜련의 신앙과 혜련에 대한 그리움이 별개이듯 말이다. 혜련의 천주와 나의 상제가 별개이듯이 말이다. 그러나 그리움은 언젠가 양자를 접합할 것 같은 환상에 빠졌다. 그게 환상이 아니기를 간절히 바랐다.

남도에는 천주가 없었다. 서양 신부가 없었다. 그런데 이 고립된 세월에 왜 자꾸 신부가, 혜련이, 참수를 무릅쓰고 산속에 숨어사는 천주교도가 떠오르는지 신헌은 헤아리지 못했다. 아마 죽음 때문에 그럴 것이라고 생각했다. 죽음 앞에서 은총을 한 몸에 받은 듯한 그 충만한 표정이 부러웠다. 형장에서 죽어간 그들의 최후 모습은 사약에 대한 두려움을 상쇄했다.

그러면 그리움이 두려움을 몰고 오는 것인가? 마음에 품은 그녀를 몸으로 품는들, 그리움은 소멸될 것인가? 툇마루에 홀로 앉은 신헌은 헷갈렸다. 그리움의 근원은 무엇인가? 초자연적인 힘을 내가 제어할 수 없듯이, 그리움을 내가 어찌할 수 있는가? 연심이란 대상이 있는 것인데, 설령 그 대상이 사라진다 해서 그것은 소멸될 것인가? 내가 그녀를 몸으로 품는다 해서 연심이 침식되고 낡아질 것인가? 아니다. 그리움은 삶의 등을 떠밀어 풍파를 헤치고 나아가게 하는 어떤 초자연적 힘처럼 느껴졌다. 그리움이 닿지 못하는 현실적 거리는 그리움의 본질이 아니다. 혜련을 통해 세상 사물이 생기를 얻듯이 그리움은 세상과 접선을 요청하는 발신이고 만물의 생동을 감지하는 수신이다. 그리움은 죽음 혹은 소멸에 대한 두려움이 아니라 그것을 온몸으로 받아들여 용해하는 거역할 수 없는 생명의 욕구다. 혜련은 수신자와 발신자로 그곳에 있다. 그녀가 소멸해도 그리움은 침식되지 않을 것이다.

그러자 섬의 정지된 풍경이 생동하기 시작했다. 절벽은 어제의 절벽이 아니었다. 해류는 어제의 해류가 아니었고, 갈매기도, 직박구리도, 물총새, 도요새, 박새도 매일 모습이 달랐다. 굴피나무, 박주가리, 동백나무가 새롭게 꽃을 피웠다.

마음의 균열은 여전했으나 그걸 대하는 자신이 달라졌음을 느꼈다. 격류를 견디는 섬이 자신이었고, 그리움은 섬과 자신을 감싸는 아늑한 집이 되었다.

첫해를 그렇게 보내고 두 번째 봄 어느 날 신헌은 파발이 건네준 작은 소포를 받았다. 강화도에서 목포로 오는 장삿배가 가져와 우수영에 보낸 소포라고 했다. 신헌은 직감했다.

따사로운 남도 봄 햇살이 내리쬐는 갯바위에 앉았다. 물살은 방향을 바꾸기 전의 뒤척임을 준비하는 듯 고요했다. 갈매기 한 마리가 가까이 저공비행하더니 물 위에 내려앉았다. 건너편 절벽 위 소나무가 겨울바람을 견뎌내고 파란 이파리를 뿜냈다. 사위가 일시에 정지하는 듯하더니 물살이 웅웅 소리를 내며 움직이기 시작했다. 물때가 바뀌었다. 물살이 내려오는지 올라가는지 분간하기 어려웠다.

소포는 비단 겹으로 싸여 있었다. 비단보를 조심스레 풀고 한지를 헤쳤다. 잘 말린 인삼이었다. 스무 뿌리 정도가 꼼지락대는 아기마냥 나란히 누워 있었다. 인삼에 묻혀 있던 산 냄새가 훅 끼쳤다. 작은 쪽지가 접혀 있었다.

'련蓮 배상拜上.'

'흑!'

신헌은 그 작은 아기들을 얼굴에 파묻었다. 흙냄새가 얼굴 가득히 진동했다. 코로 입으로 흙냄새를 들이켰다. 혜련이 가득 담아 날리던 풀 냄새가 진동했다. 꽃 냄새가 진동했다. 수백 마리 나비가 날았다. 그 나비들은 신헌의 어깨와 등에 마구 내려앉아 혜련의 냄새를 찔러 넣었다. 섬에 온 후 처음 느끼는 환희였다. 죽음 냄새는 멀리 가버렸다.

'아, 혜련, 혜련이 살아 있었구나!'

호패주머니 작은 십자가를 으스러지게 움켜쥐었다. 두어 차례의 박해에도 용케 살아남았구나! 이 작은 소포는 살아 있음을 알리는 천국의 징표임에 틀림없었다. 그녀가 살아 있다는 사실 하나만으로도 이 외로운 섬에 수백 년 갇혀 있은들 상관없을 듯싶었다.

섬은 천국으로 변했다. 그녀의 숨결이 작은 섬에 가득했다. 갈매기가 떼 지어 날아와 갯바위에 앉았다. 신헌은 인삼 하나를 입에 넣어 씹었다. 그리움만큼 쓴 즙이 입안 가득히 고였다. 혜련의 존재가 선명히 느껴졌다. 신헌은 한 뿌리를 게걸스레 씹었다. 빠르고 거칠어진 물살이 갯바위를 쳤다.

신헌은 비로소 오랫동안 미뤄뒀던 일에 손을 대기 시작했다. 화기火器에 관한 평소의 생각을 궁구하고 싶은 욕심이 생겨났다. 고군산도 앞바다에 정박했다는 법국 전함을 본 일은 없지만《해국도지海國圖志》를 통해 대강의 모양은 짐작이 갔다. 그런 큰 배와 대적하려면 조선에도 그만 한 배가 있어야 한다. 조선의 전함은 판옥선이거나 쌍돛배가 대부분이어서 해전海戰은 가히 상상할 수도 없다. 여기 울돌목에서 이순신 장군은 판옥선 열두 척으로 왜倭함대와 대적했는데 당시 왜선은 규모가 작아서 그런대로 싸워볼 만은 했던 거다.

우수영에 해전용 병선이 30척 머물고 있지만 그보다 훨씬 크고 성능이 우수한 전함을 만나면 백전백패다. 우수영은 있으나마나 한 무용지물임이 분명했다.

신헌은 전라 우수사에게 청을 넣었다. 통영 좌수영에 들르면 동래에 사람을 보내 일본에서 나온 방위 관련 서책을 구하고 동래를 왕래하는 왜선의 모양과 크기를 알려달라고 부탁했다. 나주 목사에게는 관보와 중국에서 나오는 신문을 구하면 보내달라고 했다. 그들은 흔쾌히 약속했다.

봄이 지나자 파발이 책자와 함께 동래 훈도가 왜선에 올라 문정

* 파(把) : 1파는 대개 3미터 정도.

120

한 보고서를 갖고 왔다. 이범죽선二帆竹船도 있었고 삼범죽선三帆竹船도 있었다. 이범선은 돛이 두 개에 길이가 20파,* 폭이 6파였고, 삼범선은 돛이 세 개에 길이가 25파, 폭이 8파였다. 판옥선을 두 개 합친 것보다 컸다. 배를 만든 나무재질은 그리 단단하지는 않지만 두께가 매우 두꺼워 견고하게 보였다는 것이다.

왜선의 성능과 규모가 훨씬 나아지는 동안 조선은 제자리걸음을 했다. 신헌은 위기감을 느꼈다. 서책을 읽으면서 위기감은 한없이 증폭됐다.

당시 일본 번주藩主들이 두루 돌려보는 책이라 했다. 일본에서 이름을 떨치던 사상가로 회택안*이 쓴 《신론新論》이란 시무책이었는데 막부幕府는 물론이고 번주들이 앞다퉈 그가 제안한 국토방위책을 실행에 옮긴다는 우수사의 서한이 들었다.

저도 대강을 훑어보았는데 이들의 주장이 예사롭지 않습니다. 사실이라면 수군 전함을 개선하고 해안 방비책을 서둘러야 합니다. 우수사 배상拜上.

그 서책은 첫 구절에서 일본국을 신이 만든 나라 신주神洲로 규정하고 세계 모든 나라와는 달리 일본은 신이 명하고 보호하는 국체國體를 갖고 있다고 했다.

신헌은 첫 구절부터 경악을 금치 못했다. 조선이 하늘같이 모셔

---

* 회택안(會澤安: 아이자와 야스시) : 후기 미토학을 대표하는 사상가. 1825년에 나온 이 시무책은 널리 읽혀 존왕양이(尊王攘夷)론의 전범이 되었다.

온 중국을 오랑캐夷라고 서슴없이 말하는 데에서 신헌은 잠을 설쳤다. 일본은 오랑캐에 둘러싸여 있기에 신神으로부터 명받은 국체를 보호하기가 어려워졌다고 쓰여 있었다.

세계정세를 논하는 곳에서 신헌은 위축감을 느꼈다. 세계에는 지금 자웅을 겨루는 제국들이 있다. 중국과 만청滿淸을 포함해 지존至尊을 자칭하는 나라로 무굴莫臥兒, 페르시아百兒西, 투르크度爾格, 게르만熱馬, 러시아亞羅가 있는데 모두 칠웅七雄 반열에 드는 나라다. 러시아는 만청을 제압하고 중국과 조선반도를 차례로 점령할 것이며, 여세를 몰아 아시아 대륙 한가운데로 진격할 것이다. 러시아가 가장 위험한 적이다.

신헌에게는 낯설기 짝이 없는 얘기였다. 서양에 그런 나라들이 있다는 것은 《해국도지》를 봐서 알고는 있었는데 무굴, 투르크, 페르시아가 제국 반열에 드는 나라라니 의아했다. 신헌은 그 책이 힘줘 말한 경고를 밤새 곰곰이 곱씹었다.

서양오랑캐들도 만만치 않습니다. 일본은 본시 사면이 바다여서 천연의 요새였는데, 서양오랑캐들이 거대한 함선을 타고 수만 리를 우레처럼 달리고 폭풍처럼 배를 몰아서 대양을 마치 탄탄대로처럼 여기니, 수만 리 떨어진 곳이 바로 인접한 국경이 되었습니다. 사면이 모두 바다이므로 대비가 없는 곳이 없어야 합니다. 예전에 천험*이라 했던 것이 도리어 지금은 이른바 적충**이 되었기 때문입니다. 그

---

* 천험(天險) : 지세가 험난한 천연의 요새.
** 적충(賊衝) : 적이 드나드는 통로.

러니 강토를 보존하고 변경을 안정시키려는 자가 어찌 옛날의 자취만 고집하며 금일의 형세를 논할 수 있겠습니까?[7]

백번 맞는 말이다. 일본은 섬이기 때문에 사방이 열려 적이 어디든 상륙할 수 있다. 조선 역시 마찬가지다. 삼면이 바다고 마음만 먹으면 어디든 상륙한다. 10년 전 비인 현감이 보낸 장계를 읽은 적이 있다. 비인 앞바다에 정박하던 영길리英吉利(영국) 군함이 상륙하려 할 때 비인 현감이 군함에 올라 문정을 했다. 아무리 쫓아보내려 해도 말이 통하지 않아 결국 선원들이 뭍에 상륙하는 걸 저지하지 못했다는 보고였다. 그 죄명으로 비인 현감은 좌천됐다. 비단 비인 현감뿐이겠는가?

나주 목사가 보내준 중국 소식에 의하면 상해와 천진 항에 서양 오랑캐 군함이 들락거린다는데 이들이 언제 방향을 바꿔 조선으로 들이닥칠지 모른다. 그러면? 낭패감이 몰려왔다.

그 서책은 국토방위책으로 거함을 제조하고 수병을 훈련시켜야 한다고 역설했다. 작은 배로 큰 배에 탄 오랑캐를 상대할 수 없으며, 수병水兵이 화포로 무장한 양적을 물리칠 수 없다고 했다. 오랑캐가 넘보게 하지 않으려면 성벽을 둘러치고, 해안포대의 화력을 증강해야 하며, 군대를 강하게 만들고, 배 만드는 기술을 습득해 큰 배를 하루 속히 건조해야 한다는 거였다.

신헌은 몇 밤을 설쳤다. 일본은 벌써 대비한다는 사실이 뼈아프게 다가왔다. 조선은 어떻게 대비할 것인가? 이순신 장군이 왜선을 물리친 울돌목 갯바위에서 신헌은 망연자실한 채 거친 물살을 바라봤다. 중국이 아편전쟁에 패해 항구를 내준 것도 벌써 십 년도 더 지나지 않았는가? 다음 차례는 조선일 것이다! 물살이 윙윙 울었다.

신헌은 궁리에 궁리를 거듭했다. 뭔가 실마리를 풀어야 했다. 중국의 군사력에 의존해 왜란 이후 줄곧 해방책海防策을 고집해온 조정은 군비에 관심조차 없었다. 그러니 조정이 그런 사정을 헤아려 군비를 늘릴 것을 기대할 수 없다. 그렇다면 해안지역에 포대를 신설하는 것이 가장 현실성 있는 고육지책이었다.

포대 신설. 그렇다. 해안에 접근하는 외국 전함에게 가장 위협적인 방비책이 포대 신설이라는 결론에 이르렀다. 전함이 한양을 치려면 반드시 강화도를 통과해야 할 것이기에 강화도 포대가 가장 중요하다. 늦었지만 천천히 해나가면 안 될 것도 없다. 신헌은 그렇게라도 마음을 다스려야 했다.

신헌은 수중지뢰를 생각해냈다. 화포의 사정거리가 짧아 전함에 도달하지 못한다면 바다 속에 폭약을 설치하는 방법은 어떨까? 이순신 장군은 울돌목 양안에 밧줄을 단단히 연결해 적선을 걸어 넘어뜨리지 않았는가? 수중지뢰가 가능하기만 하다면 최선책일 듯했다.

물속에서 터지는 화약통을 고안하려면 물에 젖지 않게 하는 방법이 필요했다. 이건 군기 제조창과 상의하면 가능할지 모른다. 전국의 대장장이와 광산에서 화약을 다루는 장인을 모아 궁리하라 하면 화약통과 노리쇠를 젖지 않게 하는 이치를 알아낼 것이다. 바윗돌에 긴 밧줄을 매달아 가라앉히고 밧줄 끝에 수중지뢰를 띄우는 모양이 될 텐데, 문제는 수중지뢰에 부력을 줘서 물 위로 뜨게 만들어야 한다. 부력을 많이 주면 무거운 수중지뢰는 결국 뜨지 않을까.

신헌은 이런 모양을 한 화기를 장지에 그리고 일단 '수뢰포'라 이름을 붙였다. 당장은 안 되더라도 세월을 두고 강구하면 괜찮은 해안방어용 화기가 될 것 같았다. 수뢰포라 …. 그런대로 만족스러운 대비책이 될 것 같았다.

절기는 가을로 접어들었다. 바람이 멎고 하늘이 높아졌다.

초의선사

늦은 가을에 초의선사艸衣禪師*가 왕래했다. 해남 두륜산에서 여기까지 걸어 족히 이틀이 걸리는 나들이였다. 고독한 섬에 찾아온 문우文友가 왜 반갑지 않으리.

신헌은 나룻배를 타고 오는 손을 갯가에서 손을 뻗어 맞았다.

"어서 오시오, 선사님!"

"신 공, 어찌 이리 독수공방이오. 정혜쌍수定慧雙修에 돈오돈수頓悟頓修라, 수오지심修悟之心의 향기가 이 섬에 가득 찼소이다!"

"돈오돈수라니요, 돈오가 안 돼 점수漸修하고 있사오이다. 먼 길을 잘 오셨습니다. 소신이 기쁘기 한량없습니다."

"선문禪門이 따로 없구려. 여기가 극락이고 무릉도원이네 그려….

* 초의(艸衣, 1786~1866) : 조선 후기 대흥사에서 불도를 닦은 대선사이자 시, 서화, 다(茶)에 능하며 김정희, 정약용, 신헌과 교유했다. 저술로는 《선문사변만어》(禪門四辨漫語)를 남겼다.

126

"초라하기 짝이 없는 우거寓居지만 안으로 드십시다."

초의는 스물다섯 살 연상으로서 신헌에게 선문과 불도를 가르친 스승이기도 하다. 신헌은 초의를 깍듯이 대했다. 차 종지를 내오는 그에게 초의가 말했다.

"신 공이 외로움을 극복한 모양이구려. 얼굴빛이 맑은 걸 보니, 하, 하, 하!"

초로에 접어든 초의선사는 옛 동무를 보듯 즐거워하며 말을 이었다.

"하기야 추사秋史(김정희) 선생도 외로움과 대적하다가 무아無我의 경지에 이르셨지요. 예전과 달리 서체가 예사롭지 않아요. 해배하고 귀환하시는 길에 두륜산 일지암에 들르셨는데 예전에 써주신 편액이 어리석고 오만함이 묻어난다고 탄하시더군요."

신헌이 잠시 생각에 잠겼다가 말했다.

"소신도 여기 오기 전에 귀환하신 선생을 인사차 잠시 뵈었어요. 유배와 해배가 엇갈리는 순간이어서 많은 얘기를 나누지는 못했는데 외로움과 싸우면 마음의 눈이 떠진다고 하시더군요. 그 말을 헤아리지 못했는데 이제야 조금 알 것 같습니다. 요즘 저도 붓을 잡는 마음가짐과 서체가 조금씩 변하고 있음을 느낍니다."

"심心과 우주가 일체가 되는 그 순간의 힘이 붓으로 뿜어져 나오는 것이 서체라고 할까요. 서書는 마음이고 체體는 우주의 오묘함이니, 서체는 마음과 우주가 하나가 되는 곳에서 생성되는 것이지요."

신헌이 고개를 끄덕이며 답했다.

"추사 선생은 이제 선禪의 경지를 넘어선 모양입니다. 소신은 마음 그릇이 작아 과연 그곳에 닿기나 할는지요…. 참, 지난번 보내주신 우전雨煎은 정말 일품이었습니다. 제가 하도 감격해서 시를 한 수 지었지요."

"한번 읊어 보시지요."

초의가 권했다. 신헌이 자세를 고쳐 앉아 읊기 시작했다.

바위 틈 솟는 물을 백 번 달여서 차 끓이자 그 빛이 몹시도 맑네.
그대가 두세 봉 줌에 감사하노니 빼어남 티끌세상 벗어났도다. 8
百煎石間水 點來光澈瀅
感君兩三封 奇絶出塵逈

초의가 눈을 지그시 감았다.

"신 공의 향취가 느껴집니다 그려…. 고맙소이다. 그럼 차 한입 음미하고 제가 답시를 지어 올리리다."

초의는 신헌이 달인 차를 마셨다. 그리곤 천천히 붓을 놀렸다. 평생 선문禪門에서 수양한 선사다운 필체였다. 제목은 "봉화우석신공견증"奉和于石申公見贈(삼가 우석 신 공께서 주신 시에 화답하다)이었다.

두 문우의 담소는 끊어지지 않았다. 불법佛法의 갈래에 대한 얘기에서 일본 불교의 변이와 중국, 인도의 불교에 이르기까지 선사의 논리가 닿았다. 가을 달빛을 듬뿍 받은 섬은 두 문우의 끝없는 담화를 담아내기에는 너무 좁았다. 밤이 깊었다.

다음 날 눈을 뜨니 초의선사는 벌써 가부좌를 틀고 면벽하고 있었다. 신헌은 조용히 일어나 마당으로 나왔다. 아침 공기가 서늘했다. 바람에 바다의 짠 냄새가 실려 있었다. 숨을 크게 들이마셨다. 문우와의 하룻밤이 이렇게 푸근할 수가 없었다.

초의선사가 장지문을 열고 댓돌로 내려섰다. 두 사람은 바닷가로 천천히 나갔다. 갈매기가 끼룩끼룩 울었다.

"일지암에서 바다는 저 멀리 아련한데 여기는 마당에 있군요…."

"바다와 같이 삽니다. 이제 친해졌습니다. 처음에는 왜 그리 사납게 굴던지."

"산보다 바다가 더 외롭지요. 산에는 몸을 숨길 수 있지만, 바다는 다 벗어라 성화지요. 숨을 곳을 허용하지 않아요, 바다는."

신헌은 뇌리에 맴도는 오랜 궁금증을 털어놨다.

"선사님 그 산에는 천주교도가 살지는 않습니까? 한양 부근에는 천주교 신자 때문에 난리도 아니지요. 몇 번 박해가 있었습니다. 신자가 되는 일도 고역이요, 죽이는 것도 고역입니다. 선사께서는 왜 백성이 천주교에 귀의하는지 까닭을 알고 계시는지요?"

"속이 비고 허전해서 그렇지요. 비어 있는 그 속에 무엇인가를 채워 넣어야 하는데 불교만 해도 진정한 신자가 되기란 그리 쉽지 않아요. 입산수도하는 불자가 물어요. 선사님, 어떻게 하면 무아無我, 무사無私, 무욕無慾의 경지에 오릅니까, 하고. 수심정기守心正氣하고 사무사思無邪하면 해탈하고 스스로 부처가 될 수 있다고 가르치지만 그게 무지한 백성에게 쉬운 일이 아니지요.

불교는 스스로에게 부처가 되라고 가르쳐요. 끊임없이 사욕을 버리라지만 시기, 욕정, 욕망, 허기, 고통에 시달리는 사람들이 그걸 해낼 수 있나요? 그런데 천주교는 고달픈 중생에게 나에게 오라고 하지요. 그러면 은총을 받는다, 나를 믿고 따르라, 나의 계시를 실천에 옮기면 된다고 하니, 얼마나 쉬워요? 네가 해내라는 것과 나에게 오라는 것, 백성이 무엇을 선택할까요?"

말을 잠시 쉬더니 신헌에게 물었다.

"신 공은 어찌 생각하시는지요?"

"그 말씀에 동감입니다. 불교는 마음속에 부처님을 모시라고 하지요. 석가모니는 실존 인물이었고 고행을 통해서 해탈하고 스스로 부처가 되셨어요. 고행을 거쳐야 비로소 부처를 모시는 거지요. 천주교 역시 천주와 예수, 성모 마리아라는 실존 인물이 있는데, 이들의 계시를 따르고 순종하고 기도하면 성찬과 은총을 받는다고 해요. 불교의 고행보다는 훨씬 쉽고 가까이 있다고 생각하게 되는 거지요. 불교의 부처님도, 유교의 상제도 백성에게는 아주 멀어요. 사대부가 믿는 상제는 백성에게는 오히려 거추장스러운 현실윤리만 강조할 뿐, 마음의 고통을 덜어주지 못한다고 생각하는 거지요. 그런데 천주는 이들에게 따뜻한 손길을 내려준다고 믿는 듯합니다."

신헌이 말을 이었다.

"제가 경기중영에 있을 때 신자들을 잡으러 다녔지요. 그들의 비장한 신념에 놀랄 때가 한두 번이 아니었습니다. 관장이 심문하다가 신자의 얘기에 답변을 못하고 쩔쩔 매는 것도 봤고요. 너희들의 논리가 옳기는 하다만 국법으로 금하니 배교하지 않으면 죽음을 각오하라, 이런 식으로 얼버무리는 사례도 빈번합니다."

잠자코 듣던 초의선사가 말했다.

"남도에는 신자가 거의 없습니다. 남도에는 불교가 워낙 강하게 자리를 잡았으니 주로 내포지역으로 올라가 버렸지요."

"그런데 남도도 안심할 수는 없습니다. 제가 《천주실의》를 다시 꼼꼼히 읽어보았습니다. 유교와 비슷한 구석이 많습니다. 이마두(마테오 리치)라는 자가 천주와 상제를 슬쩍 바꾸어놓고 상제는 천天인데 보이지 않고 조물주인 천주는 여기 만물에 깃들었다고 해요. 상제는 비인격적 우주, 천주는 실존 인물이자 신이라고 하지요. 상제보다 천주가 더 친근해지는 논리가 여기서 비롯되지요."

초의선사가 말했다.

"여래선如來禪에서 말하듯, 선에 도달하는 경지가 여러 갈래 있다는 뜻과 상통하는 듯합니다. 더 말씀해 보시구려."

신헌은 기왕 내친 김에 말을 이었다.

"《천주실의》는 태극설을 천주설로, 무無의 공간인 하늘에서 유有가 비롯된다는 우주관을 바꿔놓았습니다. 성리학이 사물의 근원으로 설정한 태극은 이마두에게는 '아무것도 없는 것' 또는 허공으로 보인 것이지요. 이마두는 허공에서 만물이 어떻게 비롯되는가라고 묻고 나서 이리 답하지요. 만물은 하늘에서 비롯되는데, 그 '천'天은 바로 천주다, 천주는 누구로 말미암아 생기는 것이 아니고 그 자체 천지를 만들고 주관하는 '지극히 위대한 소이연所以然'이다. 그 소이연은 누가 만들었냐고 또 자문하고서, 그것은 '원초적 소이연'이어서 그 위에 누구를 상정할 수 없다고 자답합니다."

"오묘한 논리군요. 그건 불문佛門에서도 그리 말할 수 있습니다. 비슷한 논리로 들립니다, 그려."

신헌이 말을 이었다.

"그렇지요? 그런데 이마두는 더 나아가 아예 만물의 분류표를 그려 유교의 상제 개념을 천주로 바꿔놓습니다. 사물의 범주를 실체(자립자)와 속성(의뢰자)으로 구분하고 실체에서 속성이 나온다는 것이지요. 만물의 소이연인 하늘은 속성이 아니라 실체이어야 논리가 상응하기 때문에, 태극을 허공이 아니라 천주라는 인격체로 바꾸는 것이죠. 천지만물에는 원주原主가 존재하고 그것이 상제로서 천주라는 것, 천주는 도道와 덕德이라고 말할 수 없으며 오히려 도덕의 근원이라 했어요. 우리(서양)의 천주는 바로 (중국의) 옛 경전에서 말하는 '하느님'이라고 했어요. 그럴듯한 논법이지요. 거기에 마음이 비어 있는 조선인이 응답한 걸로 이해합니다."

"신 공께서 궁리를 많이 하셨군요. 신자에게 형벌을 내리셨으니 많이 괴로우셨나 봅니다."

"예, 사실 그렇습니다. 고달픈 백성을 잡아 투옥시키는 것도 괴로운데, 문초에 태형에 사형까지 집행하라 하니 무척 짐이 무거웠습니다. 그래서 사교邪敎의 정체를 알고 싶었던 거죠. 알수록 가까워지니, 참. 저도 서학西學을 멀리 해야겠습니다. 하, 하, 하!"

"자, 돌아가 차 한잔 하십시다."

초의선사가 시장하다는 듯 발길을 돌렸다. 아침 해가 바다를 비춰 사위가 황홀해졌다. 두 문우의 대화는 우주와 세상 현실에까지 두루 나아갔다가 시詩와 서화書畵에 닿았다. 참선이 따로 없었다. 세상현실은 시와 서화의 세계에서 깃털처럼 가볍게 부유했다. 우거를 둘러싼 탱자나무의 가시도 두 문우의 대화를 찌르지 못했고, 격리된 섬도 그들의 의기투합한 비상을 저지하지 못했다.

초의선사는 그날 오후 나룻배를 타면서 말했다.

"해배解配될 때 꼭 일지암에 들러 가시오. 대륜산 국화차를 대접하리다. 그때 답시를 한 수 더 써주시오."

초의선사는 건너편 뭍에 닿을 때까지 이쪽 섬을 쳐다봤다. 신헌은 갯바위에 앉아 선사가 멀어져 가는 모습을 하염없이 지켰다.

이제 다시 홀몸이 되었다. 해배라니, 해배가 가당한 말인가? 진정 해배될 수는 있는가? 해배를 생각하니 갑자기 외로워졌다.

뭍에 당도한 배가 다시 이쪽으로 오는 모습이 보였다. 파발이 서한과 소포를 건네줬다. 고향집에서 보낸 유 씨 부인의 전갈이었다. 반가웠다. 외로움이 약간 덜어졌다. 첫째 정희는 부친의 유배 문제로 아직 벼슬에 나아가지 못한다는 소식과, 둘째 석희는 생원시험에 합격하고 서원에 기숙하고, 이제 열여섯 살이 된 셋째 낙희는 무예를 연마해 행동이 제법 의젓해졌다는 소식을 깨알같이 썼다.

부디 조석을 잘 챙기셔서 옥체 보전하십시오. 이녁은 잘 있습니다.
부인 배拜.

소포에 담긴 옷가지, 곶감, 붓과 벼루, 장지, 웅담 등속을 꺼내다가 눈물이 핑 돌았다.

양
화
진

양화진 楊花鎭

　서쪽으로 기운 해가 마지막 햇살을 쏟아냈다. 눈이 부셨다. 빛을 등지고 거대한 물체가 모습을 드러냈다. 처음 보는 화륜선火輪船이었다. 돛을 달지 않은 배가 검은 연기를 뿜으며 서서히 이쪽으로 다가왔다.

　총융사* 신헌은 긴장했다. 군졸들도 성곽 뒤에 몸을 숨기며 단짝 엎드렸다. 사수들은 성곽 가운데 뚫은 구멍에 조총을 거치하고 명령이 떨어지길 기다렸다. 신헌은 화포를 20여 대 배치하고 화점을 하나로 맞추도록 지시했다. 화륜선이 사정거리에 들어올 때까지 경병京兵 5백여 명은 숨을 죽였다. 세 척이었다. 얼핏 눈대중으

---

* 총융청: 조선의 수도방위를 맡은 오위영의 하나. 훈련도감, 금위영, 어영청
　은 궁궐과 수도방위를 담당하고, 총융청은 수도 외곽, 수어청은 남한산성 방
　어를 담당한다. 어영청은 왕실경호, 금위영은 궁궐방위, 훈련도감은 정예병
　훈련을 맡는다. 총융사(總戎使)는 정2품에 해당하는 고위직으로 의정부에 참
　여해 국사를 논할 수 있는 당상관 신분이었다.

로 길이는 30파, 넓이는 10파 정도가 되는 거함이었다. 돛을 달지 않았다면 저 화륜선은 무슨 힘으로 추진하는 것인가. 신헌은 알지 못했다. 비변사에서 이양선에 관한 장계를 보기는 하였으나 검은 연기를 뿜는 화륜선은 난생처음이었다. 저놈이 어떤 화력을 뿜어낼지 신헌은 가늠하기 어려웠다. 무지는 두려움을 몰고 왔다. 신헌은 헛기침을 뱉었다.

비변사 보고서에 의하면 동해 먼바다에 출현한 이양선異樣船은 풍마처럼 빨라서 지방관들이 문정하기 어렵다고 했다. 해안 첨사들은 이양선이 쏜살같이 달리는 모습이 오리나 기러기가 지나가는 것처럼 보였다고 이구동성으로 말했다. 괴이하고 놀라운 일이었다.

그런데 석양을 등지고 한강을 거스르는 저 배는 대체 정체가 무엇일까. 화륜선이 멈췄다. 아직 사정거리에는 들지 않은 위치였다. 강 건너 노량진에도 화포부대가 진을 치고 있을 터이다. 건너편 병력에 동시신호를 보낼 기수는 긴장한 채 총융사의 명령이 떨어지길 기다렸다.

아직은 아니다. 신헌은 다시 헛기침을 했다. 기다려라. 화륜선 세 척은 모두 정지했다. 기러기 떼가 배 상공을 떠돌았다. 화륜선은 강 양안에 방어병력이 있는지를 정탐하는 듯했다.

총융사 신헌이 방어책임을 맡은 양화진楊花鎭은 도성으로 진입하는 적의 무리를 막는 최후의 요새였다. 해배 후 한성부윤을 지내다가 대원군이 집권하면서 군부 요직에서 문관을 쫓아내고 무관을 임명하는 일대 환국에서 발탁된 사람이 신헌이었다. 당시 신헌만큼 군무에 밝은 인재도 드물었기에 대원군의 눈에 드는 것은 시간문제였다. 대원군과 헌종의 생모 신정왕후의 결탁은 신헌의 출세가도를 넓혔다. 헌종이 승하했을 때 모든 관직을 박탈당하고 전라도 녹도로 유배가야 했던 10여 년 전의 일을 생각하면 도성 외곽을 지키는 부대의 최고 수장인 총융사가 된 것은 그야말로 천운이었다.

어둠이 내렸다. 갈매기가 날아와 성벽 위에 내려앉았다. 군졸 몇 명이 장난치듯 손짓으로 갈매기를 쫓았지만 그놈은 영 갈 뜻이 없는 듯했다. 화륜선도 움직이지 않았다. 야간 공격을 하려는 것일까? 신헌은 다시 긴장했다. 호패 안쪽 주머니에 작은 물체를 만졌다. 긴장할 때 나오는 무의식적 습관이었다.

야간전투는 상상하지 못했는데, 만약 그렇다면 큰일이다. 노량진에 잠복한 화포부대가 이쪽 깃발 신호를 볼 수 없다면 작전을 바꿔야 했다. 어떻게? 궁리 끝에 신헌은 밤눈이 밝은 병졸을 열 명 정도 선발하라고 군관에게 일렀다. 군관이 십여 명을 대동하고 총융사 앞에 도열했다. 신헌의 목소리는 비장했고 우렁찼다.

"강변으로 몰래 접근해서 적의 동태를 살펴라. 만약 어떤 위태로운 움직임이 보이면 즉시 연락해라. 한 명당 반 마장 거리를 띄우고 밤새 잠복하도록 해라!"

군관은 병졸을 인솔하고 강 절벽을 타고 내려갔다. 이미 사위는 어두워졌다.

셋째 아들인 낙희가 아뢨다. 낙희는 아버지 신헌을 보좌하는 총융사 군관으로 용모와 행실이 조부를 꼭 닮았다. 올해 나이 서른, 그러니까 부친을 따라 군문에 들어선 지 9년이 지났다. 군영에 들어 숙식을 해결하니 혼기를 놓쳤다. 낙희는 부친을 보좌하는 데에

걸림돌이 된다고 아예 혼례를 생각하지 않았다. 그것도 신헌에게
는 짐이었다.

"잠시 진지를 드시지요. 여기는 제가 지키겠습니다."

"그래라, 만약 초병哨兵에게 무슨 기별이 있으면 지체 없이 알려
다오."

신헌은 진영으로 돌아가면서 상념에 잠겼다.

저 화륜선은 필경 법국에서 왔을 터, 지난 봄 대원군이 효수梟首
한 법국 신부들 흉사凶事를 따지러 온 걸 게야. 그렇다면 조정에 통
보도 하지 않고 대포를 쏘지는 않을 것이고…. 대포를 쏜다면 전쟁
을 선포하는 짓인데, 중국이 가만 놔두지는 않을 것인즉, 그런데
양화진에 상륙할 수는 있겠지. 아무튼 위험천만한 일이다.

밤하늘에 별이 가득했다. 멀리 한양도성 불빛에 목멱산(남산)
자태가 흐릿하게 드러났다.

지난여름엔 미국 상선이 대동강을 범하지 않았는가. 박규수 대
감이 화공으로 물리쳐 다행이지 그 양적洋敵이 상륙이라도 했다면
무고한 도성민이 무수히 다쳤을 것이다. 그 배는 무장하지 않은 상
선이었는데, 화염에 탄 배를 수습하고 나니 양놈 시체가 23구에 피
부가 검은 무슨 짐승같이 생긴 인종도 다수 죽어 있었다. 배에는
이상한 기계와 도구가 발견되었다. 말로만 듣던 물건이었다. 술
병, 항해도, 자침(나침반), 식기 같은 것은 익숙한 물건이었는데,
조총처럼 생긴 총은 쇠로 만들어 빛이 났고 가늠자와 가늠쇠도 정
교한 것이 성능이 무척 좋아 보였다. 저런 총을 쏘면서 상륙하면
당할 자가 없겠다 싶었다.

신헌은 박규수 대감이 묘당에 보내온 전리품을 구경하면서 무비武備에 더욱 힘쓰지 않으면 나라가 위태롭다는 위기감을 느꼈다. 그런데 조정은 양적을 물리쳤다고 기뻐했다. 묘당의 분위기는 득의양양했다. 금수와 같은 양적을 궁수와 조총수가 쓰러뜨리고 화공법으로 배를 침몰시켰다고 전국에 방을 붙였다. 경화사족뿐 아니라 대소인민 사이에서 대원군의 인기는 하늘을 찔렀다.

보름달에서 조금 모자란 달이 환하게 산과 강을 비췄다. 달빛은 느릿하게 흐르는 물살에 실려 일렁였다. 미국 상선이 범했을 때에는 마침 큰물이 진 다음이라 마음 놓고 상류로 거슬러 오르다가 모래톱에 걸렸는데, 강물이 풍부하고 강폭이 넓은 양화진에서는 박규수 대감의 화공법이 가능하지 않다. 그것도 야밤을 틈타 상륙한다면 적을 섬멸할 방법이 궁했다. 사정거리가 짧은 화포도 지금 정박한 저 거리에는 무용지물이었다.

하는 수 없다. 경계태세를 강화해 밤을 지새울 수밖에 다른 도리가 없었다. 망루에 앉은 신헌은 군관들을 불러 밤새 경계를 늦추지 말라고 일렀다.

걱정이 되었는지 낙희가 물었다.

"저놈들이 밤에 공격해올까요?"

"글쎄다, 그러면 큰일이다. 야간전투 훈련을 해본 적이 없으니….."

사실이었다. 전투경험이 없는 총융청 병사에게 야간전투는 아예 상상 밖의 일이었다. 야밤에 누가 성벽을 타넘는단 말인가. 이 위기를 넘기면 주야간 전투교범 같은 것을 마련해야겠다고 신헌은 다짐했다.

30년 전, 다산 선생을 뵈러 마재에 다녀온 일이 문득 떠올랐다. 스승은 농민들을 훈련시켜 일종의 상비군으로 키우는 민보론을 주장했고, 왜를 주시하라고 일렀다. 조정은 농민을 예비 군졸로 만드는 것은 세곡을 축내는 일일 뿐이라 일축했고, 양적을 도덕이나 윤리 관념이 없는 야만국으로 간주했다. 야만국이 쳐들어오면 정주학의 예론禮論을 강론해 물리칠 수 있다고 믿었다. 우문右文정치에 강병 개념은 아예 없었다.

그날 밤은 그렇게 흘렀다. 신헌은 뜬눈으로 꼬박 밤을 새웠다. 낙희도 중년에 접어든 부친 옆을 지켰다. 달은 벌써 남쪽으로 이울었고 동녘이 훤히 밝아왔다. 화륜선은 연기만 내뿜을 뿐 꼼짝도 하지 않았다. 산 아래 인가에서 닭이 울었다.

그때였다. 선두 화륜선이 뿌웅 소리를 내며 움직이기 시작했다. 물살이 일었다. 큰 포물선을 그리며 선수를 하류로 돌리는 듯했다. 나머지 두 척도 뱃머리를 돌려 일렬종대로 따라 내려갔다.

'퇴각하는가?'

해가 저 멀리 검단산 위로 얼굴을 내밀었다. 반짝거리는 물결을 따라 화륜선 세 척은 점점 시야에서 멀어졌다.

'다행이구나!'

신헌은 긴장했던 숨을 내쉬었다. 전투를 하지 않아도 될 모양이었다. 전투 경험이 전혀 없는 낙희도 걱정이지만, 군졸들도 내내 안심이 안 되던 차였다. 한창 곡식이 여무는 절기여서 군졸들을 잠시 집으로 보내 추수를 돕도록 해야 하는데 전투라니, 무슨 곡절인가 싶었다.

신헌은 급히 강화로 파발을 띄워 화륜선을 경계하고 어디로 향하는지 파악하라고 일렀다. 그리고 군영으로 돌아가 조정에 장계를 띄웠다.

화륜선이 물러갔습니다. 강화도 유수에게 경계를 강화하고 화륜선 동태를 살피라 일렀습니다. 총융사 신헌.

오전 나절이 지나자 강화도 유수에게서 장계가 올라왔다. 화륜선 세 척이 강 하류에서 먼바다를 향해 떠났다는 보고였다.

배가 판옥선 세 척을 합친 것보다 더 크고, 기러기처럼 빨라 금시 시야에서 사라졌습니다. 일렬종대로 중국 쪽으로 항해하는 듯 보였습니다. 더 경계하겠습니다. 강화도 유수.

신헌은 생각했다. 중국으로 가버렸다면 필경 중국 예부에서 자문咨文이 올 것이다. 밤을 꼬박 새운 군졸들이 휴식을 취하도록 명령했다. 외곽의 경비병을 교대시킨 후 신헌은 군영에서 잠시 눈을 붙였다.

얼마가 지났는지 낙희가 작은 소리로 아뢨다.

"아버님, 조정에서 들라는 분부가 내렸습니다."

신헌은 일어섰다. 입궐할 차비를 차리고 흑풍을 대령하라 일렀다. 길동이 흑풍의 고삐를 잡았다. 길동이도 이제 사십 줄을 넘었

다. 사노비 아들로 신헌을 따라 군문에 들어 어엿한 군관으로 입신
했다. 길동은 총융사 군마와 무기고를 책임지는 고관庫官이었다.

"가자!"

길동이 고개를 주억거리는 흑풍을 채근했다.

양적洋敵

어전에서 회의가 열리고 있었다. 3년 전 즉위한 고종이 신헌을 보고 반갑게 맞았다.

"어서 오게, 공이 수고가 많았소. 그렇지 않아도 작금의 사태를 논의하는 중이오."

"예, 적은 물러갔습니다만, 다시 올지 모릅니다. 중국 총서*와 상의하는 게 좋겠습니다."

신헌은 예를 차려 복명**하고 의정부 대신들 끝에 앉았다.

주상이 말했다.

"자, 경들의 의견을 기탄없이 말해보시오."

좌의정 김병학이 아뢨다.

"지금 양적이 몰려오는 것은 분명 왜와 손을 잡고 조선을 치려는

---

* 총서(總署): 중국 정부의 국사를 총괄하는 기구. 조선의 의정부와 같음.
** 복명(復命): 임무 완수를 주상께 보고함.

속셈이 분명합니다. 전국 유림이 지역별로 긴급 향회를 소집해 논의 중에 있는데, 척왜양론斥倭洋論이 산천을 울리고 있습니다. 근기近畿 거두인 화서문 이항로가 벌써 척사소를 올렸고, 한주문, 고산문*도 척사 상소를 준비하고 있다 들었습니다."

"그렇다면 영남유림은 어찌하고 있소?"

"영남은 대원위 대감의 사원 훼철 사태를 맞아 일대 분쟁 중이옵니다. 더욱이 병호시비**가 아직 끝나지 않아 척사소에는 연서하지 않은 상태인 걸로 아옵니다."

고종이 물었다.

"그럼 척사소에 뭐라 했소?"

"예, 공맹지도孔孟之道가 쇠하니 이적夷狄, 금수禽獸가 왔다 했습니다. 양적은 본시 근본이 없어 먹고 마시고 부녀자를 마음대로 취하는 데만 몰두하니 강토가 유린되고 인륜이 파괴된다고 했습니다. 오랑캐가 쇠붙이를 좋아해서 온갖 기괴한 무기로 우리를 겁박하는데, 이럴 때일수록 마음을 가지런히 해 심성心性을 도야하고 예의를 일으켜 양적을 쫓아내야 한다고 했습니다."

"경의 생각은 어떠하오?"

고종이 물었다.

---

* 학파[門]: 19세기 세도정치 연간 주리론, 심성론, 인물성동이론 등을 둘러싸고 화서문(華西門: 이항로), 한주문(寒洲門: 이진상), 고산문(鼓山門: 임헌회), 간재문(艮齋門: 전우) 등으로 분화되었다.
** 병호시비(屛虎是非): 학봉 김성일과 서애 유성룡의 문묘종사 소(疏)를 둘러싸고 일어난 영남유림 분열사태로 학애(鶴涯)와 애학(涯鶴)의 서열문제를 두고 호계서원(학봉)과 병산서원(서애)이 대립한 사건을 말한다.

"예, 소신도 합당한 이치라고 생각합니다."

고개를 끄덕이는 영의정 조두순에게 고종이 물었다.

"영상은 어찌 생각하시오?"

대원군에 의해 발탁된 조두순이 급히 고개를 조아렸다.

"예, 좌상의 말에 일리가 있습니다. 그런데 몇 년 전에 로서아露西亞(러시아)가 북관지역을 침범해 통상을 요구한 적이 있습니다. 북로는 이적이오나 큰 나라라고 들었습니다. 혹시 이번에 양화진에 들어온 법국선船이 북로와 미리 결탁해 양공을 펼치는 듯한 불길한 예감도 물리치기 어렵사옵니다. 지난 봄 일로 해서 우리 조정에 책임을 물으러 법국이 사신을 보낸다는 얘기를 중국 관보를 통해 접했습니다. 어제 온 배에 혹시 사신이 타고 있었다면 필경 다시 올 것입니다. 이에 대비하는 것이 옳은 줄로 아뢰오."

"흠, 사신이 타고 있었다?"

고종이 혼잣말로 중얼거렸다.

그러자 생각난 듯 문전에 꿇어앉은 역관 오경석에게 물었다. 오경석은 의정부 명을 받아 중국 예부에 자문咨文을 전하러 연행燕行했다가 며칠 전 돌아온 사역원司譯院 주부主簿(종6품)였다.

"역관은 북경에서 탐문하였느냐? 사정이 어떠한지 사실대로 고하라."

오경석은 황급히 머리를 조아렸다.

"예, 북경 예부에 들러 황해도 관찰사 박승휘 조회문과 평안감사 박규수의 자서自書를 전달했습니다. 텐진天津에 미국 함대가 정박 중인데 슈펠트라 부르는 책임자에게 전달한다고 했습니다. 미국 함대는 지난여름 상선을 불태운 사건에 크게 분노하고 있다고 합니다."

고종이 당황한 기색으로 언성을 높였다.

"아니, 아무 통보도 없이 타국 강토를 침범했는데 그걸 징계했다고 왜 분노하느냐? 나라 예법을 모르는 무지한 놈들이구나!"

"그보다 더 화급한 일은 법국이 중국 총서에 보낸 통고문이옵니다. 법국 사신으로 벨로네*란 자가 있는데, 이자가 성질이 불같고 안하무인이어서 중국 예부도 상대하기 싫어하는 인물입니다. 이자가 우리를 넘보는 야욕이 하늘을 찌를 만큼 커서 월국越國(베트남)을 점령한 다음 목표로 조선 침공을 자국 외무성에 의뢰하고 중국 총서에 조회했는데 중국 총서가 허락하지 않았다고 들었습니다."

"뭐라고? 침공한다고?"

고종의 언성에 불안함이 섞였다.

"예, 분명히 그리 들었습니다. 지난 봄 사교 척사가 일어날 때 법국 신부를 잡아다 죽인 일이 있었지요. 그때 내포지방을 거쳐 중국으로 도망간 리델(Félix Clair Ridel)이란 자가 벨로네 공사에게 자초지종을 전했다고 합니다. 법국 신부를 효수한 책임을 묻는 건 명분에 불과하고 사실인즉슨 로서아와 왜가 조선에 세력을 뻗치기 전에 미리 손을 쓰겠다는 계략이옵니다. 소신이 벨로네 공사가 자국 외상에 보낸 보고서를 필사해 왔는데, 거기에는 분명 그리 쓰여 있습니다. 아뢰옵기 황공하오나, 윤허하신다면 읽어보겠나이다."

"윤허한다."

---

* 벨로네(H. de Bellonet) : 1866년 병인양요 당시 프랑스의 중국공사.

오경석은 품에서 벨로네 공사의 보고서를 꺼내 천천히 읽어나갔다.

"우리가 월국을 친 것은 장차 동양에 진출하는 거점을 만들기 위함입니다. 동쪽 끝에 조선이라는 나라가 있는데, 중국과 일본 간에 발생할 분쟁에서 법국의 국익을 먼저 확보하려면 조선에 군대를 파견하는 것이 가장 현명한 전략입니다. … 영길리와 덕국德國(독일)이 손을 뻗치고 있는데 군함을 보내는 일이 시급합니다."

"흠, 그렇다면 큰일이구나."

의정부 당상들도 당황한 나머지 말을 잇지 못했다.

신헌은 '올 것이 드디어 왔구나'라고 생각했다. 왜가 아니라 법국이 먼저 오다니, 언젠가 이양선이 막무가내로 밀려와 강토를 유린할지 모른다는 예감은 어제 오늘의 것은 아닌데 법국이 먼저? 법국은 대체 어떤 나라인가? 하기야 법국 신부를 여러 명 죽였으니 분노할 만은 한데 침공은 예법을 넘어선 것이 아닌가.

의정부 당상들이 침묵하는 가운데 역관 오경석은 더 놀라운 얘기를 꺼냈다.

"아뢰옵기 황송하오나, 그자가 중국 총서에 전달한 문서를 입수하였는데 그자의 오만이 하늘을 찌릅니다. 주상께서 윤허하신다면 한없이 불경한 문자를 삼가 읽어보겠습니다."

"윤허한다."

오경석은 다시 품에서 필사 문서를 꺼내 작은 소리로 읽어나갔다.

"법국 황제는 피로 물든 이런 모독을 징벌하지 않을 수 없습니다. 조선의 국왕이 우리 불행한 동포에게 손을 가한 바로 그날이 그 통치의 마지막 날입니다. 조선 국왕은 그의 멸망을 스스로 선언하였다고 본인은 오늘 엄숙하게 선언하는 바입니다. 며칠 후 우리의 군대는 조선을 정복하러 나아갈 것이며, 우리의 존엄한 황제만이 조선과 주인 없는 그 왕좌를 황제의 의향에 따라 처분할 권리와 권한을 갖고 있습니다."9

　고종의 얼굴이 파르르 떨렸다. 불안과 공포를 참느라 입술을 깨물었다.
　묘당에 침묵이 흘렀다. 가끔 당상들의 헛기침 소리가 났으나 바다 너머에서 벌어지는 거대한 역모에 경악할 뿐이었다. 그렇다면 이 나라의 운명은 어찌 될 것인가? 고종은 운현궁에 거처하는 부친 대원군을 떠올렸다. 당상들도 모두 대원군의 입만 바라볼 뿐 뾰족한 계책이 있을 리 없었다.
　이윽고 고종이 입을 뗐다.
　"다 고했느냐, 더 고할 말은 없느냐?"
　"예, 전하. 더 상세한 문정은 의정부에 올리겠사옵니다. 심려 마시옵소서."
　오경석은 더 사뢸 말씀이 많았으나 한갓 종6품직인 사역원 주부가 주상과 당상관 면전에서 정세를 설파할 수는 없는 노릇이었다.

　조선이 믿었던 중국은 무너지는 중이었다. 천하를 다스려야 할 함풍제咸豊帝는 암약군주였고, 서태후의 손에 놀아나는 한낱 범부에 불과했다. 함풍제는 이복동생인 공친왕恭親王에게 국사를 맡기고 열하로 피신했다. 태평천국의 난에 겁을 먹었고, 함대를 앞세워 겁박을 일삼는 양적 무리를 감당할 자신이 없었다. 영불英佛 연합군이 북경을 쑥대밭으로 만든 일은 악몽이었다.

올 초 연행사로 갔을 때만 해도 북경은 전쟁 잔해가 뚜렷했다. 신식 무기로 무장한 영불연합군을 몽골기마병이 겨우 막아냈으나 손실은 막대했다. 2만 기병 중에 절반을 잃었다. 청이 자랑하던 팔기군은 무너진 지 오래였고, 서태후의 방탕한 생활로 재정이 축나 무기구입은 엄두를 못 냈다. 법국이 그 참에 조선으로 눈길을 돌리는 낌새를 알아차렸으나 막아낼 방도가 궁했다.

공친왕은 정국을 장악하지 못해서 양적에게 이리저리 뜯기는 신세를 면치 못했다. 중국이 쓰러지는 광경을 목격한 오경석은 조선의 앞날이 심히 우려스러웠다. 양적이 침범하더라도 중국은 힘이 되지 못한다는 확신이 든 것은 이번 연행사에서 얻은 쓰라린 수확이었다. 그걸 어찌 발설할 수 있으랴.

이윽고 주상이 말했다.

"좋소. 의정부는 이 건을 더 논의해서 종묘사직을 지킬 묘책을 구해 주시오. 총융사 신 공은 한강 방위태세에 더욱 힘써 도성민을 지키고 조상께 부끄러움이 없도록 만전을 기해 주기를 바라오. 경들은 물러가시오."

고종은 몸을 일으켰다. 불길한 예감이 젊은 임금의 용안을 가렸다.

당상관들은 헛, 헛, 기침을 하며 돌아갔다.

무거운 발걸음으로 퇴청하는 신헌의 소매를 오경석이 살짝 붙잡았다. 작은 소리로 속삭였다.

'아뢰올 말씀이 있사옵니다. 총융청에 가서 대기하겠습니다.'

총융청 집무실 탁자에 마주 앉은 오경석은 훨씬 편한 표정이었다. 신헌이 일렀다.

"말해 보아라."

"예, 주상 전하께 심려가 될까 말씀을 못 드렸사옵니다만, 사실은 법국 화륜선이 또 몰려올 것임이 분명합니다. 제가 그리 들었습니다. 어제 온 것은 한강 측량 겸 시위가 목적이고 법국 외무성에 타진해서 화기를 싣고 따지러 올 겁니다. 제가 듣기로는, 법국 함대 수장이 로즈 제독*이란 자인데, 벨로네 공사와 사이가 틀어졌다고 합니다. 로즈 제독이 호시탐탐 침공을 노리는데, 법국 정부가 월국 일로 정신이 없어 허락을 내리지 않았다고 들었습니다. 저놈들이 오더라도 군량이 부족하고 근해 수심과 지형을 잘 모르기 때문에 두어 달 해안을 굳건히 지켜내면 저놈들을 물리칠 수가 있습니다."

예상한 대로였다. 오경석이 말을 이었다.

"운현궁에도 이 문서를 전하고 전후 사정을 소상히 아뢰었습니다. 대원위 대감께서도 심히 걱정을 표하시고 전국의 포수를 강화로 집결하라고 벌써 방榜을 내렸다고 합니다. 강화유수와 경기감영에 명하여 포수를 문수산성과 정족산성에 배치하라고 일렀답니다. 대동강에 침범한 미리견 상선을 격퇴했듯이 이번에도 법국 화륜선이 뭍에 상륙하는 것을 절대 금하라고 결기가 대단하십니다."

"그래. 정탐을 잘 했구나. 더 중대한 탐문이 있으면 즉시 파발로

* 로즈 제독(P. G. Roze) : 프랑스의 '중국 및 일본해 해군분견대' 사령관.

아뢰거라. "

오경석은 예를 차리고 물러갔다.

신헌은 양화진으로 돌아가려 몸을 일으켰다. 대원군이 양적을 물리치는 데에 자신을 가졌다는 사실은 든든했지만, 왠지 불안했다. 대원위 대감이 양적의 실체를 진정 아는지 궁금했다. 한량 생활에 젖어 한갓 떠돌이로 상가喪家를 드나들면서 권문세가의 비웃음거리가 될 때만 해도 대원군은 왜양에 대해 그리 단호한 결기를 보인 적은 없었다. 방탕했고 능력이라곤 손톱만치도 없어 보였던 대원군은 고종을 임금에 앉히고 섭정에 나서자 사람이 완전히 달라졌다.

사원 훼철은 놀라운 일이었다. 사대부와 재지사족이 향권의 위세를 높이고 중앙권력을 넘보는 소굴이던 사원을 일시에 훼철하라는 분부를 내린 것은 전국 유림의 분노를 샀다. 유림공론이 들끓었다. 광화문으로 쳐들어가 임금을 배알하고 즉시 철회령을 얻어내야 한다고 목소리를 높였다. 쉽게 물러날 대원군이 아니었다. 대원군은 아주 적절한 계책을 고안해냈다.

유림이 만족해 할 만한 먹잇감이 바로 사교邪敎탄압이었다. 근십여 년 동안 괴질과 기근에 시달려 조정은 천주교 금압을 제대로 시행하지 못했다. 유림이 사교를 방치했다고 조정을 공격했다. 사교는 백성의 정신을 좀먹고 예의지국의 기반을 부패시키는 사악한 논리임에도 왜 조정은 소극적이냐고 몰아세웠다.

대원군이 생각해낸 묘안이 바로 그거였다. 한동안 잠잠했던 신자탄압이 전국에 몰아쳤다. 잡혀 온 사교도의 피가 새남터 모래를 붉게 물들였다. 거기에는 법국 신부들이 있었다. 조선 복장을 한 그들은 새남터에서 생을 마감했다. 십자가를 손에 쥐고 찬미가를 부르며 죽어갔다. 그 대가를 치르고 있는 것이다.

신헌은 국사에 엉킨 복잡한 계략들을 생각하며 몸을 떨었다. 군문은 이제 단지 내부 정국에만 몰두할 시기가 지났음을 알아차렸다. 무관의 직책이 조정과 외부 정세, 중국을 중심으로 벌어지는 양적과의 투쟁 틈바구니에 끼었음을 어렴풋이 느꼈다.

길동이가 이끄는 흑풍을 타고 돈의문 고개를 넘어 양화진에 돌아온 신헌은 심한 허기를 느꼈다.

혜 련

옥숲은 산길을 내려오고 있었다. 몸종 곱단이 앞장섰다. 관목 숲을 헤치며 짐승이 만들었을 가느다란 길을 따라 이리저리 몸을 틀어 걸었다. 고려산 성소에 다녀오는 길이었다. 열댓 가구가 숨어 사는 성소를 아는 사람은 드물었다. 믿을 만한 신자가 아니면 절대 발설하지 않은 덕에 전국에 내려진 몇 차례의 소탕령에도 불구하고 근 20년 째 살아남았다.

성소 지도자는 여주에서 도망 온 경주 이 씨로 가계를 따져 올라가면 부친과 먼 친척뻘 되는 인자한 사람이었다. 얼마나 사람이 침착하고 성실한지 열댓 가구 생계를 잇는 일에 부족함이 없었다. 옹기 기술을 습득해서 근처에 나는 점토로 옹기를 빚었다. 강화 시내에 몰래 내다 파는 일은 저잣거리 신자들이 맡았고 그 수입으로 먹을 것과 입을 것을 장만해 주는 일도 신자들 몫이었다.

오늘은 어머니 혜련의 은밀한 심부름을 갔다 오는 길이다. 어렵게 구한 언문 성경책 두 권과 겨울 대비 식량 마련에 드는 돈을 성소 이 씨에게 전달했다. 혜련은 산 지리에 밝은 곱단이를 딸려 보내면 가을 내내 마음에 걸린 소임을 다할 수 있을 거라 생각해온 터였다. 옥은 발걸음이 빠른 곱단이를 따라가느라 정신이 없었다. 해가 멀리 서쪽 능선에 걸린 시각이었으므로 곱단이가 서두르는 것은 당연해 보였다.

옥은 걸음을 재촉하면서 생각했다. 천주님을 찬양하는 이 신심이 언제 내 마음에 자리 잡았을까? 촌민들이 천주쟁이를 모두 이상한 눈길로 쳐다보고 마치 징그러운 벌레 보듯 하는데 왜 나는 천주님을 생각하면 마음에 평화가 찾아올까? 왜 관아는 천주교를 이리도 몹쓸 병처럼 금압할까? 임금을 섬기고, 관아 수령도 모시고, 제사도 착실하게 지내는데 왜 성스런 은총을 도참圖讖이나 주술呪術처럼 간주할까?

옥이는 세상 현실이 그리 공평하지 않다고 보았다. 그 공평하지 않은 세상에 나서기가 꺼려져 혼례를 아예 단념하고 천주님께 귀의하기로 오래전 마음먹은 터였다.

조금만 더 가면 산기슭에 닿고 해지기 전에 국정골 집에 무사히 도착할 것이다. 그러자 어머니 모습이 스쳤다. 오십에 접어든 어머니 혜련은 십수 년 전 남편 경주 이 씨를 괴질로 사별하고 홀몸이 된 향촌 양반의 미망인인데 타고난 곱고 기품 있는 자태가 아직 흐트러지지 않았다. 여인답지 않게 책을 읽는 데 소홀함이 없었고 강화부성 관아에서 오는 관보를 향청을 통해 받아보고 있었기에 최근 돌아가는 정세에 해박했다.

그것뿐 아니었다. 강화도와 중국을 왕래하는 장삿배 선주에게 부탁해서 서책을 구입해 읽었다. 《해국도지》같이 낯선 서책들이 어머니 방 한구석에 쌓였다. 옥이는 아마 외조부의 영향일 거라 짐작했다.

외조부가 누군가. 당대에 운위되는 대학자 다산 선생이 아닌가. 다산 정약용이 옥이의 외증조부였다. 그래서인지 어머니는 내국 정세는 물론 중국에서 벌어지는 일에 해박했고 옥이도 귀동냥 눈동냥으로 그런 일에 소소한 지식이 쌓였다. 어머니의 교자상 언저리에는 여느 선비의 사랑방처럼 문방사우가 마련되었는데, 그 옆에 작은 십자가가 언제나 다소곳이 놓인 것이 달랐다. 어머니 혜련은 기도를 조석으로 게을리하지 않았고 당신이 직접 지은 기도문을 외웠다.

세상을 뜬 경주 이 씨 옥이 아버지는 도량이 제법 넓은 선비여서 어머니의 신앙을 알고 제사만 게을리하지 않는 조건으로 천주교를 허락했다. 어머니가 워낙 신중하게 처신했으므로 소문은 나지 않았다. 옥이는 첫아이를 사산하고 한참을 고생하다 뒤늦게 얻은 늦둥이인데 올해 스물여섯 과년한 처녀였다. 부친은 어린 옥이를 한없이 귀여워했다. 첫아이를 잃은 시름에서 완전히 벗어났고 세상을 다 얻은 듯 기뻐했던 아버지였다.

그런 남편이 혜련은 한없이 고마웠다. 재물에도 게을리하지 않아 일 년에 백 석가량 소출을 내는 땅을 남긴 터여서 남편 사후에도 이 씨댁은 국정골 유지로 대접받았다.

앞서가던 곱단이가 갑자기 그 자리에 멈춰 섰다.

"어, 아가씨. 무슨 소리 들리지 않아요?"

그때였다. 산 넘어 "쿵!" 하는 소리가 선명하게 들렸다.

"쿵! 쿵! 쿵!"

하늘이 맑으니 천둥소리는 아니고 저게 뭘까, 옥이는 가슴이 쿵 내려앉았다.

"저게 무슨 소리지?"

불안감을 감추지 못한 옥이가 되물었다.

"처음 듣는 소리에요! 혹시 성안에 난리가 난 걸까요? 아가씨, 어서 가요!"

곱단이 서둘렀다. 옥이도 발걸음을 재촉해서 어둑해질 무렵에 집에 당도했다. 쿵쿵 하는 소리는 간헐적으로 들렸다. 어머니가 기거하는 안방 문을 황급히 열며 옥이가 물었다.

"어머니, 무슨 소리가 산등성이 넘어 자꾸 들려와요! 못 들으셨어요?"

서책을 탁자에 놓으면서 혜련은 무사히 일을 마치고 돌아온 옥이를 반겼다.

"그래, 돌아왔느냐? 무슨 소리가 들리긴 했다만 무심코 지나쳤지. 내가 책에 너무 빠져 있었나 보구나. 그래, 거기에는 근황이 어떠냐? 굶어 죽는 사람은 없고?"

"예, 어머니, 대개 밝은 표정이었고요, 먹을 것도 그런대로 괜찮아 보였어요. 다만 이 씨 아저씨가 몸이 불편한 것을 제외하고는요."

"그래, 걱정이구나, 이 씨 아저씨가 올해로 환갑하고도 몇 해를 넘겨 근력이 쇠하겠지."

날이 저물었는데도 분명 그 소리는 다시 희미하게 들렸다.

"쿵! 쿵! 쿵!"

거기에 마치 멀리서 다듬잇방망이 두드리는 소리도 들렸다.

"탁, 탁, 탁, 탁…."

문간방에 기거하는 곱단이 아버지 점복이가 바깥에서 외치는 소리가 들렸다.

"마님! 읍내에서 무슨 변고가 일어났나 봅니다. 그게 총소리, 대포소리인데요, 밤이 저물어도 계속 들려요. 오늘은 문단속을 단단히 하고 주무세요! 저도 대문을 닫아걸고 밤새 신경을 곤두세울 테니 말이에요!"

"알았다, 곱단 애비. 문단속 잘하고 밖에 무슨 변고가 생기면 곧장 일러다오."

점복이 걱정스런 말을 남기고 물러갔다. 무슨 일이 생긴 게야, 필경. 혜련이 생각에 잠겼다.

"옥아! 물러가 요기하고 단정히 있거라. 기도하는 걸 잊지 말고. 천주님이 계시면 안심이란다."

오랫동안 그리도 갈구하던 대박大舶이 왔을까? 혜련은 혹시 모른다고 생각했다. 대박은 박해를 피해 숨어 살던 모든 천주교도의 희망이었다. 대박래선大舶來鮮! 천주교도는 조선에 큰 배가 와서 천주교 박해를 끝장내고 모든 백성에게 종교의 자유를 허락해 준다는 환상을 버리지 못했다.

혜련은 큰조부 정약현 어른의 사위인 황사영이 박해를 피해 제천 배론에 숨어 지내다 북경 주교에게 은밀하게 전하려 했던 백서*에 대박 청원請願 글귀가 깨알같이 쓰였음을 알고 있었다.

정병 5~6천 명에 수십 척의 배를 보내시면 무지에 빠진 나라의 천주교도를 구할 수 있습니다.

백서에 쓰인 글귀를 보고 조정 백관은 기겁했고 역모죄를 적용해 황사영을 효수했다. 그 후로는 부평, 평택에 대박이 출현했다는 근거 없는 헛소문이 돌았다. 서양 신부들이 세상을 두루 돌아다닐 땐 반드시 큰 배를 타고 천주교를 전파한다는 믿음은 오래 지속되었고, 혜련의 마음 한구석에도 작은 희망으로 자리 잡은 지 오래였다.

그날 밤은 잠을 이루지 못했다. 대박이 오는 것은 기뻐할 일이나 그걸 막아낼 책임이 조선 군사에게 있지 않은가. 저게 포 소리가 맞는다면 필경 무력충돌이 일어났을 거라는 생각에 이르자 혜련은 어찌할 바를 몰랐다. 십수 년 전 녹도로 유배된 신헌 대감이 환국을 맞아 한양에서 높은 직책에 올랐다는 소문을 익히 들어 알고 있었다. 관보에 의하면 도성 경비를 맞는 자리인 총융사라 했다.

아, 혜련의 입에서 작은 숨이 새어나왔다. 그분에게 저 대포가 날아가는 거 아닌가, 생각이 여기까지 이르니 가슴에 작은 통증이 왔다. 그분과 작별 인사를 나눴던 삼십여 년의 무게가 가슴을 짓눌렀다. 한시도 잊지 못했다.

'마음에 묻어둘게요!'

그렇게 마재를 떠나왔다.

---

* 황사영 백서(帛書): 1801년(순조 1) 신유박해 때 기독교인 황사영이 중국 로마 가톨릭교회 북경 교구 주교에게 조선 신자가 받은 혹독한 박해와 그 대책을 흰 비단에 적은 밀서(密書)이다. 정약용 맏형 정약현의 사위이다.

날이 밝았다. 닭 홰치는 소리가 울렸다. 장지문을 열었다. 절기는 이미 11월 중순으로 접어들어 제법 쌀쌀한 공기가 밀려들었다. 간밤의 답답함을 씻어주기에 충분한 맑은 공기였다. 앞마당 감나무에 주홍색 감이 주렁주렁 달렸다. 매년 저리 튼실한 감을 열어주니 고맙기 그지없었다.

점복이가 황급히 달려와 아침 문안인사를 했다.

"밤새 안녕하셨는지요, 어제 향청에서 긴급회의가 열렸다고 들었습니다. 읍내에 양적이 쳐들어와 대포를 쏘고 총질을 해서 관아가 무너졌고 수많은 성민이 다쳤다고 하옵니다. 저놈들이 산을 넘어와 무슨 짓을 할지 모르니 오늘은 고려산 성소에 몸을 피하시는 것이 좋겠습니다만, 어떠신지요?"

올 것이 왔구나, 혜련은 생각했다. 지난달 관보에 그런 일들을 읽기는 했는데 현실이 될 줄이야 생각하지 못했던 참이었다.

"그래, 그게 좋을 듯하다만, 양적이 어떻게 왔다더냐?"

"예, 갑곶 근처에 모두 일곱 척의 화륜선을 정박해 놓고 병사들이 총질하며 부성으로 상륙했다 하옵니다. 법국 병졸이라 들었사온데, 건너편 문수산성에서 화포를 발사해 한 척은 조금 파손되었고, 서로 총질해서 조선 병사가 많이 죽었다고 합니다. 사태가 심상치 않습니다, 마님!"

수많은 병졸이 죽었다고? 혜련은 잠시 정신이 아찔했다.

그분이 책임자일 터에 무슨 변고가 생긴 것은 아니겠지. 이 일을 어쩐다? 화륜선 일곱 척에 정병을 많이 싣고 왔다면 무슨 재간으로 막아낼 수 있을까? 묘당에서 방비를 명령했을 게 분명한데 그분이라면 생사를 무릅쓰고 양적과 대적했을 것이다. 아, 무사하신가?

"그래, 찬을 준비하고 채비를 차리게."

혜련이 정신을 수습하면서 점복에게 일렀다. 그리곤 작은 십자가와 묵주를 찾아 기도문을 외웠다. 마재가 떠올랐다. 신헌과 작별하던 순간의 찬란한 슬픔이 가슴을 때렸다.

"천주님, 거룩하신 천주님, 그분을 보호해 주소서! 이 나라의 어린 백성을 보호해 주소서! 평생 천주님을 찬양하고 어린 양으로 살겠나이다. 천주님의 이름으로 기도하옵나이다!"

혜련의 고운 어깨가 살짝 들먹였다.

교 전

    맑은 새벽에 신헌은 양화진 망루에 있었다. 어젯밤, 강화도 유수에게서 온 장계를 보고 밤을 꼬박 새웠다. 전투*를 벌였다는 보고였다. 서쪽 하늘에 가끔 섬광이 비쳤다. 야음에 포 소리가 쿵쿵 들렸다. 드디어 함대가 왔다. 경병에게도 총을 거치하고 화포를 조정해 놓으라 일렀다. 혹시 야간을 틈타 한강을 거슬러 오르면 발포하라고 명령을 내린 상태였다. 병사들은 긴장했다. 11월 중순의 밤공기는 싸늘했다.

    한양 도성민은 며칠 전 피란 짐을 쌌다. 계동과 가회동, 서쪽 효자동에 거주하는 사대부는 물론 청계천과 관철동 부근 중인도 모두 피란 가느라 법석을 떨었다. 한양 도성은 거의 빈 상태였다. 양적이 쳐들어와 인민을 유린하고 부녀자를 잡아간다는 괴소문이 돌았다.

    신헌은 그건 괴소문이 아닐지도 모른다고 생각했다. 모든 화력

---

* 프랑스 함대의 병인양요, 2차 침공.

을 집중해 화륜선에서 병사들이 상륙하기 전에 침몰시켜야 한다. 그렇지 않으면 백성은 물론 종묘사직이 위태로워진다는 생각에 마음을 굳게 먹었다.

어제 저녁, 결사항전의 각오를 병사들에게 하달했다. 병사들도 신헌의 굳은 의지와 충직한 말을 따랐다. 결사항전! 경병의 사기는 높아졌다. 날이 새자 찬 공기가 내려앉았다. 빈 도성을 지키는 신헌의 마음도 텅 빈 듯했다.

이 마음의 허기는 어디서 오는 것인가? 결사항전의 굳은 결기는 무관에게는 자연스런 정신무장일 텐데 결기 뒤에 피어오르는 허허로움은 대체 무엇인가? 그런 경험이 한두 번이 아니었다. 허허로움, 무엇으로도 채울 수 없는 마음의 허기는 지병처럼 신헌을 괴롭혔다.

그때마다 신헌은 호패주머니 안쪽에 숨겨진 작은 십자가로 마음을 달래야 했다. 천주쟁이로서가 아니라 혜련이 준 선물, 연심戀心의 징표로서 말이다. 이 세상 아무도 모르는 그녀와 나의 언약言約이었다. 살아 있음을 확인하는 그 언약, 잘 살기를 바라는 그 언약을 신헌은 시시때때로 밀려오는 허허로움에 밀어 넣어 가까스로 봉할 수 있었다.

강화도 파발이 도착했다. 신헌은 마음이 급해졌다.

"어찌 되었느냐?"

파발이 황급히 아뢨다.

"어젯밤에 교전이 있었습니다. 갑곶이 점령되어 병사들이 혼비백산 흩어졌습니다. 문수산성에서 포수들이 발포를 했고 법국 병졸이 두어 명 죽었습니다. 그에 화가 난 법국 군관이 강화부성을 점령했습니다. 대포를 쏴서 강화부성 관아가 부분 파손되고, 남쪽 성벽이 무너졌습니다. 강화유수는 고려산을 넘어 국정골로 퇴각했습니다. 병력을 보강해 달라는 강화유수의 전갈이옵니다. 장군님, 상황이 위급합니다!"

파발은 숨을 헐떡였다. 신헌은 다시 물었다.

"부성 도민과 백성은 어찌 되었느냐? 그들은 무사한가?"

"성민은 모두 산으로 피신했습니다. 더러는 유탄에 몸을 상한 사람도 있지만, 부상자는 그리 많지는 않습니다. 군졸 한 명이 무너진 성벽에 깔려 죽었습니다."

"흠, 알겠다. 경병부대를 일부 파견한다고 일러라. 화약과 조총, 그리고 군량을 보강해 줄 것이니 사생결단 강화를 사수하라 일러라. 그렇지 않으면 조정이 위태로워진다!"

파발이 황급히 허기를 때우고 물러갔다.

강화가 점령되면 도성 침공은 시간문제였다. 그러면 북경처럼 양적에 의해 무고한 백성이 목숨을 잃고 재물이 약탈될 터이다. 금수가 강토를 짓밟고 야만족이 휩쓰는 장면을 떠올리자 신헌은 몸서리가 쳐졌다. 그리 되면 이 나라는 끝장이다. 그 뒤엔 왜倭가 오겠지. 쓰러지는 거인 중국은 조공을 바치는 변방국이 이리되어도 손을 쓸 수 없을 것이다. 법국이 유린한 월국을 중국은 항변 하나 하지 못한 채 그냥 보고만 있지 않았던가.

아, 무비武備만 튼튼히 갖췄어도 이리 나약하게 당하지는 않을 터인데. 그래도 강화도가 버텨준다면 실낱 같은 희망이 살아난다.

신헌은 상군관과 길동을 불러 명령을 하달했다.

"총과 화약, 화살을 수습하고 군량미를 헤아려 문수산성과 정족산성에 보급하라. 이곳은 아직은 그리 급하지 않으니 부족한 무기와 군량은 곧 보충할 것이다."

"예, 분부대로 시행하겠습니다."

상군관과 길동이 예를 갖춰 답하고 자리를 떴다.

파발이 몇 차례 오갔는데 다행히 큰 전투는 더 이상 없었다. 이상한 일이었다. 양선洋船들이 갑곶과 초지진에 정박해 있는데 며칠 동안 교전 없이 지냈다는 것이다.

다만, 강화부성이 약탈되고 외규장각 서책이 탈취되었다는 보고가 접수됐다. 외규장각에는 《조선왕실의궤》 340책이 보관되어 있었다. 그것은 왕권의 존엄을 지키는 의례 교범으로서 천명天命이 부여한 왕실의 자긍심을 상징하는 국가 문서였다. 그밖에 부성에 보관되었던 은괴와 무기, 서적과 문서 다수가 약탈당했다.

저것이 보복인가? 약탈과 살상이 저들을 만족시키는 행위인가?

신헌은 납득할 수 없었다. 무력과 폭력을 행사하지 않고도 공식 사신을 보내 따져 물으면 될 것을, 왜 저들은 남의 강토에 침범해 인명을 살상하고 재물을 약탈하는가? 예의지도가 없는 것을 보니 과연 왜양倭洋은 금수와 다름없다는 화서華西 선생(이항로)의 항변이 옳다는 생각이 들었다. 양적은 이런 야만적 형태로 내선來鮮하는가? 화친조약이 있다고 들었는데, 그것도 꼭 이런 치열한 전투를 벌여야 가능한 것인가?

하기야 자국의 신부를 죽였으니 통분할 만하다는 생각도 들었다. 신부의 죽음을 갚기 위해 군사를 동원한다? 그 나라는 함대를 동원해 보복할 만큼 종교를 귀중하고 소중하게 생각하는가?

조선도 유교를 배신하는 패륜자가 있으면 바로 감옥에 가두니 사정은 비슷해 보였다. 그런데, 만약 조선 유학자가 법국에 가서 유교를 전파하면 우리처럼 효수형에 처할까? 그럴 것도 같고 아닐 것도 같았다. 유교가 국법인 나라에 그걸 무시하고 신부를 밀입국 시켜 백성을 혹세무민했으니 죽어 마땅하기는 한데 대체 화륜선까지 동원해 응징하는 이유는 무엇인가?

신헌의 궁금증은 끝이 없었다. 그러면서도 국정골 어디에 살고 있다는 혜련의 안위가 못내 걱정되었다. 다친 양민이 별로 없다고 하니 그건 다행스럽다.

9년 전, 안동 김 씨 세력이 잠시 약화된 틈에 신헌은 유배에서 풀려났다. 사약이 내려오지 않은 건 다행이었다. 한양으로 귀환하라는 교시를 받고 입궐하니 한성부 좌윤 교지*가 내려졌다. 다시 벼슬길로 들어선 것이다.

한양에 돌아온 뒤로 건강이 조금 나아지고 마음도 조금 누그러짐을 느끼던 차였다. 유 씨 부인을 고향에서 불러올렸다. 계동에 작은 집을 하나 마련했다. 유 씨 부인은 다행히 건강했고 가족을 잘 건사했다. 벼슬하는 양반의 부인 노릇을 말없이 잘 해내는 처가 고마웠다.

한양으로 귀환한 이듬해, 낙희는 무과에 급제해 어영청 군관이

* 교지(敎旨) : 임금이 내리는 임명장.

되었다. 정희는 벼슬을 제수받았고, 석희는 과거에 합격해 성균관에 나아갔다. 낙희를 곁에 두니 마음이 한결 푸근해졌다.

사랑채에 있는데 누가 서한을 갖고 왔다. 강화도에 사는 점복이라 했고, 마님의 분부를 받고 서한을 전해 드리려 왔다고 사뢨다. 신헌의 직감은 맞았다. 혜련이었다. 글을 읽는 신헌의 마음은 떨렸다. 희열이 온몸을 감쌌다. 한밤중에 비치는 한줄기 불빛이었고, 봄바람에 수만 개 벚꽃 잎이 꽃비가 되어 떨어졌다.

신 공 대감께옵서 해배했다는 소식을 관보를 통해 접했습니다. 저의 얼었던 마음이 봄날 햇살에 풀리는 듯 기뻤습니다. 저의 기쁜 마음을 이렇게라도 전해야 함을 너그러이 용서하시옵소서. 예의지국 법도에 어긋남을 소생도 잘 알고 있사오나 생과 사를 넘나드는 유배생활에서 해배되었다는 소식을 접하고 넘치는 주님의 은총에 어찌할 바를 몰랐습니다. 기도만으로도 전하지 못하는 마음이 있음을 주님께서 굽어보시고 미천한 여인을 용서하실 것으로 믿습니다. 이 위태로운 시국에 대감의 안녕을 매일 기도하고 있습니다.

저는 여태 무탈하게 잘 살고 있습니다. 몇 년 전에 경주 이 씨 바깥양반이 괴질로 세상을 등졌습니다. 다행히 남긴 재물이 있어 그럭저럭 의지하며 살고 있습니다. 천주님을 마음껏 공경하고 하늘의 은총을 받아 만백성이 마음 편하게 살날을 고대하고 있습니다.

벌써 30년 세월이 유수처럼 지났습니다. 여전히 마음은 마재로 달려갑니다. 처음이자 마지막으로 긴 글을 올립니다. 부디 옥체 보존하시옵소서. 미욱한 여인이 참지 못해 소식 올립니다. 이 서신은 보시고 불태워 주십시오. 국정골에서 혜련 배상.

아, 혜련, 혜련이 살아 있었구나. 세월이 얼마인가. 신헌은 호패주머니 안쪽을 더듬었다. 작고 귀한 물체가 만져졌다. 혜련의 어깨를 쓰다듬듯 전율이 전해졌다. 신헌은 몸을 떨었다.

이 작은 서신이 나를 기쁘게 하는구나. 나의 허전한 마음 공간을 이리도 충만하게 채우는구나. 저 서신이 무어라고, 저 글자들이 무어라고, 돌덩이처럼 굳어가는 사내의 마음을 훈훈하게 녹이는구나. 연민이 이리 깊어도 되는지 신헌은 의아했다.

어찌하라고, 아니 어찌할 수는 없는 법, 그냥 그곳에 살아 있음을 느끼는 것만으로 족했다. 강물이 흘러 바다와 만나는 그곳에, 저녁엔 어선들이 잡은 고기를 싣고 포구로 돌아오는 섬에, 아침 해가 하루 종일 세상을 비추다 피곤하면 몸을 숨기는 그곳 서쪽 섬에, 누군가 나를 잊지 않고 내가 잊지 못하는 여인이 살아 있음을 전해오는 것만으로도 세상은 버틸 만하다고 느꼈다.

섬돌을 딛고 내려가 마당 귀퉁이에서 서한에 불을 댕겼다. 한지로 된 서한은 금시 불이 붙어 나무 밑동에 새로 돋아나는 풀포기를 비췄다. 초록이었다. 선명한 초록 생명이었다. 불은 한 줄기 빛이 되어 하늘로 날아올랐다. 신헌은 한동안 밤하늘을 쳐다봤다.

달포가 지났다. 절기는 초겨울로 접어들었다. 신헌은 아직 양화진에 진을 치고 있었다. 아침저녁으로 강물을 미끄러져 불어오는 초겨울 바람이 매서웠다. 군졸들은 조금씩 지쳐갔다. 파발 보고가 올라왔다. 어제 정족산성에서 치열한 교전이 있었는데 법국 병사 삼십여 명을 사살했다는 승전보였다.

조선 병사는 세 명 사망에 부상자가 여럿이었지만 포수, 살수, 사수의 맹렬한 반격에 정족산성을 공략하던 법국 병사가 결국 물러갔다. 어젯밤 화륜선이 물치도와 갑곶에서 철수해서 먼바다로 사라졌다는 영종첨사의 보고도 첨부되었다. 이것으로 끝인가. 완전히 철수한 것인가? 그들은 다시 오지 않는가?

신헌은 그제야 한시름 놓았다. 낙희가 아버지의 표정을 보고 조금 안심이 된 듯 물어 답했다.

"물러갔다는구나."

신헌은 부대를 정렬했다. 당분간 정병부대만 남기고 휴가조치를 취할 작정이었다. 군졸들도 쉬어야 전투력을 회복할 수 있다. 휴가명령에 군졸들은 환호했다.

신헌은 부대를 상군관에게 맡기고 길동에게 흑풍을 대령하라 일렀다. 흑풍을 타고 양화진 저 밑에 펼쳐진 새남터를 돌아 계동 집으로 갈 작정이었다. 오랜만에 마음이 푸근해지고 긴장이 풀렸다. 초겨울의 맑은 햇살이 쏟아졌고 찬 공기가 폐로 스며들었다.

그래, 가보자. 새남터로, 그리고 천주의 세계로. 천주가 창조했다는 세계에는 과연 무엇이 있는가. 천주는 나의 인생에, 백성의 삶에, 이 나라 조정에 어떤 의미가 될 수 있을까? 오랫동안 마음속 깊이 갈무리한 질문들이 앞다투어 떠올랐다. 사실은 천주교가 아니라 혜련을 향한 연민이 발원한 그 세계, 그 시간 속으로 마냥 걸어가고 싶었다.

새남터

신헌은 절두산을 돌아 서강을 거쳐 새남터로 들어섰다. 계동 집으로 돌아가면 될 것을 왜 여기로 발걸음을 옮겼는지 자신도 의아했다. 그냥 내친 발걸음이었다. 조정도 한시름 놓았을 것이고 군졸도 잠시 휴가를 보냈기에 오랜만에 한가한 시간을 갖고 싶었다. 서강西江에는 임시장이 섰다. 피란 갔던 사람들이 돌아왔고 더러는 여장을 푸는 중이었다.

촌민들이 흑풍을 타고 둘러보는 신헌을 보고 허리 굽혀 인사했다.

"나리, 양적이 물러갔다는데, 정말이옵니까?"

아무 대꾸가 없는 신헌을 대신해서 길동이 말했다.

"그래요, 그놈들을 여기 계신 나리가 물리쳤답니다."

신헌은 빙그레 웃었다. 내가 물리쳤다고? 아니다, 길동아. 본국에 불려 귀항한 것일 뿐이다. 신헌은 양적들이 먼 곳에서 더 다급한 일이 발생했기 때문이라 생각했다.

틀림없이 다시 올 것이다. 신헌은 화기火器를 개선하고 화포 성

171

능을 높여야 한다고 다짐했다. 무비를 튼튼히 하자면 세곡이 많이 들 터인데 대원군이 쾌히 수락할지 의문이었다. 작년에 경복궁을 중건하느라 세금을 무리하게 징수하고 재정을 축내 대소인민의 원성이 자자한 차에 군비를 늘리자는 건의가 제대로 받아들여질 리 없다. 조정 내부 파벌싸움과 나라 재정을 독식하려는 권문세가의 탐욕을 생각하자 신헌은 조금 우울해졌다.

백사장이 나타났다. 절두산 밑 새남터 모래는 곱기로 소문이 나서 여름철이면 물놀이객으로 붐볐다. 물놀이객을 노린 노점상이 인근에 북적댄다. 그런데 올여름엔 아무도 오지 않았다. 새남터에 핏자국과 시체 썩는 냄새가 진동했다.

경기도, 강원도, 황해도에서 잡혀 온 천주교도를 주로 참수한 곳이 새남터였다. 일반 신도는 서소문 밖 경기중영 근처에서 문초를 당하다 죽기도 했는데, 국사범에 해당하는 중죄인으로 분류되면 새남터로 끌려와 죽었다.

강 건너 노량 포구에 돛단배가 두어 척 보였다. 강화도 난리 통에 금지된 통행이 이제 재개된 모양이었다. 송파나루로 가는 제법 큰 돛단배가 순풍을 타고 강을 거슬러 올랐다. 갈매기가 날씬한 날개를 펴고 느릿한 배 주변을 맴돌았다. 강물은 평화를 회복했다.

그런데 신헌의 마음은 어지러웠다. 신헌은 흑풍에서 내렸다. 길동이 고삐를 잡고 강 둔덕으로 올라갔다.

신헌은 천천히 강물 쪽으로 걸었다. 비린내가 훅 끼쳤다. 피 냄새였다. 올해는 장마가 짧고 큰물이 지지 않아 봄과 여름에 죽은 천주교도의 잔해가 드문드문 남아 있었다. 날짐승과 들짐승이 뜯어 먹다 남은 뼈가 여기저기 흩어졌고, 피에 엉킨 모래가 진흙처럼 굳었다.

그래, 그건 대원군의 실수였는지도 모른다. 그냥 살려두고 추방을 명했다면 저 배도 오지 않았을 것을 왜 구태여 참수해야 했는지 뒤늦은 반성이 몰려왔다. 올 늦은 봄에 아홉이나 되는 법국 신부를 잡아 죽인 그 일*이 자꾸 뒤통수를 잡아당겼다.

조선에 잠입한 서양 신부가 모두 아홉이라는 소문은 일찍부터 전국에 돌았다. 병오박해(1846) 이후 소소한 탄압은 있었지만 기근과 괴질로 인해 천주교도에 대한 감시가 조금은 느슨해진 것을 틈타 서교가 포자처럼 확산됐다. 서양 신부들도 활동에 그다지 거리낌이 없었다. 남쪽에는 대구와 청송, 중부에는 청주와 제천, 충청에는 내포지역을 다니면서 세례와 미사를 집도했고, 경기도에는 여리양광** 지역에 퍼진 성소를 마음대로 휘젓고 다녔다.

로서아의 남진을 막기 위해 법국과 화친조약을 체결하면 된다는 승지承旨 남종삼(요한)의 건의에 귀가 솔깃해진 대원군은 주교와의 만남을 주선해줄 것을 남종삼에게 부탁했다. 신부의 우두머리인 베르뇌(Siméon François Berneux) 주교가 서울 모처에서 운현궁의 연락이 오기를 기다리던 중이었다. 대신 포졸이 왔다. 남종삼은 그동안 대원군의 술책이 바뀐 것을 몰랐다. 그냥 거처에 대기 중에

---

 * 병인박해(丙寅迫害): 1866년 대원군에 의해 자행된 천주교도 학살사건. 프랑스 신부 9명이 참수되고 천주교도 4천여 명이 목숨을 잃었다.
** 여리양광: 경기도 여주, 이천, 양주, 광주를 일컫는다. 천주교도가 많이 모여 사는 촌락으로 알려졌다.

체포됐다. 베르뇌 주교는 운명의 시간이 다가왔음을 직감했다. 왜 마음이 바뀌었냐고 대원군에게 따져 물을 계제도 아니었다. 그렇게도 그리던 순교殉教의 순간이 다가온 것이다.

베르뇌 주교는 포승줄에 묶인 채 포장捕長에 끌려 의정부 관아 마당에 꿇어 앉았다. 신헌을 포함해 의정부 당상관이 모두 보는 가운데 의금부 첨사*가 문책할 준비를 하라 지시했다.

그러자 포졸들이 달려들어 서양 신부를 형틀에 묶었다. 발목을 형틀에 묶고 허벅지에 또 오랏줄을 묶었다. 어깨와 팔은 형틀 다리에 결박시켰다. 곤장을 때려도 신체가 형틀에서 떨어지지 않게 단단히 결박했다. 서양 주교는 누워 하늘을 바라보는 자세로 고정됐다. 형리刑吏가 치도곤을 준비했고, 공술供述을 작성하는 서기書記가 두어 걸음 뒤 책상에 앉았다. 어젯밤 감옥에서 이미 고초를 당한 서양 주교의 몰골은 말이 아니었다.

고문을 견딜 수 있을까, 신헌이 의아해하는 순간 의금부 첨사가 질문했다.

"당신은 무엇하러 조선에 왔소?"

"지친 영혼을 구제하러 왔소."

"이 나라에는 지친 영혼이 없소. 당신 눈에는 그러할지 모르지만 모두 임금의 덕화를 입고 일월성신의 나날을 보내는 중이오."

"겉으론 그러하겠지만, 그들의 마음은 불행과 고난으로 시들었소. 내 눈으로 똑똑히 봤소이다."

---

* 첨사(僉使) : 도위첨사(都尉僉使), 종3품.

"흠 …. 조선에서 암약하는 신부가 대체 몇 명이오? 그리고 어디 있소?"

"모두 아홉이오. 여기저기 사방에 있소."

"당신네들은 조선의 율법을 어겼고, 임금을 배반하였고, 백성을 혹세무민惑世誣民하였으니 역모죄요. 역모죄인은 효수형이 우리의 율법이오. 단, 배교背敎한다면 목숨은 살려주겠소."

"나는 천주의 은총을 전하러 왔지 당신네 나라의 율법을 어기지는 않았소. 혹세무민이 결코 아니라 가엾은 영혼에 기쁨을 주고 영생의 길을 가르쳐주고자 한 것뿐이오. 배교라니요! 거룩하신 천주님의 자애로운 손길을 어찌 거부할 수 있겠소. 이 땅의 모든 생명체를 창조하신 천주의 품 안에서 영생을 누리는 것이 우리 신도의 소원인데, 예수와 마리아께서 우리를 부르시어 천국으로 가자시는데, 어찌 한갓 일순간에 불과한 목숨을 부지하려 참된 생명과 영원한 안식을 버릴 수 있겠습니까? 어서 죽여주시오!"

의금부 첨사는 설득이 불가능하다는 사실을 진즉에 깨달았다. 금시 죽이는 것은 사교도들이 그토록 원하는 영생의 길이라는 사실도 몇 차례의 심문 끝에 터득한 이치였다. 설득도 죽임도 통하지 않는다면 죽음에 이를 만큼 고통을 주는 게 상책이었다.

가혹한 고문이 뒤따랐다. 의정부 당상들도 지켜보는 것이 괴로웠는지 얼굴을 돌렸다. 정강이를 내려치는 곤장에 뼈가 아스러지는 소리가 났고 비명소리가 담장을 넘어갔다. 정강이는 부러졌고, 허벅지살이 헤어져 붉은 선혈이 형틀을 적셨다. 주교의 입에 헝겊을 쑤셔 넣었다. 이번에는 옆구리를 강타했다. 숨통이 끊어질 듯했다.

"윽, 윽….."

주교가 몸을 비틀며 신음소리를 냈지만 새어나오지 않았다.

형벌이 더는 소용없어지자 포졸들이 주교를 둘러메고 감옥으로 데려갔다. 의정부 대신들도 혀를 끌끌 차며 흩어졌다.

신헌도 마치 자신이 고초를 당한 것 같은 비통한 심정으로 관아를 물러 나왔다. 떨리는 손으로 호패주머니 안쪽 작은 십자가를 어루만졌다. 고초는 참을 수 있을 것이야, 그런데 믿음을 저버리기는 어렵지. 믿음은 사람의 자존심이고 삶을 지탱하는 기둥이니 그걸 어찌 버린단 말인가! 이 낭패를 어찌 풀면 좋을까? 해결할 좋은 논리가 군색한 신헌은 몹시 괴로웠다.

며칠 후 대원군이 직접 심문했다. 의금부 관청 뜰, 의정부 당상들이 다 모였다. 베르뇌 주교 외에 네 명의 신부가 더 잡혀 왔다. 볼리외(Bernard-Louis Beaulieu), 브르트니에르(Simon Marie Antoine Just Ranfer de Bretenieres), 도리(Pierre-Herni Dorie) 신부로 베르뇌 주교의 명을 받아 전국 포교에 나선 사람들이었다. 모두 배교자의 밀고로 경기도, 서울 근교, 충청도에서 체포되어 한양으로 압송되었다.

거기에 다블뤼 신부가 있었다. 신헌이 그를 구월산 자락에서 놓아준 후 20여 년이 흘렀다. 그의 얼굴에도 풍파에 시달린 흔적이 역력했는데 숨어서 포교하느라 몰골이 말이 아니었다. 그가 형틀 위에 누워 고통스런 표정으로 신헌을 쳐다봤다. 신헌이 긴장했다. 그의 눈길을 마주 볼 수가 없었다. 신헌은 담장 너머 삐죽이 솟아

오른 느티나무로 눈길을 돌렸다.

'결국 이리 잡혔구나. 고생 많았소이다. 이제 천주의 품에서 쉴 때도 되었구나 ….'

착잡했다. 다블뤼 신부는 곧 평상심을 회복했는지 하늘을 향해 뭐라고 중얼거렸다. 물결 같고 바람 같은 그 말이었다.

형리들이 신부들을 형틀에 눕히려고 양손을 포개 가슴 위에 얹어 묶은 홍사를 풀고 중죄인이 쓰는 누런 빛깔의 챙 넓은 모자를 벗겼다. 옥중에서 겪은 고초의 흔적이 여기저기 남아 있었지만 얼굴은 평안해 보였다. 대원군이 근엄한 목소리로 물었다. 공술 문서를 작성하는 서기가 받아 적었다.

"천주교는 미신이다. 하늘을 주재하시는 분은 상제이지 천주가 아니다. 마테오 리치는 한갓 요설에 불과하다. 마지막으로 묻겠다. 그대들은 배교할 의사가 없는가? 살려주겠다!"

베르뇌 주교가 힘없는 소리로 말했다.

"몇 번 얘기해야 알아듣겠소? 천주는 이 세상의 근본이고 만물의 창조주요. 나와 당신과 여기 모인 벼슬아치를 모두 만드셨고, 우리의 생명을 보존하십니다. 상제와 천주는 하나요. 당신들의 상제는 허공에서 보이지 않지만, 우리의 천주는 여기에도 깃들어 있소. 당신이 나를 죽이려는 뜻과 내가 천주의 품에 안기려는 뜻이 하나도 다르지 않소이다. 나는 기쁘게 당신의 칼을 받으려 하오. 당신이 조소嘲笑하는 천주는 나에게는 영원한 영광 자체요. 이제 그런 질문 그만 두시고 나에게 영생을 주시오!"

"흠, 하는 수 없군!"

대원군의 결단이 떨어지자 서기는 결안結案을 작성해 신부들의 서명을 받아냈다. 참수형에 처해질 것이다.

다섯 신부는 그날 오후 모두 새남터로 끌려갔다. 돈의문과 서소문 주변에 구경꾼이 몰려들었다. 소달구지에 실려 가는 그들은 서로 손을 모아 찬미가를 불렀으며 뭐라 알아들을 수 없는 말로 기도문을 외웠다. 그들의 표정은 맑고 행복해 보였다. 햇살을 받고 피어나는 꽃송이처럼 천주의 은총을 한 몸에 받은 듯 벅찬 표정이었다. 몰린 구경꾼은 욕설을 퍼붓고 돌을 던졌다. 더러는 침을 뱉었고 놀려댔다.

그러자 다블뤼 신부가 있는 힘을 다해 큰 소리로 외쳤다.

"그러지 마시오. 그대들은 언젠가 자신의 가없은 처지를 알게 될 날이 올 거요. 내가 당신들에게 천국의 길을 보여주러 왔는데 내가 먼저 그 길로 가니 오히려 불쌍한 건 당신들이오. 내가 없으면 누가 영생의 길로 인도하겠소? 참으로 불쌍하오."

알 수 없었다. 이 뒤집힌 논리를.

신헌은 형장으로 끌려가는 다블뤼 신부의 그 마지막 외침이 귀에 쟁쟁 울렸다. 모두 죽음을 두려워하는 법, 자신도 그러한데 고통스런 죽음을 앞두고 저리도 평안하다니, 저렇게 행복한 표정이라니, 도저히 믿기지 않았으며 신비롭기까지 했다.

그건 신헌에게 27년 동안 풀리지 않는 수수께끼였다. 27년 전, 기해박해 당시 신헌은 새남터에 있었다. 경기중영의 중군장으로, 서양신부 두목격인 앵베르 주교를 깊은 산중에서 검거한 당사자로 새남터 사형장에 입회해야 했다. 지금 서 있는 이곳 말이다.

27년 세월이 흘렀던가. 그 후로는 새남터를 멀리했다. 새남터는 피를 불렀다. 신헌은 아픈 기억을 깊이 묻었다. 그런데 지금도 피 냄새가 진동한다. 그 피 냄새는 서양 함대를 불러들였다. 양적은 나라 전체를 피칠하고 싶은 게다. 그때 내가 잡은 그 서양 신부 일로 이 강토에 피바람을 자초한 거다. 그런데 내가 서양 신부를 놓아주었어도 피바람은 멈추지 않았다. 피바람은 신헌의 고뇌와는 아무런 상관없이 불어닥쳤다. 서양 신부는 계속 들어왔고 조정은 계속 막았고, 신헌은 그 사이에서 피바람을 잠재워야 할 궁지에 몰렸다.

함대는 무력을 들고 왔고, 신부는 구원을 들고 왔다. 어느 것을 받고, 어느 것을 막아야 하는가. 둘 다 막아내면 모두 적이 될 것인데, 막아낼 힘은 점점 고갈되는데, 나는 언제 이 궁지에서 벗어날 수 있는가. 대원군은 화포로 맞서라 외치고, 박규수 대감은 그게 묘수는 아니라고 하는데, 도성을 지키는 나는 어떤 논리로 버텨야 하는가. 신헌은 나아갈 길을 찾지 못했다. 나의 교두보는 대체 어디에 있는가.

길동이 언덕에서 외쳤다.

"나리, 이제 가셔야 합니다!"

신헌은 무거운 마음으로 발길을 옮겼다.

광화문

풍도風島

날이 밝아왔다. 저 멀리 뭍의 윤곽이 드러났다. 초여름인데도 산은 갈색이었다. 나가사키 항을 출발한 지 꼭 열 시간이었다. 로 공사와 로저스 제독*은 감회가 새로웠다. 조선 정복에 나서려고 중국 예부와 미국 정부를 설득했던 지난 몇 달 동안의 노력이 결실을 보는 순간이었다. 로 공사는 미국 정부로부터 날아온 통지문을 중국 예부에 통고했다. 통지문은 단순 명료했다.

조선정벌을 허락한다. 야만국에 대한 미국의 응징이 성공하기를 빈다. 반드시 조정의 해명을 받고 돌아오라.

로 공사는 조선 정부에 전달하라고 중국 예부에 보낸 통고문을 떠올리며 만족스런 미소를 지었다.

* 1871년 신미양요 당시 프레더릭 로(Frederick Low)는 미국이 파견한 중국 공사, 존 로저스(John Rogers)는 미국 아시아함대 사령관이다.

"왜 그리 만족스러운 표정이오?"

로저스 제독이 밤잠을 설친 들뜬 목소리로 짐짓 물었다.

"통상조약을 체결하지 않는다면 한양을 함락할 거라고 조선왕에게 겁을 줬소."

"그렇게 세게 밀어붙여야지요. 통고문이 벌써 도착했을 테니 궁중이 난리가 났을 겁니다. 조선 놈들이 제아무리 용을 써봤자 이 함대를 당해내지 못할 겁니다. 반도에 꼭꼭 숨어 사는 저 야만인들이 머리를 땅에 조아리고 살려달라고 하겠지요, 하하하!"

로저스 제독이 통쾌하다는 듯 웃음을 날렸다. 약간 거세진 새벽 풍랑에 흔들리는 갑판 손잡이를 잡고 로 공사가 말했다.

"일본 애들이 조선을 못 잡아먹어 안달인데 어제는 나가사키에서 일본 외교 관리를 잘 물리쳤소이다. 그 친구들이 동승했다면 수교의 공로가 반쪽이 날 것 아니오. 그러면 미국 정부에 체면도 안 서고 앞으로도 조선 문제라면 일본과 상의해야 할 테니 그놈들을 따돌리길 천만다행이지요."

멀지 않은 전방에 작은 섬이 나타났다. 해도海圖를 보던 로저스 제독이 말했다.

"이제 목표 지점에 다 왔소이다. 저 섬이 아산만 풍도風島입니다. 준비합시다!"

로 공사와 로저스 제독은 갑판을 떠나 작전실로 향했다.

콜로라도 호가 선두에 서고 전함 네 척이 물살을 가르며 풍도로 접근했다. 나팔수가 새벽 작전을 알렸다. 대포 80문을 장착한 함대는 일렬종대로 풍도에 다가갔다. 선원과 해병 6백여 명이 잠에서 깨어나 전투준비에 임했다.

조선 땅은 아직 잠들어 있었다. 바다 위에 염소가 누운 듯 구부정한 풍도는 잠에서 깨어나는 중이었지만, 가옥이나 마을은 보이지 않았다. 새벽 밥 짓는 연기가 날 법도 한데 풍도는 새벽바람을 맞은 채 인기척이 없었다. 일단 여기서 정박하면서 조선 정부의 반응을 살펴야 했다. 경비병을 세우고 병사들에게 식사를 명령했다.

로저스 제독과 로 공사도 테이블에 마주 앉았다.

"이른 시각에 분명 조선관리가 접근해 올 겁니다. 그동안 식사하고 우리 인생의 일대 작전에 대해 만반의 준비를 갖춥시다."

"제너럴셔먼호 사건 이후 우리가 너무 관대하게 대해 준 게 큰 잘못이었소이다. 국제법을 몰라도 유분수지, 우리 미국인을 그리 죽이고도 용서를 빈다는 말 한마디 없으니 저놈들이야말로 야만인이오. 국제공법을 모르는 놈들에게는 폭력응징이 최선이지요. 우리가 받은 모욕과 손실을 보상받아야 하고, 그것이 안 되면 무력침공이 최선이지요. 로저스 제독만 믿습니다."

"함포가 80문이오. 우리 해병대는 천하무적인 걸 잘 알지 않소이까. 어제 나가사키에서 보니 일본 놈들도 벌벌 떨던데요. 하하하!"

로저스 제독은 즐겁다는 듯 한 차례 파안대소를 날렸다. 그때 리델 신부가 문을 열고 들어왔다.

"잘들 주무셨소?"

"예, 리델 신부님, 그렇지 않아도 기다리던 참이었어요. 조선 관헌이 곧 올 텐데, 그놈들의 심정을 파악해야 하는데 조선 사정을 잘 아는 신부님이 동석해 주시면 좋겠네요."

"물론이죠, 천주교에 무지한 저 조선 관리들을 응징하는 일이 곧 천주님의 뜻입니다. 불쌍한 백성을 포악한 관리들 손아귀에서 해방시켜 달라고 어제 간절히 기도했답니다. 저는 일이 끝나면 몰래 잠입하기로 신도들과 약정되어 있습니다. 뭍에서 연락이 올 겁니다."

"작은 배가 접근해 옵니다!"

망을 보던 수병이 소리쳤다. 작고 남루한 돛단배였다. 네 명이 타고 있었다. 사공, 조선 관헌, 군졸 두 명이었는데, 군졸 한 명은 무겁게 보이는 낡은 깃발을 들었다. 다른 한 명은 연락병인 듯했다. 밧줄 사다리를 내려 그들을 승선시켰다.

조선 관헌은 거추장스러운 관복을 입고 챙이 넓은 모자를 썼으며 한 손에 부채를 들었다.

로저스 제독은 중국인 통역을 불렀다.

"나는 남양부사 신철구라고 하오. 그대들은 어느 나라에서 왔소?"

"나는 로저스 제독이오. 이쪽은 미국 공사 로 씨라고 합니다. 우리는 미국에서 왔소이다."

"난파선이 아니면 뭍에 상륙을 허가하지 않습니다. 조선의 국법이오."

"우리는 당신 나라 조정에 미리 통보했소. 통상수교를 하러 왔소."

로저스는 1866년 미국상선 침몰 사건을 일부러 감췄다.

"통보받은 바 없소이다. 우리 바다에서 물러나지 않으면 발포하라는 명령만 받았소."

"어허, 이것 참, 낭패구만. 분명히 통보받았을 텐데…."

그때 리델 신부가 귓속말로 속삭였다.

"조선 관헌은 보통 이렇습니다. 말이 통하지 않아요."

"더욱이, 저기 사교신부가 승선하고 있으니 뭍에 상륙하는 즉시 처형당할 각오를 하시오."

남양부사의 어조는 드셌다. 무기도 없이 단호하게 항의하다니 용감하다는 생각이 들었다.

"알겠소, 먼바다에 정박할 테니 당신 조정에 서한을 보내주시오."

로저스는 중국인 통역에게 한문 서한을 작성하라 일렀다.

대동강 사건을 항의하러 온 미국 아시아함대 사령관입니다. 우리 배를 침몰시킨 이유를 들으러 왔고, 또 생존자가 있다고 들었습니다. 납득할 만한 이유를 공식 문서로 작성해 주시기 바랍니다.

　그리고 미국 정부를 대표해서 통상수교를 정중히 요청합니다. 국가 대사를 책임지고 수행할 고관을 파견해 주시기를 바랍니다. 회신이 올 때까지 강화도 앞바다에서 대기하겠습니다. 미국 아시아함대 사령관 로저스 제독 배拜.

"알겠소. 먼바다로 나가주시오!"

남양부사는 서한을 받으며 통첩하듯 말하고 하선했다. 그의 단호한 행동에 비해 돛단배가 너무 초라하다는 생각이 들었다.

"회신은 오지 않을 겁니다."

리델 신부가 말했다.

"그래도 절차가 있으니 한나절만 기다려봅시다."

로저스가 받았다.

무료하고 긴장된 시간이 흘렀다. 오후 3시 정도가 되자 성질 급한 로 공사가 말했다.

"일단 강화도로 진입해 봅시다. 측량도 하고 어떤 대응을 하는지 정탐도 할 겸 말이지요."

로저스가 잠시 생각하더니 '그러자'고 맞받았다.

함대에 출진 명령을 하달했다. 콜로라도 호가 앞장서고, 알래스카 호, 팔로스 호, 모노캐시 호, 베네치아 호가 뒤를 따랐다.

검은 연기를 뿜으며 일렬종대로 북진해 오는 광경을 영종첨사가 멀리서 적시하고 있었다. 영종첨사가 봉화를 올렸다. 통진부사가 봉화로 맞받았고 신호는 초지진을 거쳐 강화유수에게 닿았다.

강화도와 통진 사이를 통과하는 해협인 염하鹽河에 비상이 걸렸다. 포수, 살수, 사수가 전투태세에 돌입했다. 강화유수 정기원鄭岐源은 의정부에 즉시 파발을 보냈고 한양으로 봉화를 올렸다.

미국 함대가 북진함. 염하에 진입하는 대로 발포하겠음.

리델 신부가 갑판 앞에 섰다. 섬들이 우후죽순으로 돋은 인천 앞바다 지형에 익숙한 그였다. 강화도로 진입하자면 몇 개의 섬을 돌아 강처럼 생긴 포구로 들어가야 했다. 좁고 기다란 염하를 지나면 우현에 강 하류가 펼쳐지고 그리 돌아들면 한양에 닿는다. 리델 신부는 로저스에게 팔을 들어 좌우 신호를 보냈다.

영종도를 지나자 강화도가 손에 잡힐 듯 들어왔다. 문제는 수심이었다. 썰물 때라면 육중한 군함이 펄 바닥에 걸릴 위험이 많다.

마침 밀물인 것을 안 로저스는 함대를 천천히 좁은 해협에 진입시키기로 결정했다. 초지진이 좌현에 보였고, 덕포진이 우현에, 그리고 광성보가 멀리 앞쪽에 펼쳐졌다.

콜로라도 호가 덕포진을 조심스럽게 지날 때 뒤쪽에서 대포소리가 육중하게 들렸고 양쪽 해안 언덕에서 화염이 솟구쳤다. 로저스는 서둘러 발포 명령을 내렸다. 앞쪽 세 척의 군함에서 대포가 일시에 발사됐다. 양안 언덕에 위치한 포대에 명중했다. 포수가 피를 흘리며 공중에 솟구치는 모습이 보였다. 함성이 들리는 듯싶더니 화살과 총알이 비 오듯 쏟아져 내렸다. 미 해병들은 쇠판으로 만들어진 방패막이 뒤에 몸을 숨기고 총을 당겼다. 조총과 화살은 쇠붙이로 만든 군함을 무너뜨릴 수 없었다.

함대의 함포에서 한동안 불이 뿜어졌다. 적의 화살은 갑판 위에서 힘없이 부러졌고 조총은 한 사람도 쓰러뜨리지 못했다. 다만 팔로스 호 갑판이 포사격에 약간 손상을 입었다. 로저스는 퇴각 명령을 내렸다. 좁은 해협에서 가파른 곡선을 그리며 콜로라도 호가 회항했고 다른 군함도 조심스레 뒤를 따라 포물선을 그렸다.

초지진이 파괴된 모습이 언뜻 눈에 들어왔다. 포신은 부서져 앞으로 고꾸라졌으며, 그 위에 조선 병사가 피를 흘리며 너부러졌다.

'일단 퇴각이다.'
로저스는 이를 악물었다.
'이런 야만인들한테 당하다니!'
미국 함대의 자존심이 그의 얼굴을 잔뜩 찌푸리게 만들었다. 패전의 기억이 없는 미국 함대 사령관으로선 참을 수 없는 모욕이었다.

'일단 퇴각하자.'

로저스는 해협에서 그리 멀지 않은 율도栗島에 정박했다. 그리고 조정의 회신을 기다리기로 했다. 접선 방법이 문제였다. 먼저 종선從船을 띄워 남양부사에게 접선 장소를 율도 해안으로 정하자고 알렸다. 종선이 해안에 상륙해 긴 막대기를 세웠고, 거기에 통지문과 답신을 매다는 방법이었다. 우선 함대의 항의문을 매달았다.

10일 이내에 강화도 해협에서 우리 선박에 발포한 건을 사과하지 않으면 심각한 보복이 있을 것이오. 정부의 사과문을 발송하시오.

하루가 지나 오후에 답신이 왔다. 종선이 해안으로 나아가 서신을 갖고 왔다.

귀 선박이 아무런 통보 없이 우리 바다를 침범하였기에 우리의 오랜 국법에 따라 조치한 것이니 아무런 위법사항이 없습니다. 하루 속히 바다에서 나가주시기를 바랍니다. 조선국 의정부 답서.

로 공사가 펄펄 뛰었다. 로저스도 난감해했다. 문호를 꼭꼭 폐쇄한 나라로 소문이 났더니 과연 그렇다는 낭패감이 몰렸다. 로 공사가 참지 못하고 제안했다.

"한 번 더 회신을 보냅시다. 답신을 보고 다음 조치를 결정합시다."

"그럴까요?"

낭패감에 젖은 로저스가 말했다.

"이번에는 내가 쓰리다."

로 공사가 작전실로 들어가 문서를 작성했다.

1866년 제너럴셔먼호가 침몰한 사건에 대해 정부의 공식적 사과를 받으러 왔소이다. 그 배가 약탈당했고 또 생존한 미국인이 있다는 소문인데 그에 대한 진상을 소상히 알려주시오. 우리는 미국 정부를 대신해서 통상조약을 체결하러 온 일국의 사신으로서 귀국의 포격을 받았다는 것은 국제법상 중대한 범법에 해당하오. 엄중히 따질 것이니 공식사과문을 보내고 조약체결을 준비하시오. 만약 거절한다면 우리의 함대가 한양도성을 그대로 두지 않을 것이오. 조선국왕의 앞날을 걱정하는 바이오. 미국의 중국공사 프레더릭 로 서書.

하루 뒤 답신이 왔다. 이번에는 의정부 서명이 적힌 비단보에 싸인 회신이었다. 문체가 정중했고 서체에 품위가 느껴졌다.

귀 함대가 내선한다는 소식은 중국 예부를 통해 전해 들었습니다. 그럴 필요가 없다고 회신을 보냈는데 못 받았나 사료됩니다. 예부 통지문에 첨부된 귀하의 서신을 보니 오해가 있는 듯합니다. 귀국은 예양을 숭상하는 나라로 결코 경솔한 행동을 하지 않을 것으로 기대합니다. 먼바다를 건너와 남의 나라 일에 깊이 개입하지 않는 것이 예법이거늘, 이리 군함을 끌고 오면 서로 체면을 손상하게 됩니다.

먼저 귀국 선박 침몰건은 중국 예부에 누누이 설명했는데 전달되지 않은 듯합니다. 귀국선박이 통보 없이 강물을 거슬러 올라와 군민을 겁박하니 화가 난 군민이 좌초된 선박에 불을 질러 그리 되었습니

다. 더구나 그 선박에 탄 토마스라는 신부가 내리는 곳마다 강둑에
괘서를 한 아름씩 뿌려서 사교에 물든 사람이 많아졌습니다. 그것은
국법을 위반하는 처사로서 허용되지 않습니다.

지금 귀 함대가 그걸 따지러 왔다면 벌써 중국 예부에 통지문을 보
냈고, 통상하러 왔다면 우리나라에 물자가 부족해 백성도 궁핍하니
통상할 필요도 물자도 없습니다. 통상은 불가합니다. 그런데 어제
귀 선박이 해협을 거슬러 올라오니 해안 포대가 포격한 것을 어찌 조
정이 탓하겠습니까? 장계에 의하면 우리 병사도 다수 죽어서 피해가
막심합니다.

귀국은 우호의 정을 갖고 있는 나라이니 부디 물러가 주시기 바랍
니다. 의정부 당상 박규수 배拜.10

회신을 읽던 로 공사가 그걸 손에 넣어 구겨버렸다. 화가 끝까지
치밀었다. 로저스 제독도 화가 났다.

'건방진 것들, 쓴맛을 보여줘야 하나!'

찔러도 피 한 방울 나지 않을 것 같이 단단한 쇄국鎖國의 장벽을
뚫을 재간이 없었다. 거기에 혼신의 힘을 다해 해협을 방어하는 저
들 병력이 걸렸다. 구식 화기에, 구식 화살에, 구식 전법에, 어느
것 하나 두려울 게 없는데 로저스와 로는 출항할 때와는 달리 깊은
수렁에 빠졌다.

이대로 돌아갈 수는 없는 일, 미국 정부에 결전을 다짐한 터에
뭐라도 승전보를 타전해야 했다. 중국에서 영국과 프랑스가 결과
를 흥미진진하게 기다리고 있다. 동승하자고 간곡히 요청한 일본
에게도 체면을 세울 어떤 장대한 사건이 필요했다. 로 공사가 결단

을 내렸다.

"좋습니다. 강화도로 진격합시다!"

로저스는 출전 명령을 내렸다.

명일, 6월 10일, 날이 밝음과 동시에 발진한다!

의정부는 박규수의 회신을 보내고 전투준비에 돌입했다. 의정부의 명을 받은 신헌은 경향병 5천 명을 선발해 강화도 해협 양안에 분산 배치했고 화포와 조총, 연환을 보충했다. 화살부대는 각궁에서 사거리가 조금 더 긴 편전부대로 교체했다. 경기도와 충청도, 강원도에서 포수를 비상 징발해 산성에 배치했고, 장기전에 대비해 군량을 수레에 실어 보냈다.

긴장된 시간이 흘렀다. 초여름 밤하늘에 별이 총총했다.

초지진草芝鎭

적의 포대는 맹렬했다. 새벽어둠을 뚫고 포탄이 날아와 바다에 떨어졌다. 우리가 올 것을 대비하고 있었음에 틀림없었다. 초지진에서 편전片箭부대의 화살이 쏟아졌다. 갑판병이 화살에 맞아 쓰러졌다. 상처는 그리 큰 것 같지 않았다. 전투에 굶주린 병사들이 잔뜩 화가 난 채 방호구에 웅크려 총을 당겼다. 초지진이 바로 눈앞이었다.

알래스카 호를 선두로 모노캐시 호가 덕포진德浦鎭을 공격했다. 며칠 전 포격을 당했던 손돌목이 바로 위쪽에 보였다. 알래스카 호가 손돌목에 연달아 함포를 날렸다. 희미한 여명에 부서진 성벽 잔해가 공중으로 튀어 올랐다. 로저스 제독이 킴벌리 중령에게 상륙명령을 내렸다. 해병 4백여 명이 종선 수십 척에 나눠 타고 초지진을 향해 달려들었다.

아직 어둠이 가시지 않은 해안은 인기척이 없어 보였지만 긴장감이 흘렀다. 언덕 위 포대에서 기동이 포착됐다. 포신이 성벽 구명 사이로 밀려 나오더니 불을 뿜기 시작했다. 종선 두어 척이 맞아 병사들이 바다로 뛰어들었다.

로저스 제독은 오랜만의 전투로 신이 났다.

"이놈들을 싹 쓸어버리겠어! 자존심에 상처가 나 견딜 수가 없군!"

상륙작전에 백병전白兵戰이라, 오랜만에 맛보는 전투였다. 저런 미개인에게 기독교 문명인의 진가를 보여줄 때가 되었다고 생각하니 한층 힘이 솟았다. 조선을 정벌하고 통상수교를 얻어낸다면 동양진출의 교두보를 구축하는 셈이었다. 어느 나라도 아직 금단의 나라 조선을 손아귀에 못 넣었으니 미국이 선수를 쳐 성공한다면 그보다 좋은 기회가 없었다.

로저스 제독은 정부 무공훈장이 눈에 어른거렸다. 새벽 여명이 밝듯이 자신의 앞날이 밝아 보였다. 승진가도를 달릴 것이고 운이 좋으면 국가 영웅으로 추대받을 수도 있다. 빗발치는 포탄을 뚫고 해병 선발대가 초지진 해안에 상륙했고, 뒤따르던 종선들도 무사히 안착했다. 이제 점령만이 남았다.

팔로스 호는 모노캐시 호의 엄호 사격을 받으며 광성보廣城堡로 진격했다. 로저스 제독은 기함인 콜로라도 호를 해협 입구에 정박시킨 채 양안 점령작전을 지휘했다. 초지진 해안에서 조선군과 총격전이 벌어졌고, 덕진진 쪽에는 이제 막 해병 백여 명이 상륙을 개시하는 중이었다. 양안에서 화염이 솟아올랐다. 대포소리와 총소리가 섞여 조용한 새벽은 이미 소란스런 아침으로 바뀌었다.

초지진과 덕진진은 예상보다 견고했다. 로저스 제독은 진격하는 병사들을 위해 언덕에 위치한 포대에 집중사격을 가하라고 명령했다. 함포 40여 문이 양안 언덕을 조준해 불을 뿜었다. 덕진진과 초지진은 동시에 불바다가 됐다. 언덕 위로 불쑥 솟은 깃발이 꺾였고, 성벽이 무너져 해안 모래사장으로 굴러 떨어졌다. 가끔 조선 병사도 함께 떨어져 성벽 잔해에 묻혔다.

알래스카 호가 더 치고 올라가 광성보로 접근했다. 광성보에서도 기다렸다는 듯이 포사격이 개시됐다. 조선의 대포 성능이 별로 좋지 않았는지 포탄은 바다 위에 속절없이 떨어졌고 팔로스 호와 알래스카 호는 건재했다.

알래스카 호가 다시 포문을 열었다. 광성보 성벽이 무너졌고, 그 가운데 불쑥 솟아 멀리서 보였던 기와지붕도 사라졌다. 초지진 쪽에서 함성과 총소리가 섞였다. 백병전이 시작된 모양이었다. 덕진진은 모노캐시 호의 함포 사격으로 쑥대밭이 됐다. 상륙한 해병이 덕진진 언덕을 향해 진격하는 모습이 보였다.

총소리는 사방에서 울렸다. 경쾌한 소리와 둔탁한 소리가 뒤섞였는데 로저스 제독은 그 소리로 총기의 성능을 가늠할 수 있었다. 로저스가 짐작하기로 조선의 화기는 형편없었다. 저런 소리를 내는 총이라면 구식임에 틀림없고 사정거리도 얼마 되지 않을 거라 확신했다. 그야말로 과거에서 한 발짝도 나오지 않은 나라, 미개인의 나라였다.

전투가 개시된 지 서너 시간이 흘렀다. 정오가 조금 지난 시각에 광성보 언덕에서 나팔소리가 들리고 성조기가 게양됐다. 조금 지나자 초지진, 덕진진 언덕에도 성조기가 솟았다. 로저스는 가슴이 뭉클했다. 이제야 야만인 나라를 정벌하는구나, 동양의 마지막 신비를 벗기는구나. 내가 해낸 거야, 이 로저스 제독이 말이야!

전투가 벌어지던 오전 내내 안절부절 못하던 로 공사가 팔을 활짝 벌려 로저스를 안았다.

"드디어 우리가 해낸 겁니다, 로저스 제독! 당신은 영웅입니다!"

"감동적입니다! 내친 김에 상륙해서 강화도 전체를 쓸어버립시다. 이까짓 것쯤이야!"

로저스와 로는 부둥켜안은 채 한동안 말이 없었다. 그들은 환하게 펼쳐질 앞날에 각각 감격하고 있었다.

신헌은 오위영 지휘관들과 훈련도감 회의실에 앉아 있었다. 의정부가 미국 함대 격퇴를 총괄하는 책임을 훈련도감 대장인 신헌에게 맡겼다. 어제 오후 늦게 파발이 도착해 하루 종일 전투가 벌어졌음을 알렸다. 초지진, 덕포진, 덕진진, 광성보가 무너졌는데 남은 병사들이 정족산성에 집결해서 결사응전을 하고 있다는 보고였다.

강화유수가 병력을 증강해 2차 방어선을 치고 최후 결전을 준비한다고 했다. 광성보 후미의 화도돈대는 아직 어재연 장군이 완강히 지키고, 한강으로 들어가는 입구를 봉쇄해 군함이 그쪽으로는 들어오지 않은 상태라고 말했다.

파발의 얼굴에 남은 화약 흔적이 전투가 치열했음을 짐작케 했다. 신헌은 파발에게 몇 가지 명령을 하달했다. 강화유수에게 일러 성민을 고려산 너머 국정골로 피신시키고 부성을 사수하라, 문수산성 병력을 강화해 함대가 한강으로 진입하는 것을 막아라, 갑곶에 포수와 사수를 집결시켜 최후의 응전 태세를 갖춰라, 장기전에 대비해 화약, 물자, 군량미를 보충해줄 것이다.

파발을 즉시 돌려보냈다. 신헌은 유사시를 대비해 봉수대를 늘려 강화에서 조정까지 오가는 연락시간을 절반으로 줄였다.

오위영 지휘관들이 걱정스런 목소리로 말했다.

"신 공, 한강이 뚫릴까 걱정이 태산입니다."

"그러게요, 함대가 진격해 오면 한양이 떨어질 텐데 조정의 운명이 풍전등화요. 양화진과 노량진에 포대를 증강했으니 조금은 안심해도 될 듯하오. 한강 입구에 소신이 만든 수뢰포를 설치해 두었습니다. 군함이 그걸 건드리면 폭발해서 큰 화를 입을 것이오. 썰물 때라면 그 육중한 군함이 양화진까지는 못 들어올 것이오. 강화도 병사들의 결사항전을 빕시다."

다음 날 아침 일찍 목멱산에서 오른 봉화는 사태가 심상치 않음을 알렸다.

전멸, 비상.

신헌은 심란했다. 병사들 목숨이 걱정이었다. 강화도 백성은 안전한지, 혹시 저 양적이 무고한 사람을 학살하지 않았는지, 부녀자를 겁탈하지 않았는지, 정신을 집중할 수 없었다. 이놈들이 기어이 변고를 일으키고야 마는구나, 한양으로 쳐들어올 건가.

오후 늦게 파발이 도착했다. 황급한 목소리로 머리를 조아렸다.

"정족산성이 기어이 무너졌다 하옵니다. 화도돈대도 파괴돼 어재연 장군께서 전사하셨다 하옵니다. …"

파발은 흐느꼈다.

"계속 보고하라!"

신헌이 비감한 목소리로 호통을 쳤다.

"초지진과 덕포진에서 백병전이 계속되었는데 우리 병사가 거의 전멸했고 ···. 주민도 피란하다가 총에 맞은 자가 부지기수에··· 가옥은 불탔고 인근 마을이 초토화되었다고 합니다. ···"

"계속하라!"

신헌은 분노가 치밀어 올라 더 큰 소리로 외쳤다.

"양적이 죽은 병사를 한데 모아 불을 질렀는데 살타는 냄새가 진동했다고 하고, 부녀자를 잡아 겁탈했습니다. ··· 적 가운데에는 피부가 검은 자들이 섞여 있는데 그들이 앞장서 백병전을 벌였다고 합니다. 덩치가 크고 힘이 세 당해낼 재간이 없었다고 하옵니다. 남은 우리 병사는 모두 부성으로 퇴각해 상처를 치료 중입니다."

"다 고했느냐?"

분노 때문에 말이 이 사이로 샜다.

"예, 더 비참한 소식들을 고해 올려야 합니다만, 치가 떨리고 차마 말이 안 떨어져 ···."

"알겠다. 즉시 병력을 증원하고, 약, 군량, 화약을 보강해줄 터이니 강화유수와 진무영鎭撫營은 결사항전 하라 일러라! 조정의 명령이다!"

"알겠습니다, 즉시 떠나겠습니다."

파발은 하직 인사를 올리고 바로 길을 떠났다. 떠나는 뒷모습에 두려움이 묻어났다.

불길했다. 법국 군함이 올 때만 해도 그리 두렵지는 않았다. 그런데 왜 미리견 함대는 불길한 느낌을 지울 수 없는가? 박규수 대감이 미리견을 공평대국이라 했거늘 공평한 느낌이 전혀 감지되지 않음은 웬일인가? 나이 탓인가? 양적의 군함에 압도당한 탓인가, 아니면 조정 사대부와 전국 유림이 서로 정론을 자처해 논쟁에 골몰하는 사이 무비武備에는 무심한 탓인가?

양적이 뽐내는 저런 군함을 구입하고 화기를 새것으로 바꾸고 군대를 속히 정비하지 않으면 언젠가 굴복하는 날이 오고야 말 것이다. 이제 환갑을 막 넘긴 나이, 내가 적장 앞에 무릎을 꿇는 것은 괜찮은데 백성은 어찌 된다는 말인가, 조정은 어찌 된다는 말인가, 이 강토는 어찌 된다는 말인가.

신헌은 심란했다. 내가 군대를 끌고 가야 할 일이다. 남은 병력을 모조리 징발해 결사항전을 한다면 못 막을 일은 없을 것이다. 수뢰포를 이미 설치해 두었고, 포대를 증설했으니 한양 진입은 어려울 것이다.

문수산성과 갑곶 양안에 진을 치고 적을 방어하면 승산이 있을 듯했다. 문수산성과 갑곶 포대는 언덕을 파고 숨겨두었기에 적이 발견하기 어려울 것이다. 날랜 포수들을 해안 진지에 미리 잠복시켰다가 상륙하는 적병을 상대하면 물리칠 수도 있다는 계산이 섰다. 군에 비상대기령을 내렸다.

밤이 깊어갔다. 훈련도감 지휘부에서 신헌은 꼬박 밤을 새웠다. 새벽이 밝는 즉시 바로 군대를 몰고 갈 것이다. 내 생애 마지막 전투

가 될 것이야. 국정골 …. 음, 국정골 …. 혜련은 무사한가. 닭이
울었다.

날이 밝았다. 신헌은 전투복으로 갈아입었다. 낙희가 거들었다.
"저도 가렵니다!"

신헌은 투구를 쓰고 칼을 움켜쥔 채 방을 나섰다.

그때 군관과 봉화수가 숨을 헐떡이며 마당에 들어섰다.

"대감, 기별이옵니다. 함대가 먼 바다로 물러갔다 하옵니다. 새
벽에 물치도 앞바다에 정박했다는 부평부사의 전갈이옵니다."

소강상태가 며칠째 계속되었다. 신헌은 재침을 대비해 비상상태
를 유지했다. 함대와 의정부 사이에 서신이 오갔다. 통상을 요구
한다고 했지만 의정부는 완강했다. 부평부사가 물치도로 나가 로
저스와 담판을 지었다고도 했다.

"통상은 절대 불가요! 물러가시오."

부평부사의 단호한 거절에 로저스와 로는 기가 찼다. 사망 한 명
에 부상 두 명, 손실은 거의 없었으나 다시 공격을 재개하기에는
물자가 바닥난 상태였다. 원정 자금을 중국 상하이 은행에서 차입
한 상황이라 정부에 보고할 명분을 찾아야 했다. 이만하면 전과를
올렸다고 자랑할 거리는 충분하다고 판단했다.

로와 로저스도 쇄국의 완강함에 약간 기가 질렸다. 물치도 앞바
다에 마냥 떠 있는 동안에 로와 로저스의 마음이 조금 바뀌기 시작
했다. 그래, 이만하면 보고할 거리는 충분하다. 로는 본국에 타전
했다.

야만국을 징벌하고 귀항함. 적병 340명 사살, 아군 피해는 없음. 조선에 정식으로 통상조약 체결을 요청했음. 이후 정부가 계속해 주기를 바람.

함대는 물치도 인근 바다에 떠 있다가 중국 산동 취푸 항으로 돌아갔다.

광화문 光化門

　신헌은 허전했다. 허허로움이 밀려왔다. 훈련도감 집무실에 앉아 생각에 잠겼다. 살상하지 않으면 국가 간 우호는 불가능한가? 하기야 조선이 문을 닫고 있으니 성질 급하고 예의를 모르는 양적이 무력을 동원하는 게 불가피한지도 모른다. 그런데 언제까지 교전과 살상을 반복해야 하는가?

　문호를 열면 우리에게 어떤 일이 일어나는가? 시대가 바뀌어 중국이 저리 당하는데 조선도 시세를 따라야 마땅하지 않은가? 듣기로는 산둥, 톈진, 상하이, 홍콩에 서양 함대가 정박했고 그 군함들이 일본 나가사키를 들락거리고 있다는데, 조선만 이리 닫고 있으면 앞날을 건사할 수 있을까?

　우리에게는 군함이 없다. 쌍돛을 단 판옥선이 있을 뿐, 이순신 장군이 만든 거북선 십여 척에 수군水軍이 소유한 병선도 그때와 다를 바 없이 초라한데, 화륜선을 어찌 당한단 말인가?

　포대 정비를 시작했지만, 군비가 모자라 성능개선에 손을 못 댔고 포수 증원도 시원찮았다. 얼마 전 중국을 다녀온 역관 오경석의 말에 의하면 일본이 서양에서 군함 열 척을 구입했다 하지 않았는가. 오경석의 전언은 신헌을 긴장시켰다.

일본에서 큰 변란이 일어나 나라가 온통 바뀌었다고 했고, 천황을 옹립해 번주藩主들이 중앙정부에 권력을 모조리 이양했다고 했다. 큰 정부가 생겨났고, 권력자가 신식 군대를 창설하느라 부산하다고 했다. 그렇다면, 이제는 일본인가. '왜를 조심하라'는 조부의 유언이 귓전을 맴돌았다.

"나리, 의정부에서 입궐하라는 분부이옵니다."

길동이 급히 아뢨다.

"그래, 가마."

의정부 당상들이 문을 열고 들어오는 신헌을 당혹스런 표정으로 바라봤다.

신헌은 말석에 앉으며 미리견 함대가 물러갔다는 사정을 보고했다. 그런데 당상들의 표정은 그리 밝지 않았다.

"무슨 일이옵니까?"

"글쎄, 영남유림이 기어이 일을 저질렀다는구려, 이 시국에 말이지요."

"무슨 일인지요?"

"서원훼철 항의차 만인소* 행렬이 과천에 도착했다는 전갈이오.

---

* 1871년 6월 서원훼철 반대 만인소.

운현궁이 펄펄 뛰고 계시오."

신헌이 짚이는 게 있어 말을 받았다.

"그러실 게요, 영남 남인에게 한참 공을 들였는데 그걸 짓밟고 거사했다면 배반당했다고 생각하시겠지요."

영의정 김병학이 혀를 끌끌 차며 말했다.

"달포 전 성균관 남인 출신 유생들이 서원철폐를 반대해 집단농성을 벌이지 않았소이까? 그때 운현 대감이 불같이 화를 냈지만 참았더이다. 호계虎溪서원과 옥산玉山서원에 선혜청 곡식과 장지壯紙를 내려 특별히 배려했건만 다 허사로군요. 그래도 병산屛山서원 쪽은 참여하지 않았다 하니 그것만은 다행입니다. 자, 어쩐다? 이원조 대감께서 말해보시구려."

대원군이 남인을 달래기 위해 발탁한 공조판서 이원조李源祚는 영남을 두루 다니면서 서원철폐에 항의하는 남인 유림을 회유하느라 공을 들였다. 그러니 낭패감을 느낀 건 당연했다.

"소신이 작년에 학봉댁에 들러 누누이 설명을 올렸소이다. 왜 병산서원은 그대로 두고 호계서원만 없애느냐고 불만이 하늘을 찌르더이다. 그게 다 좌의정 유후조柳厚祚 대감이 뒤에서 공작한 거라고 철석같이 믿고 있어요. 운현궁의 뜻이라고 해도 믿지 않더군요. 좌의정께서 곤혹스럽게 되었지요."

"흠, 흠…."

서애 유성룡의 8대 손이자 좌의정인 유후조가 말을 이었다.

"영상이 계셔서 말하기가 좀 곤란하지만 안동 김 씨 문중이 운현을 홀대했던 대가를 치르고 있지요. 운현께서 구원舊怨을 그렇게라도 풀려고 했던 거로 짐작이 되는데 모양새가 그리 좋지는 않게 되었지요. 참 난감하군요."

영의정이 말을 받았다.

"병호논쟁이 아직 끝나지 않았나 보구먼. 서애와 학봉의 위차位次문제가 그리 중한 모양인데 이 시국에 저리 들고 일어서면 백성이 뭐라 하겠는지 걱정이 태산입니다."

신헌은 영남유림의 쟁단을 익히 들어 알고 있었다. 오래전 영남유림이 퇴계선생을 모시는 노강蘆江서원을 건립하면서 서애와 학봉 중 어느 분을 최고의 자리에 놓아야 하는가를 두고 대립했다. 영남 향론은 안동이 종장宗長이지만 거기에는 학봉과 서애 두 문중이 있었다. 학봉가문은 호계서원을, 서애가문은 병산서원을 근거로 세력을 펼치고 있었는데, 결국 호계서원이 대원군의 철퇴를 맞았으니 반발이 일어날 만도 했다.

대원군이 영남 남인을 등용하면서 달래기도 했으나 권력에서 오랫동안 고립된 영남유림의 울분을 삭이기에는 역부족이었다. 경주 김 씨 세도정치도 노론판이었지 남인은 완전 찬밥 신세였다. 그런 마당에 왜 호계서원인가? 학봉 문중의 이런 반발은 해소되지 않은 채 내연內燃을 거듭했다.

얼마 전, 대원군의 명을 받고 유후조 대감이 안동으로 내려가 두 문중의 합동향회를 주관한 적도 있었는데 삿대질과 욕설이 오가 난 장판이 되고 말았다.

신헌이 생각하기에 유림은 영악했다. 문중대립이라는 세력다툼을 뒤에 숨겨두고 겉으로는 학설 논쟁으로 모양새를 바꾸었다. 주리론主理論과 주기론主氣論을 내세워 서로의 학문이 천박하다고 다퉜다. 리理를 우위에 둔 남인은 서원철폐도 천박한 사고의 결과라고 해석했다. 세상 현실을 기氣의 발화로만 해석하면 사람의 마음과 감정을 그대로 인정하고, 추세를 따르게 되고, 결국 백성을 교화하기는커녕 그들에게 끌려갈 뿐만 아니라 금수와 같은 왜양倭洋의 출현을 받아들이는 꼴이 된다고 믿었다.

남인 유림은 당시 태동하던 심즉리心卽理(심과 리는 동일하다는) 설을 망국 논리로 규정했다. 사원철폐가 그것이고, 양반에게도 군역을 물게 한 대원군의 과격한 조치가 그것이며, 천주교도가 활보하도록 방치한 것도 그런 이단적 해석에서 유래했다고 굳건히 믿었다. 영남유림 만여 명의 연서를 받아 그 먼 길을 달려올 수 있었던 힘도 그런 믿음에서 나왔다.

그런데 왜 하필 지금인가? 병사가 떼죽음을 당하고 강화도가 쑥대밭이 된 현실은 눈에 보이지 않는가? 리理를 가지런히 하면 화륜선을 물리칠 수 있는가? 전함을 앞세워 쳐들어온 양적을 설득할 수 있는가? 신헌은 심사가 복잡해졌다.

영의정이 말했다.

"내일 광화문에 소청을 차리고 부복한다고 하니 내일 다시 모입시다. 일단 운현궁과 논의해 보겠소이다. 뭐라고 하실는지, 원."

다음 날 입궐하는 도중에 신헌은 만인소 행렬과 마주쳤다. 도성민의 박수와 환호성이 터졌다. 저잣거리 백성은 영남유림이 행진하는 모습에서 선비의 기개를 느꼈다. 족히 한 달이 걸린 행로에 지친 기색은 없었다. 안동을 출발해 강을 건너고 산을 넘었을 터인데 소수疏首를 태운 가마를 따르는 선비 행렬은 흐트러짐이 없었다. 뒤로는 고위 관직을 지내고 낙향해 있던 퇴임자 백여 명이 줄을 이었다.

좌우 포도청에서 급파된 포졸들이 줄로 늘어서 행렬 가까이 가려 엎치락뒤치락하는 도성민에게 호통 쳤다.

행렬은 육조거리를 지나 광화문 앞에 당도했다. 소수가 가마에서 내렸다. 행렬이 입은 옷은 푸른빛이 도는 도포였다. 아침 햇살에 푸른 도포가 눈부셨다. 소임疏任과 배소인背疏人 모두 푸른 도포에 검은 갓을 썼으며 갓 사이로 푸른 색 유건儒巾이 보였다. 행렬은 장관이었다.

소수가 앞에 서자 가마꾼들이 상소문이 든 소궤疏几를 내려 소수 앞에 갖다 놓았다. 광화문에 소청疏廳이 차려졌다. 소임 중에 목소리 좋은 자가 소행疏行의 목적을 읊었다. 배소인은 모두 부복해 예의를 차렸다. 성균관 유생들이 돈화문 쪽에서 무리지어 걸어오는 모습이 보였다. 힘을 보태려는 뜻임이 분명했다. 소청이 차려진 이상 소배들은 결코 미동도 하지 않고 주상의 비답批答을 기다릴 것이다. 소수가 외쳤다.

"영남유림의 상소문을 갖고 부복하였나이다. 통촉하여 주시옵소서!"

배소단이 함께 복창했다.

"통촉하여 주시옵소서!"

"통촉하여 주시옵소서!"

208

그러자 군중 사이에서 함성이 터져 나왔다. 도승지가 나와 상소문을 접수하자면 며칠이 걸릴지 모른다.* 배소단의 외침은 우렁찼다. 한 달이 걸리더라도 주상의 비답을 들어야 한다는 결의에 찬 목소리였다. 도승지가 언제 나올지 궁금했다. 이들이 한여름의 열기를 얼마나 견뎌낼 수 있을지도 궁금했다. 여름 낮과 밤을 광화문에서 노숙하는 것과 마찬가지일 터, 대원군의 결기와 유림의 결기가 여기 광화문에서 맞부딪혔다. 주리론과 주기론이 맞부딪혔고, 양적과 조선병사가 맞부딪혔다.

저들의 각오는 비장하고, 천명을 받드는 학문적 신념도 존경할 만하지만, 언제까지 하나의 정통을 신봉하고 살 수 있는가? 심心을 리理라고 한들, 거꾸로 리가 심성心性을 지배한다고 한들, 그것으로 양적을 대적할 수 있을까? 그것으로 왜양의 본성을 바꿔낼 수 있을까? 자신들이 그리 믿는 리가 정통이라면, 왜와 양이 신봉하는 리가 있을 수 있다.

이마두가 《천주실의》에서 그러지 않았는가? 우리의 상제와 그들의 천주는 같은 존재라고. 서양인이 천주를 들이대면 우리는 상제로 맞선다? 저들이 자신들의 이치를 들이대면 우리는 주리론으로 맞선다? 논쟁이라면 좋겠는데 군함과 함포로 밀어붙인다면 어찌하겠는가? 저 푸른 도포는 학문적 절개를 상징할 터, 절개를 꺾으면 우리의 생명도 꺾이는가? 생명은 절개로 살아가는가, 아니면

---

* 만인소는 광화문에 소청을 차리고 성균관에서 접수증[謹悉]을 받은 다음 도승지가 접수하는 절차를 밟는다. 임금이 이에 대한 비답(批答)을 반드시 내려야 하는데 시일이 많이 걸린다.

생존에 맞는 새로운 절개가 있는가?

시세가 바뀌면 생명의 환경도 바뀌는 법, 오히려 시세를 바꾸려고 저리 애를 쓰는 모습이 더 위태로워 보였다. 시세를 바꾸려면 힘이 있어야 하는데, 저들이 가진 건 사서삼경에 고문육경이렷다. 고문육경의 율법이 시세를 바꾼다면 나는 시도 때도 없이 밀려오는 양적의 화륜선에 사서삼경을 들이댈 수밖에 없다. 그들이 읽지도 못하는 저 고문과, 나는 알아들을 수 없는 그들의 말이 서로 부딪혀 결국 백성이 도륙되고 산성이 무너졌다.

세상 현실이, 백성의 안전이 그리 무너져 기氣가 파손된다면, 리理를 바꿔야 하지 않는가? 생각이 거기에 미치자 광화문에 부복한 저들이 오히려 짐승처럼 느껴졌다.

의정부에 들어서자 당상들이 뭔가를 돌려 읽고 있었다. 안동 관아에서 입수한 통문이었다. 소수 정민병鄭民秉이 작성해 영남유림에게 배포한 사원훼철 반대 성명서로서 영남 일대 서원에 돌려진 것이었다. 신헌도 그걸 받아 읽어내려 갔다.

국가의 안위는 오도吾道의 존망에 달려 있고, 영남의 존망은 서원철폐의 여부에 달려 있다. 이는 바로 진신장보*들이 죽음에 이르러야 할 때이다. 진실로 스스로 여기에 안일하고 여기에 방과하여 다만 자기의 화복만을 보고 영남의 섬멸을 긍휼히 여기지 않는다면 열성조列聖朝에 배양된 혜택과 여러 선배가 이룩한 공적에 어찌 만분의 일이라도 보답할 수 있겠는가?[11]

* 진신장보(縉紳章甫) : 벼슬아치와 유생.

210

신헌은 숨이 턱 막혔다.

내가 생사를 넘나들고 있을 때 그대들은 이념의 생사를 넘나들었구나. 내가 병사의 시체를 거두고 있을 때 그대들은 논리의 찬란한 휘광을 거두고 있었구나. 내가 살면 그대들이 살고, 내가 죽으면 그대들도 죽는데, 서로 삶과 죽음의 방향이 엇갈렸구나.

나의 품위와 너의 품위가 이리 엇갈리고, 나의 무武와 너의 문文이 이리도 다르니, 나의 칼은 어디를 향하고 있었는가. 군졸의 총과 포수의 화포는 어디를 향하고 있었는가.

국가의 안위는 오도가 아니라 강화도에 달려 있다. 서원철폐가 그리 망국의 길이라면, 먼저 진신장보가 총과 대포로 양적을 막을 일이다. 양적으로 망하나, 서원철폐로 망하나, 망하기는 한길인데. 내부의 망국과 외부의 망국이 서로 다투는 경계에서 신헌은 망연자실했다.

의정부 당상들도 뾰족한 궁리가 없어 우왕좌왕하다가 모두 운현궁의 결단을 기다려보자고 이구동성으로 말했다.

과 천

눈이 내렸다. 오랜만에 맞는 평온한 아침이었다. 밤새 내린 눈은 관악산을 하얗게 덮었고, 건너편 청계산은 흰 젖무덤처럼 동구마니 앉아 있었다. 여인네 젖가슴처럼 얌전하고 신비했다.

신헌은 장지문을 열고 얼음장처럼 차고 맑은 공기를 들이켰다. 이 평온함은 얼마 만인가. 나뭇가지에서 하얀 백설이 흩날렸다. 저 젖무덤에 사내의 욕망을 씻고 열정을 버리고 울분을 토해도 끝내 도망치지 못하는 마음의 덫은 남는다.

신헌은 골짜기 깊은 곳에서 밤새 숨었다가 인가로 내려오는 청량한 공기를 초로의 육신 속에 집어넣었다. 여인은 젖무덤을 내주고 새끼를 품고 결국 날짐승처럼 날아가는 육신의 한 조각을 세월의 무늬에 벼리고 산다. 여인의 가슴속엔 어떤 덫이 남는가. 신헌은 알지 못했다.

작년 봄 유 씨 부인이 갑자기 세상을 뜬 후로 신헌은 마음속에 거미줄처럼 쳐진 덫에서 헤어 나오지 못했다. 덫의 정체를 알지 못했다. 실개천에 피어오르는 물안개이기도 했고, 느닷없이 몰아치는 광풍이기도 했다. 바람이거나 구름이거나 아니면 저잣거리에 흘러나오는 노랫가락이었다. 형체는 변화무쌍했다. 유 씨 부인의 유해를 싣고 북한강을 거슬러 오르면서 뱃사공이 불렀던 노랫가락에 신헌은 깜빡 졸았다. 며칠 장례를 치른 피곤함이 몰려왔다.

돌아앉은 신부의 등이 낯설었지, 촛불을 끄고 낯선 육체를 안았을 때 그녀는 움칫 몸을 사렸는데 그 낯선 저항이 유해를 실은 배 위에 한가득임을 신헌은 이해하지 못했다.

세월이 얼마인가. 긴 세월 속에서도 마모되지 않는 낯선 저항의 옹이가 야속했다. 그 옹이가 산산이 부서져 뱃사공 노래에 실려 떠내려가기를 바랐다.

그대가 남긴 자식들이 있으니 사내의 가슴에 들어앉지 못한 여인의 한恨쯤이야 여름날 구름처럼 가벼운 것. 첫아이 정희와 둘째 석희는 한양 벼슬길에 들어섰고, 셋째 낙희는 어영청 호군(종3품)이 되어 애비 뒤를 따르니 문중 소임은 다했소이다, 이 무람없는 사내도 이제 이순에 접어들었으니 곧 뒤를 따르리다.

뱃사공의 노랫가락은 끊어질 듯 이어졌다.

유 씨 부인을 안장하고 신헌은 휴직을 신청했다. 두 번의 결전에 심신이 피곤했고 관직에서 물러날 나이도 되었다고 생각했다.

주상은 쾌히 허락했다.

"잠시 쉬고 있으시오. 곧 부르리다."

갓 스물한 살이 된 고종은 날로 성숙했고 조정의 정치를 잘 헤아렸다. 신헌은 낙희와 함께 한강을 건넜다. 길동이 짐을 부린 수레를 끌었다. 45년 관직생활을 청산한 짐은 단출했다. 남태령을 넘자 산 사이에 벌판이 펼쳐졌다. 농토가 비옥해 보였고, 민가가 사이좋 게 모여 있었다. 과천 관아에서 멀리 떨어진 산기슭 작은 기와집에 짐을 풀었다.

낙희가 도성으로 돌아가고 홀로 남았다. 홀로될 나이에 홀로됨 이 낯설었지만 곧 익숙해졌다. 평화로운 나날이었다.

강 건너 조정은 여전히 소란했다. 관아에서 보내주는 관보와 낙 희가 구해준 〈중외신보〉나 〈만국공보〉가 소란하고 심란한 소식들 을 잔뜩 쏟아냈지만 평화로움을 깨트리지는 않았다. 조선을 둘러 싸고 돌아가는 정세는 심상치 않았다.

며칠 전 경복궁 순희당純熙堂에서 화재가 나 3백여 칸을 태웠다 는 안타까운 소식도 있었다. 고종은 잠시 창덕궁으로 이어했다. 양적이 설쳐대고 거기에 일본이 흥기해서 서양과 의기투합한다는 기사記事들은 궁궐 일부가 소실되는 것보다 더 심란했다.

일본이 부국강병을 내세워 유구(오키나와)를 복속한 것은 놀랄 일이었다. 중국의 일부를 빼앗은 것과 다름없었는데, 일본은 오히 려 중국 총서에 사신을 보내 담판을 했다고 하니 중화질서는 이미 무너져 내리고 있는 듯했다. 중국을 무시하는 일본의 배짱이 어떤 무서운 일로 나타날지 두려웠다. 일본이 노리는 다음 차례가 대만 이라는 기사도 있었고, 대만정벌을 위해 요코하마에 군함을 정박 시켰다는 소식도 있었다.

북경을 다녀온 역관의 전언에 의하면 일본 사신들이 양복을 입고 다닌다고 했다. 자신들의 전통의상을 벗어던졌다면 동양의 예법을 벗어던지는 일도 곧 일어나리라는 짐작이 갔다.

작년 이맘때 조정은 왜관을 폐쇄했다. 일본이 대마도주의 가역*을 정부로 이관해갔다는 것이다. 나라 간 교제업무를 정부에서 관장한다는 뜻이었는데 그 일로 3백 년 지속되던 왜관은 필요 없어졌다.

몇 년 전부터 일본은 대마도주를 통하지 않고 공문을 직접 조정으로 보내 의정부가 접수를 거절했다. 모리야마 시게루森山茂라는 사신이 항의도 하고 막후교섭도 했으나 조정의 태도는 완강했다. 이치에 맞는 처사였다. 왜관이 버젓이 있는데 왜 다른 길을 택하는가? 교제업무나 여타 국사를 동래부에 전달하면 우리 의정부에 곧장 닿는데 왜 구태여 새로운 형식의 문서를 작성하고 접수하기를 강요하는지 신헌은 내심 의문이 들었다.

새 문서의 형식은 3백 년 지속되던 전통적 서계書契와는 사뭇 달랐다. 예법에 어긋날뿐더러 조선에 대해 일본의 위신을 높이는 오만과 불손함이 묻어났다. 양국의 우호는 조선이 왜의 형뻘 되는 나라라는 신의에 입각해 있었는데, 모리야마가 전달한 서계에 그런 기미가 사라졌다.

대마도주 이름 밑에 조신朝臣이라는 새로운 직명이 달렸고 전에 없던 인장이 찍혀 조정 대신들을 경악스럽게 만들었다. 대신들은 분노했다. 3백 년 약조에 따른 항식恒式과 항례恒例가 있거늘 어찌 존엄한 예법을 어기고 발칙한 문서를 들이대는지, 돌려보내도 계속 들이미는 일본의 뻔뻔함에 묘당의 분노는 극에 달했다.

___

* 가역(家役): 대마도주가 동래를 통해 전통적으로 담당하던 교린외교.

다른 수작이 있는가? 〈만국공보〉기사를 읽으면 일본의 처사가 이해될 것도 같았다. 정부 간 직접 교제를 요청하는 일은 대등한 관계를 맺는 것인데 중화 중심인 전통적 교린질서를 더는 유지하지 않겠다는 뜻이다. 양자를 절충할 방법이 묘연했다.

조선은 모든 교섭업무를 중국에 보고하고 허락을 받아왔다. 중국이 쇠약해지기는 하지만 버젓이 살아 있고 전통적 우호를 유지하는 데에 아무런 문제가 없는데 왜 일본은 새로운 길을 자꾸 요구하는지 신헌은 불안을 감추지 못했다. 이 처사로 무슨 일인가 터질 듯한 불길한 예감이 몰려왔다.

며칠 전 집에 들른 역관 오경석이 전해준 말은 의미심장했다. 오경석은 그간의 수고를 인정받아 의정부로부터 사역원 첨정僉正(정4품) 벼슬을 제수받았다. 교제업무에서는 으뜸으로 중요한 인물이 되었는데 고맙게도 과천에 머무는 신헌에게 왜의 동향을 자주 알렸다. 그도 불안함을 감추지 못했다.

오경석은 큰절을 올리고 꿇어앉았다.

"편히 앉게, 이제 종4품 당하堂下가 되었으니 자세를 고치게."

"아닙니다, 대감, 제가 어찌, 당치도 않으신 말씀이옵니다."

"무슨 급한 용무가 있으신가?"

"예, 제가 일본 사신으로 온 모리야마라는 자를 얼마 전에 만났습니다. 전해주는 바가 새삼 경계심을 갖게 해서요."

"무슨 일인가, 말해보게."

"일본정부에서 정한론이 크게 일어난 것은 알고 계시지요? 군대를 일으킨 사이고 다카모리西鄕隆盛라는 장수가 앞장섰는데, 그가 얼마 전 실각하는 바람에 일단 진정되었다고 합니다. 대신 대만을 정벌한 다는 소식입니다. 신분철폐 때문에 무사계급 불만이 이만저만이 아 니랍니다. 그들이 일자리를 잃고 먹을 게 없어져서 전쟁을 벌여야 한 다고 크게 외치고 있답니다. 이래저래 대비해야 옳을 듯합니다."

"그런데 저 서계는 왜 자꾸 보낸다는 것인가?"

신헌이 물었다.

"일본과 짐짓 대등한 나라로 만들면 중국에서 조선을 떼어낼 수 있다는 속셈이지요. 그러고 나서 쳐들어오면 중국도 속수무책이라 는 계산이 선 것 같습니다. 일본은 로서아를 제일 두려워하고 있어 요. 예전부터 북쪽 섬에 로서아가 군대를 보내 노략질을 해서 그런 것 같습니다."

"흠…. 만국의 도道*가 그런 것인가? 이웃 나라를 집어삼키려는 정지작업이란 말인가?"

"우리가 중국의 속방이니 우선 만국의 도에 의거해 떼내고 나서 천천히 손아귀에 넣으려는 수작입죠. 조선을 마치 일본 열도를 겨 누는 칼날처럼 느끼고 있으니까요."

오경석은 말을 이었다.

"묘당 분위기가 바뀌었다는 걸 모리야마가 진즉 알고 있어요. 대 원군이 물러갔으니 이번 기회를 놓칠 수 없다고 해서 서계 문제를 바짝 조일 태세입니다. 서계에 완강히 반대했던 동래부사 정현덕

---

* 만국의 도: 《만국공법》(萬國公法)을 뜻함. 《만국공법》은 미국의 법학자인 헨 리 휘튼(Henry Wheaton)의 국제법 저서를 1864년 중국의 동문관(同文館)에 서 번역 출판한 책이다.

과 훈도 안동준이 처벌받는다는 소식도 이미 알고 있었습죠. 조선 해안 여러 진에 포대를 설치하는 것도요. 제가 재작년에 중국과 일본 동향을 살핀 별단別單을 조정에 올렸는데 그때와는 상황이 완전히 달라졌어요."

"그래, 그러하다면 자네의 생각은 어떠한가? 받아들여야 하는가?"

"예, 그러하옵니다. 일단 서계를 접수하고 국교를 맺은 후에 무비를 갖추는 일이 시급합니다. 적의 군함에 대적할 수 없으니 답답한 노릇이지요."

"그건 나도 동감이네만, 경복궁 중건에, 홍수에, 포대 설치하느라 곳간이 비었으니 어찌 무비를 갖출 수 있겠는가. 게다가 요즘 한양에 물가가 폭등해서 물자가 달린다고 하니…. 면암勉庵(최익현)이 호포를 폐지하라고 주장해서 관철되었으니 세금도 줄어들 테고…."

"예, 사정이 그러하옵니다. … 그리고 참, 계동대감의 전갈이옵니다. 내일 모레 계동댁에서 축하연이 있다는데 대감님을 모셔오라 하셨습니다. 나라를 위해 쓸 만한 인재가 더러 모인다고 하니 이 기회에 만나보시면 어떻겠느냐고 당부하셨습니다."

"무슨 축하연인가? 대원군이 양주로 낙향한 이때에."

"김옥균이라는 젊은이가 홍문관 교리로 승진한 걸 축하해 주는 자리라고 들었습니다."

"누군지 모르지만 …. 무료한 터에 강 건너 도성에 나들이해 볼까. 그리 전해드리게."

고마청에서 관리하는 흑풍이 문득 보고 싶어졌다. 그 녀석도 많이 늙었을 텐데.

218

계동댁宅

길동이 흑풍을 대동하고 남대문에서 기다리고 있었다. 흑풍은 멀리 주인을 알아보고 앞머리를 흔들어댔다. 갈퀴가 흩날렸다. 길동이 달렸다.

"이 녀석이 적적했던 모양이구나."

"예, 대감나리. 몸이 근질근질한 모양이에요. 매일 아침 힝힝대는데 고마청이 온통 시끄러워요."

"그놈의 성질은 아직 그대로구나."

신헌은 흑풍에 올랐다. 오랜만에 주인을 태워 신이 났는지 흑풍은 힝힝 소리를 내며 고개를 아래위로 주억거렸다. 남대문 수문장이 부동자세로 예를 갖췄다. 안으로 들어서자 저잣거리에 인파가 넘쳤다. 물가 앙등에 민심이 흉흉해졌어도 물산이 돌기는 하나 보다.

광교를 지나 종각거리로 들어서자 광화문이 위용을 드러냈다. 그 뒤로 북악의 근엄한 자태가 보였다. 이 나라의 목을 조여 오는 왜양의 수상한 수작을 생각하면 평화롭기 그지없는 풍경이었다.

어언 사백수십 년 명맥을 이은 조선의 명운이 이제 막바지에 다다랐는지 모른다. 그보다 백성은 하루하루 먹을 게 우선이었다. 고려에서 조선으로 넘어가도 백성에게는 먹는 게 더 중요했다. 그런데 조선에서 왜양으로 넘어간다면 어찌 될까. 끔찍한 일이다. 금수가 되고 종이 되기보다 죽음을 택해야 할까. 흑풍 위에 앉은 신헌은 마음에 둔중한 통증을 느꼈다.

계동 박규수 대감댁에 도착했다. 대청마루에 오르니 접견실에 사람들이 담소를 나누는 모습이 들어왔다. 자못 흥겨워보였다. 얼핏 여섯 명 정도 됐는데 젊은이와 제법 나이든 이가 격의 없이 토론에 열중하는 중이었다. 신헌이 들어서자 모두 자리에서 일어나 예의를 갖췄다.

"광교에 기숙하는 강위姜瑋라고 하옵니다. 이리저리 떠돌며 시나 읊고 세상을 구경하며 삽니다."

"저는 유대치劉大致라고 하옵니다. 한약방을 운영합니다."

오경석이 고개를 숙여 인사했다. 그가 젊은이들을 소개했는데 김옥균, 홍영식, 유길준이라 했다. 대개 이십 세 안팎의 청년이었다. 김옥균은 작년 과거에 장원급제했고 올해 박규수 대감이 홍문관 교리로 발탁한 인재였다. 눈빛이 빛났는데 성질은 좀 급해 보였다. 유길준은 아직 약관 십팔 세로 홍영식과 연배가 같았는데, 박규수 대감이 특별히 아끼는 청년들이라 했다. 우의정 박규수 대감은 아직 퇴청 전이었다.

"반갑소이다, 모두. 신헌이라 하오이다. 그대들 얘기에 나도 낍시다. 무슨 얘기들을 그리 흥미롭게 나눴소?"

오경석이 말했다.

"지난달 있었던 면암 상소건을 애기했지요. 시정폐단을 조목조목 지적해 대원군이 진땀을 빼게 한 건 과연 선비다운 처사였다고 칭찬을 아끼지 않았습니다. 그런데 여전히 척사斥邪를 더욱 강화해야 한다는 주장에는 동의하지 않습니다. 위정척사론은 조선을 과거에 매어두자는 논리밖에 되지 않습니다."

김옥균이 급히 말했다.

"시정폐단은 좋은데 호포제 폐지는 문제가 많습니다. 양반도 군역을 책임져야 하는 건 당연한 이치고 너무 늦었습니다. 나라의 방비를 백성에게만 맡겨서야 안 될 일이지요. 게다가 나라 재정이 말이 아니어서 어떤 개혁도 해낼 수 없는 지경입니다. 전국에 물산을 늘리고 농업과 상업을 장려해서 재물을 쌓아야 그것으로 국사를 도모할 수 있지요. 일본에서는 은행이란 것을 만들어 자금을 충당하는 모양입니다."

유대치가 말을 받았다.

"제가 아는 불도佛徒 중에 이동인이란 스님이 있습죠. 그가 일본 정토종 초대를 받아 일본에 건너간 적이 있는데 동경을 들렀다가 놀라 자빠질 지경이었다고 실토하더이다. 건물이 올라가고 도로가 뚫리고, 전깃불이 들어오고, 가옥도 많고 사람도 넘치고 전차는 물론 인력거가 거리를 메웠답니다. 조선이 거드름을 피우는 사이 왜놈들은 양물을 받아들여 상전벽해桑田碧海를 이뤘다고 합니다."

김옥균이 말을 끊었다.

"제가 그래서 꼭 한 번 다녀올 작정입니다. 제 눈으로 봐야 각오를 다질 수 있겠지요. 홍문관 일을 좀 미뤄두고라도 상황을 봐서 주상께 요청하려 합니다."

연배가 제일 높은 점잖은 표정의 강위가 덧붙였다.

"부끄럽사오나, 소신이 십 년 전에 시무책時務策을 지은 적이 있습니다. 삼남지방을 다니면서 민생을 살핀 후에 이래서는 나라의 장래가 암울하다는 판단이 섰습니다. 백성은 먹을 게 없고, 저축도 없고, 지방관리는 수탈에 세금포탈을 일삼고, 한양관리들은 아무런 대책이 없습니다. 산에 가면 화적떼가 출몰해 다른 지역을 다닐 수가 없습니다. 길도 없고요. 백성은 부지런하지만 무지하고 토지가 없어 생계가 위협받는 모습을 도처에서 목격했습죠. 지난 십여 년 동안 유랑민이 부쩍 늘었습니다. 왜 청량리 가다 보면 보이지요? 토막민이 최근에 급증했습니다. 전세, 군세, 환세를 양반을 포함하여 거두되 일 년 수확량과 장사소득에 따라 달리 부과해야 합니다. 그러려면 관아에서 백성의 경제상황을 정확히 파악하는 것이 우선이죠."

강위의 말에서 연륜과 경륜이 묻어났다.

"그래서 자네는 어떤 생각을 하느냐?"

신헌이 묵묵히 듣기만 하는 유길준을 향해 물었다.

"예, 저는 아직 공부가 모자라 어른의 말씀을 경청하는 것으로 족합니다. 다만, 최근에 회현동 사는 혜강 선생*에게서 들은 바가

---

* 혜강(惠岡) 최한기(崔漢綺, 1803~1877) : 조선 후기 개성 출신으로 한양에서 교류한 당대 사상가.

있어서 한 말씀 올리고자 합니다. 그분이 말하기를, 문文은 허虛다, 문자로 사람을 취하고 의사意思로 사람을 쓰니 세상을 알지 못한다고 하셨어요. 문장을 그대로 옮기면, '문자를 생곡生穀과 귀천貴賤의 빙자로 삼고, 의사를 정교政敎와 경륜의 필수로 삼아 허무한 리理로써 성실한 일을 행하니 유有도 아니고 무無도 아닌지라, 허와 실의 양자가 그 마땅함을 잃는다. 문자로 사람을 쓰면 한루*를 면치 못한다'고 했습니다."12

"그래 말이 심상치 않구나. 그럼 자네는 과거를 보지 않을 작정인가?"

신헌이 물었다.

"예, 그러하옵니다. 제가 요즘 우상께서 빌려주신 《해국도지》, 《영환지략瀛環志略》, 《박물신편博物新編》을 탐독하는 중입니다. 중국이 세계중심이 아니라는 사실을 알고 크게 충격을 받았습니다. 바다 건너에 중국만큼 힘 있고 깨인 나라가 많고, 군함은 물론 화포와 총기제작에도 우수한 기술을 가진 나라가 많습니다. 세계가 그리 넓다는데, 과거科擧에 매달려 무엇하겠습니까?"

"그럼 오늘 축하연은 뭘하는 자리냐?"

유대치가 분위기를 수습하느라 말했다.

"김옥균이 과거에 급제해 홍문관 교리로 나아갔는데, 옥균도 그리 생각하는 편입니다. 다만 옥균의 집안이 한족寒族이라 과거응시가 불가피했다고 변명을 합니다만….."

* 한루(汗陋) : 가난하고 궁핍하고 헐벗다.

박장대소가 터졌다. 옥균이 머쓱해졌는지 무릎을 오므렸다.

신헌이 너그러이 말했다.

"그래, 그대들의 말에 감동하는 바가 적지 않소이다. 중국은 쓰러지는 거인 같고, 일본은 급변하고, 양적은 시시때때로 몰려와 문을 열라고 성화를 부리는 중이지요. 지금의 왜는 예전의 왜가 아니어서 신중하게 관찰하고 배울 것을 얻어야 하겠지만, 군함을 사고 대만정벌 소문이 돌고 해서 일단은 불가근불가원 자세를 취하는 게 좋다는 게 소신의 생각입니다. 대원군께서 물러가셨으니 조심스럽게 문호를 열 때가 되었는데, 우리가 무얼 미리 대비하고 준비해야 하는지 더 관심을 쓰고 계책을 세워야 하겠지요. 그대들이 있으니 든든한 생각이 듭니다만 ⋯."

박규수 대감이 문을 열고 들어왔다.

"아, 위당* 선생! 오셨구려. 우리 개화 악당들과 즐거우셨소?"

모두 자리에서 일어나 우의정께 고개를 숙였다. 관복 그대로였다.

"예, 환재 대감! 그동안 적적했습니다. 저의 게으름을 용서해 주십시오."

신헌이 즐겁게 맞았다.

"노시는 게 좋기는 좋군요. 혈색이 좋아지셨습니다. 우리를 조정에 남겨두고 홀로 절기를 즐기시다니, 이런 이기적인 처사가 있을까!"

최익현 상소에 대원군 축출, 고종 친정親政을 무난히 해결한 환

---

* 위당(威堂): 신헌의 아호.

재 대감의 노고는 도성민 사이에서 소문이 자자했다. 박규수가 아니라면 변란을 겪을 만한 일이었다고. 그런데 혁명에 버금가는 국가대사를 소리 없이 무난히 치러낸 것이다.

박규수 대감의 학식과 지혜를 겨룰 자가 없는 것은 다행이었다. 고종의 스승으로 조정 내 그의 위상은 막강했는데, 최근 정세에 대한 판단력과 박학다식함이 권력을 뒷받침했으니 아직 연륜이 없는 고종으로서는 든든한 방패막이와 발판을 얻은 셈이었다.

"모두 편히 앉아 한잔들 하시오. 내가 신 대감과 긴히 할 말이 있으니."

신헌은 박규수를 따라 내실로 들어갔다.

"반갑소, 위당! 그래 잘 지내셨소?"

그가 손을 잡으며 말했다. 따뜻한 온기가 전해졌다.

"저야 더 말할 나위 없지요. 송구합니다."

"제가 부른 이유를 헤아리시겠지요? 오늘 늦게 퇴청한 것도 그 일 때문이외다."

"무슨 변고라도 생기셨습니까?"

신헌은 궁금해 물었다.

"대원군이 실각하자 일본이 바짝 조이고 있소이다. 서계 문제는 그렇다 치더라도 우선 강화도 방비를 다져야 합니다. 언제 들어올지 모르지요."

박규수는 조금 뜸을 들이더니 말을 이었다.

"오늘 진무사 겸 강화유수 교지가 내렸소. 부임을 서둘러 주시오."

박규수의 얼굴에 비장한 표정이 스쳤다.

국정골

　강화부성은 전화戰禍의 흔적이 역력했다. 남문은 부서져 돌 더미에서 관목이 자랐다. 굶주린 개들이 부성 근처를 어슬렁거렸다. 성벽을 뒷벽 삼아 움막집이 늘어섰는데 사람들도 굶주리긴 마찬가지였다.

　아낙이 젖먹이에게 젖을 물린 채 흑풍을 타고 부임하는 신헌과 호군護軍 낙희 그리고 길동이가 지휘하는 군졸 행렬을 물끄러미 바라봤다. 성민이 더러 나와 신임 유수를 반겼지만 그들의 눈빛은 흐렸다. 반복되는 전화에 지쳤고, 굶주림에 지쳤고, 언제든지 먼바다에 출현할 군함이 두려웠다.

　강화도는 생기를 잃은 섬이었다. 이른 봄이었는데도 바다를 훑고 불어오는 바람은 매서웠다. 신헌의 마음은 무거웠다. 이들의 생곡生穀을 책임져야 하고, 안위를 보존할 책임이 나에게 있다. 아전들이 신임 유수를 맞아 일렬로 도열해 고개를 숙였다. 관복은 해어졌고 얼굴에는 비굴함이 묻어났다. 단기간 왔다 가는 유수를 한

226

두 번 겪은 게 아니었으므로 아전들의 행동에 타성이 배어 있었다. 과도하게 수탈하지 않으면 그만이었다. 백성의 생계, 인민의 안위는 아예 기대 밖의 일이었다.

아전들은 유수의 눈과 귀를 가렸다. 그리곤 뒷돈을 챙겼다. 환곡창의 장부를 위조했고, 군량미를 대여하거나 몰래 내다 팔아 이문을 챙겼다. 유수가 곡식창고와 군수창고를 꼼꼼히 챙기는 일은 드물었으므로 요즘처럼 물가가 폭등하고 물자가 귀할 때 아전들의 수완은 빛을 발했다.

신헌이 흑풍에서 내려 첫 명령을 발했다.

"환곡창과 군수창고 장부를 가져오라!"

신헌은 스승에게서 배운 훈계를 잊지 않고 있었다. 스승의 《목민심서》는 아전들의 농간에 절대 휘둘리지 말 것, 부임하는 즉시 곡식창고를 점검하고 관물을 파악할 것, 무엇보다 환영식을 빙자해 연향을 갖지 말 것을 가르쳤다. 부인과 같이 부임하지 말라는 조언도 적혀 있었지만, 신헌에게는 이제 부인이 없고 낙희가 있다. 낙희는 한양 어영청 소속 호군(종3품)으로 아전들에게 긴장을 주기에 충분했다. 행동에 각별히 신중하지 않으면 바로 유수의 엄격한 심문을 받을 위험을 아전들은 금시 눈치챘다.

이서吏胥집단의 간계로 향촌민이 얼마나 고초를 겪는지 신헌은 잘 알았다. 지난 십여 년간 전국을 휩쓴 민란 때문에 조정이 골머리를 썩었다. 민란의 대부분은 이서들의 농간과 간계로 촉발된 것이었음을 암행어사가 보고하지 않았는가? 박규수 대감이 진주민란 안핵사로 파견돼 조사해 보니 양반토호와 이서집단의 과도한 수탈이 문제라고 진단하기도 했다. 민유방본民惟邦本이라는 도덕정치의 기본이 도처에서 흔들리고, 홍수와 한발旱魃에 곡식이 여물지 않고, 역병이 돌아 생명을 덮치면 결국 조선은 생지옥이 된다.

아전들이 급히 대령한 장부들을 낙희더러 챙겨보라 일렀다.

강화부성은 그런대로 운치가 있어 보였다. 읍내를 굽어보는 송악산이 비스듬히 언덕을 이루고, 동쪽으로는 훤히 터진 농토가 전개됐다. 서문과 남문 사이에 작은 구릉이 봉긋하게 솟아 부성은 손 안에 싸인 듯 포근한 느낌을 줬다.

유수의 집무실인 동헌과 회의실인 연무당은 아담하고 단단해 보였다. 그 옆에 아전들 사무실이 있고, 업무별로 분장된 작은 기와집들이 적당한 거리를 두고 서 있었다.

방어는 문제였다. 서쪽이 트이고, 남쪽과 동쪽 구간이 허술했다. 성벽도 군데군데 무너져 적의 침입을 쉽게 허용할 것 같았다. 손을 보지 않아 무질서하게 흩어진 관목 숲 사이로 쌓인 잔설이 햇빛을 받아 반짝였다. 성벽을 정비하는 일이 시급했다. 오늘은 이걸로 만족하고 내일은 낙희를 대동하고 해안을 돌아볼 작정이었다.

해안 포대는 예상보다 더 험했다. 두 차례의 전쟁에 포대는 완전히 폐허가 되었다. 초지진과 덕진진은 아예 포대라고 할 게 없었다. 성벽은 거의 해체됐고, 본부로 쓸 막사도 사라졌다. 조정의 시책에 따라 화포火砲는 다시 보급되었으나 화포를 거치할 시설이 없었고, 병력을 지휘할 지휘소와 막사를 새로 지어야 했다.

함포의 집중사격을 받은 광성보廣城堡는 비참했다. 땅이 움푹 패여 구덩이가 군데군데 널렸고 거기에 오물과 쓰레기가 버려졌다. 몇 년 전 미리견 함대가 포격한 흔적일 거라 짐작했다. 어재연 장군과 그의 부대를 몰살시킨 함포의 위력이 느껴지자 신헌은 전율했다.

정족산성 역시 마찬가지였다. 산정山頂에 있는 것이 이점일 뿐, 산성山城이라 부를 만한 위용은 찾기 어려웠다. 그저 웃자란 나무들이 방어벽 역할을 할 뿐이었다.

부임하다 잠시 들른 문수산성과 갑곶은 그런대로 원형을 유지하고 있으니 그나마 다행이었다. 함대가 진입한다면 초지진과 덕진진 쪽 해협일 터인데, 그곳을 원형대로 복원하려면 족히 여섯 달은 걸릴 것이다. 돌과 진흙이 있어야 하고, 많은 인력이 필요하다. 농번기를 피해 부역을 동원한다면 늦은 가을쯤에나 일차 정비가 끝날 것이다. 군수 제조창에 부족한 화기를 미리 주문해야 할 것이다.

"휴 ···."

신헌은 참았던 한숨을 내쉬었다.

낙희가 낭패감에 젖은 목소리로 여쭸다.

"아버님, 만만한 공사가 아닌데요. 공사하는 도중에 군함이 오지는 않겠지요?"

"그걸 누가 알겠느냐? 하느님?"

하다가 신헌은 움찔했다.

'하느님? 천주님?'

그래, 박규수 대감이 부임을 얘기할 때부터 먼 곳에서 아련한 목소리가 들려오는 듯한 환청에 빠지곤 했다. 혜련의 목소리였다. 소리는 작았으나 그립고 애틋했고, 노래하는 듯, 기도하는 듯, 부르고 웃고 속삭이는 듯한 귓속말이었다.

'대감님, 기다렸어요!'

그렇게 말했던가, 아닌가? 환청인가? 시시때때로 일렁이는 마음 속의 물결은.

신헌은 낙희를 시켜 병력을 점검했다. 포수, 살수, 사수 합쳐 8백여 명이었는데 유사시에 훈련도감에서 병력을 지원해 주기로 약조를 받았다. 낙희는 익숙한 솜씨로 병력을 포대별로 분산해 배치했고 살수와 사수 훈련계획을 짰다. 전투에 단련된 군관이라 그런지 군기는 잘 잡혀 있었다. 군관들의 사기가 올랐고, 군졸들도 명령을 잘 수행했다.

낙희는 전투훈련에 3할을, 나머지 7할을 성벽 보수공사에 할애했다. 조정에서 군량미와 특별 하사품을 넉넉히 지원해서 군사의 사기가 유지됐다. 박규수 대감의 성원 덕이었다.

성벽공사는 잘 진행됐다. 스승의 가르침이 큰 도움이 됐다. 강화도에 거주하는 대장장이를 물색해 스승이 수원성을 신축할 때 쓰던 거중기를 만들었던 게 효과를 본 것이다. 산성 지형이 워낙 험해서 돌을 지고 나르는 군졸의 고역이 말이 아니었는데 거중기를 산 아래에서 꼭대기까지 높이별로 여러 대 설치해 마치 돌이 저절로 산정으로 올라가는 모양새가 됐다. 군졸들이 환호했다.

"요거 참 희한하네요, 힘을 안 들였는데도 저리 무거운 돌이 나르듯 올라가니!"

신헌은 점토를 찾아보라 낙희에게 일렀다.

"어디에 쓰시게요?"

"예전에 박지원 대감이 쓴 《열하일기熱河日記》를 보니 중국에서는 성벽신축에 벽돌을 쓴다고 했지. 조선은 그냥 돌을 깎아 쓰지 않느냐? 그게 시간과 품이 많이 들어. 쌓고 나서도 큰 힘이 가해지면 무너지기 십상이지. 그런데 점토를 돌 사이에 바르면 단단해지지 않느냐? 그러면 포격에도 훼손되는 부분이 작아지겠지?"

"예, 옳은 이치군요. 찾아보겠습니다."

낙희가 강화도 전역에 방을 붙였다. 점토, 회토가 나는 곳을 알려 달라고.

금시 전갈이 왔다. 고려산 북쪽 사면에 점토와 회토가 많다는 기별이었다. 신헌은 인력을 동원했다. 용도를 알게 된 도민도 발 벗고 나섰다. 마치 도민 전체가 성벽공사에 매진하는 듯했다. 군함이 와도 끄떡 않는 견고한 포대를 만드는 일은 그들의 생사와 직결된 것임을 깨닫고 있었다.

4년 전 조선군 3백여 명이 전사했을 당시 강화주민이 절반을 넘었다. 초지진, 광성보, 덕진진 주민 가운데 졸지에 과부가 된 집이 그만큼 많았다는 얘기였고 지금도 한날한시에 제사를 지내는 집이 두 집 건너 하나꼴이었다. 집성촌이라 모두 친인척 관계였기에 거의 모든 주민이 같은 날 제사를 지냈다.

성벽은 강화부민에게 생존이었다. 농사일이 생곡을 준다면, 성벽은 생명을 주었다. 농사와 전쟁, 그게 강화도의 운명이었다. 얼굴도, 유래도, 이유도, 명분도 알지 못하는 적과의 싸움, 그것은 싸움이 아니라 일방적인 죽음이었다.

사대부는 척사를 자신의 생명처럼 내세우지만 진정 생명을 내놓는 쪽은 강화부민이었다. 벼슬아치와 유림이 생곡이라도 대준다면 생명을 내놓을 수는 있겠으나, 생곡과 생명은 모두 그들의 것이었다. 강화부민은 전쟁의 잔해 위에서 농사를 지었고, 그것으로 성벽 개축비용을 댔고 품을 들였다. 삶과 죽음은 어느 날 수평선에 느닷없이 나타날 전함의 자비에 달렸을 뿐이다.

늦은 가을로 접어들었다. 성벽은 거의 완성되었고, 포대배치와 훈련도 마무리되었다. 군사와 성민의 사기는 한층 올라 있었다. 어느 양적이 와도 물리칠 수 있다는 자신감이 충만했다. 어제 박규수 대감에게서 서한이 왔다. 노고를 치하하는 편지였다.

신 공, 그동안 고생이 많으셨소이다. 군대와 백성을 모두 돌보느라 얼마나 노고가 많으셨소. 성벽과 도성이 수리되고 화기를 정비해 배치하였다고 하니 양적이 와도 이제는 하나도 두렵지 않을게요. 나는 며칠 전 우의정에서 물러났다오. 대원군이 양주 직곡에 거처하지만 조정은 여전히 운현의 입김이 세서 모두 눈치만 살피는 중이오. 묘당의 기류가 심상치 않은데 전하를 옳게 모시는 방법을 궁리 중이오. 신 공도 이제 체환* 준비를 하시오. 조병식을 강화유수로 임명하였소. 박규수 서書.

10월 중순, 신헌은 성안에서 축제를 열었다. 군졸과 성민을 위

* 체환(遞還) : 직책임기가 만료되어 돌아옴.

로하는 자리였다. 그들은 오랜만에 마음 놓고 술을 마셨고 노래하고 춤을 췄다. 밤이 이슥할 때까지 성곽에 횃불을 밝히고 흥겨운 시간을 보냈다.

신헌은 수리가 끝나 말끔해진 남문 성루에 앉았다. 읍내 민가에 불빛이 보였다. 체환이라, 돌아가야 한다니 내일은 오랫동안 품었던 그 일을 실행해야겠다고 다짐했다. 가슴이 뛰었다. 신헌은 호패주머니 십자가를 만졌다.

"가자!"

신헌이 흑풍을 재촉했다. 뒤를 따르는 낙희는 영문을 몰랐다. 어디를 가자시는 걸까. 아버지의 표정이 한없이 밝아진 까닭은 무엇인가. 오전 나절을 다 보내고 해가 중천에 떴을 때 갑자기 외출복을 챙기시는 아버지가 평소와는 달라 보였다. 낙희는 앞서가는 아버지를 따라 고려산 고비재를 넘었다.

고개는 가팔랐다. 벗나무가 단풍잎을 떨어뜨렸다. 기암괴석이 솟은 봉우리를 옆에 끼고 고개를 돌았다. 저 밑에 아직 추수하지 않은 황금빛 벌판이 펼쳐졌다. 올해는 오랜만에 찾아온 풍년이어서 민심이 조금 넉넉해졌다. 몇 구비를 돌아 산 밑 마을에 다다랐다. 국정골이었다.

황금빛 벼 이삭이 바람에 일렁였다. 논길로 접어들어 산 쪽으로 방향을 틀었다. 저쪽 산 밑에 촌락이 나타났는데 조금 눈에 띄는 기와집이 우뚝해 보였다. 솟을 대문이 있는 것으로 미뤄 지역 유지인 듯했다. 아버지는 그 집 앞에서 흑풍을 세웠다.

"여기 아무도 없느냐!"

아버지가 인기척을 냈다. 그러자 안에서 하인이 달려 나왔다. 점복이라 했다.

"대감 나리, 먼 길을 오셨습니다. 이리로 드십시오. 기다리고 계십니다."

사랑채 마루에 그녀가 서 있었다. 흰 저고리에 자주색 치마가 가을빛과 어울려 수채화처럼 번졌다. 화단에서 풀벌레가 울었다. 댓돌을 딛고 마루로 올라서는 신헌의 무릎이 휘청했다. 옆에 다소곳이 선 그녀에게서 침향 냄새가 났다. 그녀가 뒤따라 들어섰다. 낙희는 영문도 모른 채 바깥 정원을 거닐었다. 장지문이 닫혔다.

"대감님, 이리 뵙게 되니 이제 소원이 없습니다."

혜련이 말했다.

"부인께서도 무사하시구려. 감개무량합니다."

신헌이 말했다.

곱던 혜련의 얼굴에 세월의 흔적이 앉았다. 환갑에 거의 이르렀으니 그럴 만했다.

"이 늙은 얼굴을 보여드리니 송구스럽습니다."

혜련의 말을 막았다.

"늙기는 나도 마찬가지요. 퇴직할 나이가 벌써 지났는데 이리 지내고 있소."

"도민이 이구동성으로 대감님을 칭송한다고 들었습니다. 저도 고맙기 그지없습니다."

졸였던 신헌의 마음이 풀리기 시작했다. 침향 냄새가 온 방 안에 그득했고, 형형색색의 단풍잎이 휘날렸다. 바람에 실려 허허로움이 어디론가 날려갔다. 신헌은 비었던 가슴에 그윽한 무언가가 샘물처럼 고이고 있음을 느꼈다. 그것은 순식간에 가슴을 그득하게 채웠다.

실로 몇십 년 만에 찾아온 안온함인가? 그것은 어머니 손길 같기도 했고, 이른 봄 새싹에 내리는 따사로운 햇볕 같기도 했다. 세파에 시달린 지아비가 지어미 무릎을 베고 눕듯, 신헌은 실로 오랜만에 찾아온 그윽한 심사에 온 육신을 맡겼다. 신헌의 마음 바닥에 항상 도사리던 허전함, 깊이를 알 수 없는 심연, 몸을 던지면 결코 나오지 못할 것 같은 깊은 한의 바다가 자취를 감췄다.

인생의 출발점에서 끝내 못 지울 연민의 각인刻印을 해놓고 이제 인생의 황혼 무렵에 나타나 눈앞에 앉은 여인에게 신헌의 존재는 구름처럼 가벼워졌다. 내일 군함이 나타난다 해도, 군함이 함포를 수백 발 발사한다 해도 헌의 마음을 가득채운 이 그윽함을 깰 수 없을 듯했다.

용서를 빌 마음의 준비가 된 듯했다. 오랫동안 품었던 그 말을 할 수 있는 것은 해원解寃이었다. 신헌은 정신을 수습하고 천천히 말을 꺼냈다.

"실은 …. 부인에게 꼭 할 말이 있소이다 …. 용서 …. 이십오 년 전 그 서양 신부를 …."

혜련이 급히 막았다.

"아니어요, 대감님, 그건 천주님의 뜻이었어요."

"꼭 그리 잡지 않아도 될 것을 …. 주교가 거기에 있었소."

앵베르 주교, 새남터에서 목이 잘린 주교의 모습이 가끔 보였다. 식은땀을 흘리며 깬 적이 한두 번이 아니었다. 그때마다 혜련이 속삭이듯 말했다.

"대감님, 다 천주님의 뜻이었어요. 천주님의 은총은 누구를 가리지 않는답니다."

"……."

"천주님은 이 세상 사람들과 함께하십니다. 대감님의 마음을 헤아려 주고 또 아픔을 어루만져 주십니다."

얼어붙었던 신헌의 마음이 조금 누그러졌다.

"주교가 나에게 말을 남겼소. 불쌍한 백성을 천주님께 인도하는 길을 터줄 거라고 말이오."

"주교는 가끔 남이 보지 못하는 걸 보는 영혼을 가졌어요. 그의 영혼이 대감님을 인도하시는 거겠죠. 그의 죽음은 누구에 의해서가 아니라 천주님의 뜻입니다. 제가 언제나 대감님을 위해 기도했어요."

혜련의 목소리가 떨렸다. 이 사내를 향한 그리움, 생전에 꼭 한번 뵙고 싶다는 간절함, 그런데 이렇게 눈앞에 나타난 사내의 모습이 그녀의 인내심을 넘어 출렁였다.

"그럴 일이 있을까만…."

어눌함에서 조금 벗어난 신헌이 물었다.

"그런데 어떻게 이리 무사했소? 박해 때마다 걱정이 태산이었는데…."

"3년 전인가요, 미리견 배가 쳐들어왔을 때 성민을 국정골로 피란시킨 적이 있어요. 저희 집에 십수 명이 기거했는데, 마침 어느 아낙네가 저기 저 탁자 서랍을 열어봤나 봐요. 거기에서 묵주를 보고는 혼비백산해 다시 넣었대요. 다음 날 아침에 나에게 조용히 다가와서 묻더군요. 천주님을 믿으면 마음의 평화를 찾을 수 있을까요? 제가 손을 꼭 붙잡고 그랬어요. 간절히 기도하면 천주님의 은총을 받을 수 있다고. 가까이에 포졸이 있었는데 말이지요."

"위험천만이었구먼, 천주님이 봐주신 덕이오, 하, 하, 하!"

신헌이 박장대소했다.

마음 놓고 웃어본 적이 얼마 만인가? 넋 놓은 웃음에 실려 마음에 그득한 애틋함이 공중으로 흩어졌지만 곧 샘물처럼 다시 채워지는 걸 느꼈다. 정말 알 수 없는 이치였다. 혜련 앞에선 이리도 평온하다니. 신헌의 심연을 맴도는 허허로움은 연기처럼 사라졌다.

"어머니, 술상을 올릴까요?"

밖에서 낭랑한 목소리가 들렸다.

"그래라."

장지문이 열리고 아담한 찬상에 술과 안주가 실려 들어왔다. 혜련의 옛 모습을 빼닮았음에 신헌은 내심 놀랐다.

"제 유일한 피붙이예요. 인사드려라, 옥아."

"옥이라 하옵니다. 어머니를 뫼시고 살고 있습니다."

"그래, 말 못할 곡절이 있겠구나."

"예, 그러하옵니다. 홀어머니를 모시겠다고 혼기를 놓쳤습니다."

"저 아이가 고집이 세서 혼례를 치를 생각을 하지 않아요."

혜련이 가엾다는 듯 말했다.

"흠…. 그래, 어머니 잘 뫼시거라."

"어머니, 탕약 식기 전에 드시어요."

옥이는 절을 올리고 뒷걸음으로 물러 나갔다. 마재 스승댁에서 사랑방을 물러나가는 혜련의 모습이 겹쳤다.

옥이가 댓돌을 내려와 뒤로 돌아설 때 집 밖을 돌아보고 대문에 들어서는 낙희와 눈길이 마주쳤다. 한순간이었다. 옥이의 마음에 출렁이는 물결이 일었다. 낙희는 그 자리에 섰다.

'아!'

가슴속 깊이 갈무리해뒀던 무엇이 꿈틀 솟았다. 정신이 아득해져 그 자리에 장승처럼 서 있을 수밖에 없었다. 군무에 열중하던 그 긴 세월 동안 여인의 모습이 가슴에 성큼 들어와 본 기억은 없는데, 느닷없이 마주친 그녀의 눈빛은 낙희의 단단한 성벽을 일격에 무너뜨렸다. 한순간이었다. 치마저고리를 단정히 차려입은 그녀는 얼른 눈빛을 거두어 안채로 사라졌다. 그녀가 사라진 쪽문 근처에 가을햇살이 굴러 떨어졌다. 풀벌레가 울었다. 낙희는 마음을 진정시키느라 한동안 안마당을 서성였다. 가을 잔바람에 흔들리는 국화꽃 물결을 따라 마음은 여전히 두근거렸다.

'내가 …. 왜 이러지 ….'

낙희는 정신을 수습했지만 어떤 폭풍이 일순간 지난 듯한 느낌이었다.

장지문 안에서는 여전히 얘기 소리가 두런두런 들렸다. 부친이 뭐라 묻는 듯했다.

238

"물어보고 싶은 게 있었소. 어떻게 천주교인이 된 거요?"

"제 어릴 적에 조부의 서재에서 《천주실의》를 읽었어요. 안정복의 《천학문답》도 봤는데 무척 흥미로웠어요. 천주교에 대한 호기심이 동했지요. 이게 뭔가? 신부는 뭐하는 사람인가? 신앙이 뭔가, 이런 호기심들 말이에요. 조부께 자주 여쭤봤고요. 오촌 아재가 정하상이라고 천주교 신자고요, 기해박해 때 순교하셨어요. 앵베르 주교…. 아니, 오촌 고모부가 황사영이었는데 신해박해 때 순교했지요. 자연히 그렇게 되었어요."

"그럼, 스승님이 돌아가실 때에 신자들이 왔소?"

"그때 강화에서 마재까지 가자면 이틀이 걸렸어요. 제가 도착하니 장례식이 거의 끝날 무렵이어서 정말 그랬는지는 저도 몰라요. 가족들에게 캐묻지 않았어요."

"그랬구먼…. 그런데 저 책자와 신문은 다 무엇이오?"

"쿡, 쿡…."

혜련이 손으로 입을 가려 기침을 참았다. 신헌이 놀라 물었다.

"아니, 어디 불편한 거요? 혈색이 좋아 보이지 않구려."

"아니어요, 별것 아니어요. 가끔 어지럽기는 해도요…."

혜련은 곧 평상을 회복해 말을 이었다.

"제가 적적해서 《해국도지》 같은 걸 가끔 봐요. 저 신문은 중국에서 발행한 〈만국공보〉 등속이지요. 여기 강화도에 중국 상해를 오가는 선박이 가끔 정박해요. 제가 손수 부탁해서 선주가 구해다 줘요. 요즘 일본 동향이 심상치 않다는 기사를 많이 접하게 되네요. 대감님, 부디 조심하셔야 합니다."

"그 스승님에 그 손녀시네. 그럼 나를 많이 도와주시오."

술이 약간 오르자 신헌은 아늑하고 흥겨워졌다. 혜련과 여기 이 사랑채에서 한없이 함께하고 싶었다. 마음속에 늘 그늘을 드리운 부채를 털어내자 이제는 연민이 속절없이 몰려왔다. 세월이 흘러도 혜련은 곱고 아름다운 자태를 잃지 않았다.

신헌이 마음을 다잡고 말을 이었다.

"아마 곧 헤어져야 할 것 같소. 조정에서 돌아오라 하니. 조병식이 유수로 임명되었소. 아무쪼록 그자를 조심하오."

혜련이 쿡쿡 기침을 하며 땀을 닦았다.

"아버님, 가실 때가 되었어요."

낙희가 채근을 했다.

"참, 내가 낙희 인사시키는 것도 잊었네그려. 그래, 나가마."

신헌은 아쉬운 마음을 꾹꾹 누르며 힘겹게 일어섰다. 장지문을 열고 마루로 나서며 말했다.

"낙희야, 인사 올려라. 다산 스승님의 손녀이시다."

"예, 낙희라 하옵니다. 이리 뵙게 돼 영광입니다."

뒤따라 나선 혜련이 흐뭇해하며 말했다.

"대장부를 두셨군요. 올해 몇이신가?"

"예, 서른여덟입니다. 아버지를 모시느라 혼기를 놓친 지 오랩니다."

"부인이나 나나 형편이 비슷하구려."

신헌이 헛, 헛, 웃었다.

낙희가 인사를 올리고 돌아서는데 뒤켠 화단에 서 있던 옥이와 다시 눈이 마주쳤다.

"아!"

낙희가 기어이 짧은 신음소리를 냈다.

낙희는 흑풍을 데리고 돌아오며 흘끗 옥이를 훔쳤다. 옥이의 얼굴이 빨개졌다.

"부인, 갑니다. 부디 몸조심 하시오."

신헌의 목소리에 애틋함이 묻어났다.

혜련과 옥이는 마당을 나서는 두 남자를 물끄러미 바라봤다. 아버지를 따라나서는 낙희가 또 뒤를 돌아봤다. 옥이의 모습이 눈에 인화印畵되는 듯했다.

강화도

동헌東軒

병자년 2월 5일, 강화도에 입성한 지 닷새가 지났다. 눈발이 날렸다. 일 년 만에 다시 찾은 동헌東軒이 감개무량했다.13 동헌 앞에 있는 중영, 연무당, 열무당이 마치 제 집처럼 포근하게 느껴졌다. 신헌이 보낸 가장 행복한 시간이 거기에 있었다. 신헌은 혜련의 수문장이었고 집사였고 노복奴僕이었다. 자신의 일과 마음이 그렇게 합치된 적은 없었다. 마음의 평화가 그런 것인가, 고려산을 넘어 국정골로 달려가고 싶은 욕망을 참아냈던 것도 그 마음의 평화 덕분이었다.

그런데 지금은 마음의 장벽을 곧추세워야 한다. 적이 왔다. 밀쳐내도 끝없이 진입하는 적이 찾아왔다. 이번에는 왜적이다. 조부가, 스승이 그리도 경계심을 늦추지 말라는 왜적이 전함을 끌고 찾아왔다.

멀리 초지진 쪽에서 대포소리가 울렸다. 포 소리는 한동안 멈추지 않았다. 백성이 놀라지 말아야 할 텐데 걱정이 되었다. 어제 모리야마가 양해를 구했다. 오늘이 진무神武황제 즉위일이기에 함대에서 기념식을 한다고 했다. 예포소리가 크게 날 터지만 괘념치 말라는 얘기였다. 낙희를 시켜 해안 포대에 공문을 즉시 발송하라 했는데 초지첨사가 놀라서 장계를 보냈다.

전함에서 일제히 대포를 발사했습니다. 대포는 하늘에서 터져 민가의 피해는 없었습니다. 함선에서 병사들이 함성을 지르더니 일시에 조용해졌고 다시 군악대가 연주했습니다.

장계는 곳곳에서 도착했다. 포 소리가 의심스럽다는 보고와 뭍과 섬에 상륙한 왜병, 화륜선 두어 척이 종선을 끌고 오간다는 보고가 주류였다. 남양부사의 장계에서 함대의 간계가 읽혔다. 이양종선 한 척이 남양만 섬에 상륙해서 깃발을 여러 개 꽂았는데 문정해 보니 일본에서 함대와 합류하러 올라오는 병선에 본함의 소재를 알리는 목적이라 했다. 신헌은 알아차렸다. 거짓이다. 병선들이 속속 파견된다고 알려 겁을 주려는 것이다.

초지첨사가 보고했다. 수십 왜병이 초지 해안에 상륙해 군사훈련을 했고 기병 다섯이 내려 쇠수레와 말을 돌본다고 했다. 이튿날 보낸 장계에서는 왜병 백여 명이 이상하게 생긴 무기를 싣고 상륙해 열병식을 하며 주둔하고 있는데 어떻게 해야 할지를 물었다. 신헌은 이미 왜군의 상륙을 허가한다는 조정의 관문關文을 받은 상태였다. 신헌은 해안첨사들에게 공문을 발송했다.

유원柔遠의 의리로 돌보라. 계속 보고하라.

　공문을 받아본 부사와 첨사들은 여전히 조정의 힐문이 두려웠다. 이양선이나 양적이 뭍에 상륙하기 전 내양에서 쫓아내야 그들의 목숨을 부지할 수 있었다. 만약 그들이 육지에 상륙하거나 관례를 어겨 도움을 준 것이 밝혀지면 그곳 관리는 바로 면직처분을 받는 게 조정의 율령이었다. 관리의 해명에 하나라도 의심쩍은 바가 발견되면 심지어는 참수형에 처해진다.
　그러니 일본 함대가 목격되는 해안지역의 관리들이 밤잠을 설치고 경계태세에 돌입한 것은 당연했다.
　강화유수 조병식이 떠올랐다. 신헌은 이자를 참수해야 마땅하다고 생각했다. 괘씸한 놈, 간교한 놈 같으니! 그놈의 얼굴에서 비열함이 느껴졌는데 아니나 다를까 이런 화급한 상황에 국법의 허를 찔러 생명을 구걸하다니, 소민의 생명은 아예 안중에 없고 자신의 자리나 보존하려는 그런 자가 그득한 조선의 운명이 암울했다. 적이 화포를 대동하고 몰려오는 이 와중에 조병식은 사처에서 익직瀆職의 변을 가득 나열한 상소문을 작성하는 데 몰두했다. 그자가 올린 상소문을 기록해 두었다.

　신은 무방비 상태에서 왜병의 상륙을 허락하지 않을 수 없었습니다. 유원의 의리를 저버리지는 않았지만 해방海防을 수행할 수 없는 죄를 엎드려 속죄하고자 합니다. 그들이 화기를 대동하고 막무가내로 들어오니 국가의 안위가 위태로움에도 접견을 허락하지 않을 수 없었고 금수를 쫓아내지 못해 조정과 종묘사직을 오염시킨 죄를 졌습니다. 빈손으로 엎드려 통한의 눈물만 흘릴 따름입니다. 신에게 엄한 국법을 적용해 처벌해 주시옵소서. 달게 받겠나이다.

이에 의정부가 답했다.

신은 너무 자책하지 말고 직책수행에 힘쓰라.

그런데도 그자는 후환이 두려워 또 상소문을 작성해 올렸다.

조정에서 소신에게 적절히 대처할 방도를 찾으라고 했는데, 왜군의 등등한 기세 앞에 총 한 발 쏠 수 없는 이런 지경에 신은 다른 방도를 찾기 어려웠나이다. 종묘사직과 옥당의 체통을 지킬 수 없으니 또한 죽어 마땅한 죄를 저질렀습니다. 죽여주시옵소서.

의정부가 또 답했다.

후에 견책할 터이니 직무에 충실하라.

그래도 그자는 관아에 얼굴을 비치지 않았다. 후에 견책이 있을 시 자진한 직무정지를 정당화할 충분한 사유를 갖췄다고 판단했던 거다. 교활하기 짝이 없는 놈!

성안이 부산했다. 성안에 사절단과 수행원, 호위병의 숙소를 차리게 해달라는 모리야마의 청을 오경석이 전달해 들어주었다. 불가피한 조치였다. 구호舊好를 회복하는 데 왜 군대와 함대를 동원해야 하는지 불쾌하기 짝이 없었지만 기왕에 이리된 것을 수용할밖에 어찌할 도리가 없었다. 조정도 어눌하기는 마찬가지였다. 일본이 그런 효과를 노렸던 거다.

대규모 병력을 끌고 가면 조선이 어쩌겠는가, 무력을 동원해 막아내려 한다면 곧장 한양을 점령할 명분이 생긴다. 로서아가 남하하는데 일본은 더는 지체할 수 없다고 판단했을 거다. 강제로라도 쇄국을 무너뜨리고 조선을 일본의 속방으로 만드는 전초작업을 서두름에 틀림없다.

대만을 점령했으니 다음 차례는 조선이다. 신헌은 일본의 이 원대한 계획을 어렴풋이나마 감지했다. 그런 소문이 실제로 떠돌았고 몇 년 전 〈중외신보〉에 야도 마사요시八戸順叔가 쓴 기사가 알려졌다. 일본에게 5년마다 해야 할 조공의무를 조선이 폐기해서 일본은 군대를 일으켜 조선정벌에 나설 거라는 내용의 기사였는데 조정 대신의 공분을 일으켰다. 서계를 공공연히 거절한 것도 이 기사 때문이었다. 그런데 이제 이들이 따지러 왔다. 대포와 병력을 이끌고 강화도에.

여차하면 한양으로 진격한다는 이들의 협박을 내가 구축한 포대가 막아낼 수 있을까를 헤아려보는 신헌의 마음은 뒤숭숭했다.

일국 병사가 진군해 왔다. 모두 서양식 제복을 입어 위용이 있었다. 늘씬한 군마가 쇠수레와 화포를 끌었다. 쇠수레에는 병사의 숙영에 필요한 식기와 식량이 실렸고, 뒤에는 커다란 대포 두 문과 회선포* 다섯 문이 달렸다. 대포와 회선포를 기마병이 호위했는데 조선에서는 볼 수 없는 힘찬 말이었다. 조선 군졸들이 그 위용에 겁을 먹었다. 낙희가 군기를 잡았는데 군졸의 두려움을 내쫓을 수 없었다.

사절단은 숙소로 내준 중영中營에 함대영艦隊營이라 쓴 큰 깃발을 내걸었다. 우리의 성안에 저자들이 마음대로 치장하고 위용을 과시하는 것이 심히 걸렸지만 기왕에 허락한 것을 어찌할 도리가 없었다. 신헌은 심란했고, 낙희는 화포와 군마 앞에서 망연자실했다.

며칠 후 아침, 진시辰時경에 일본 대신 일행이 드디어 진군해 왔다. 신헌은 동헌 대청에 섰다. 매서운 바닷바람이 성안으로 몰려왔다. 조선 접견단이 동헌 앞마당에 도열했다. 부대관 윤자승, 호군 낙희, 첨정 오경석, 수행원 강위 그리고 군관이 차렷 자세로 줄을 섰다.

군악대 연주가 점점 크게 다가왔다. 길동이가 망을 보다가 급히 달려와 대신 일행이 남문을 통과했다고 알렸다. 서양식 군악대가 동헌 마당에 들어와 정렬했고 연주를 그치지 않았다. 동헌에 낯선 악대 소리가 한가득했다. 담장 너머 구경하는 성민의 얼굴이 호박처럼 열렸다. 형형색색의 천을 잇댄 의상을 차려입은 의장대가 마당에 들어섰다. 이윽고 칼과 총으로 무장한 백여 호위병에 둘러싸여 기마를 탄 대신이 모습을 나타냈다.

모리야마와 사절단 일행이 군마를 타고 뒤를 따랐는데 모두 양식 정복을 착용해 단정해 보였다. 행진 군관의 호령에 맞춰 행렬이

---

* 회선포(回旋砲) : 서양에서 수입한 개틀링 연발총.

250

일제히 멈췄다. 대신이 기마에서 내렸다. 신헌은 댓돌을 딛고 내려서며 대신을 영접했다. 젊은 장수였다. 제복에 매단 훈장과 금박장식이 번쩍였다.

"먼 길을 오느라 수고했소이다. 주상께서 그대들을 위로하라 했소이다."

신헌이 말했다.

"이렇게 영접해 주시니 감사하기 그지없습니다."

일본 역관이 통역했다.

"왜 이리 소란스럽게 왔소이까?"

"신은 국가의 명령을 수행할 뿐입니다."

젊은 장수 치고는 예의가 바른데 말투에는 오만함이 묻어났다.

'이자가 남의 나라 국법을 어긴 것은 개의치 않는구나!'

"일단 안으로 드십시다."

신헌이 동헌 내실로 안내했다. 접견례였다.

"접견대관 신헌이라 하오."

신헌은 장지로 만든 명함을 건넸다.

판중추부사 종일품 접견대관, 신헌.

구로다가 명함을 내밀었다.

전권변리대신, 육군중장 겸 참의 개척장관, 구로다 기요타카.

"자, 차를 우선 드시지요."

신헌이 권했다. 긴장된 침묵이 흘렀다.

구로다가 말했다.

"구호舊好를 회복하는 일이 이리 힘드니 우리 정부에서 구원舊怨이 쌓였소이다."

"그 일은 천천히 얘기하기로 하고 여장을 푸시지요."

"그리하겠소이다. 일단은 물러가고 내일 다시 뵙기를 바랍니다. 사절단 숙소를 마련해 주셔서 고맙기 그지없습니다. 폐를 끼치지는 않겠습니다. 나중에 숙영에 드는 비용을 지불하겠습니다."

"그런 사소한 일에 괘념치 마시오. 멀리서 온 손님을 영접하는 것 또한 우리의 예법이오."

접견례는 끝났다. 군악대가 앞장서고 구로다는 기마에 올랐다. 마당에 들어선 순서대로 발길을 돌린 사절단 일행은 중영으로 향했다. 내려가는 행렬이 담장 너머로 보였다. 담장에 얼굴을 내밀었던 성민은 행렬을 따라갔다. 군졸과 아전이 행진 모습에 감탄하며 멍하게 서 있었다. 눈발이 굵어졌다.

회오 悔悟

병자년 2월 11일, 밤새 눈이 하얗게 쌓였다. 담화증(천식)이 도져 몸이 으슬으슬 떨렸다. 가슴이 답답했고 숨이 가빴다. 아침 일찍 당마塘馬가 도착해 서한을 전했다. 운현궁과 계동 박 대감 편지가 동시에 도착했다.

일본이 양洋과 사통해 예를 버리고 탐욕을 배웠으며 화포로 무장해 이웃을 넘보니 양과 더불어 금수가 됐다. 동래를 닫고 통상을 허하는 것은 저들의 야만을 수용하는 길이요, 화포에 굴복해 우호를 허하는 것은 예의지국의 도가 아니다. 망국과 매국을 솔선하지 마라.
운현雲峴 서書.

저들이 양洋과 한편이 되었으나 우리에게는 하나밖에 없는 유일한 우호이니 닫는 것은 고립을 자처하고 더 큰 화를 부릅니다. 신 공이 잘 대처하시리라 믿소. 환재瓛齋 서書.14

신헌은 밀고 밀쳐내는 경계 위에 올라서 있었다. 밀어내고 끌어안는 두 힘 사이에서 용케도 버텨왔다. 그런데 이제 밀어내고 끌어안을 힘이 나에게 아직 남아 있는가. 나의 교두보는 안전한가. 안간힘을 쓰며 지탱했던 교두보를 무너뜨릴 최후통첩이 항산도 앞바다에 정박했다. 평생 막았던 해안을 개방하라고 윽박지를 일본의 젊은 장수가 저 중영에 대기하고 있다. 밀어낼 힘은 결국 쇠락하겠지만 신헌은 힘을 내야 했다.

끌어안을 힘으로 밀어낼 힘을 보태야 했다. 두 개의 힘은 신헌의 교두보에서 중화될 것이다. 중화해서 충격을 줄이는 것, 결국 밀려들어 올 힘의 충격을 완충하는 일이 신헌에게 주어진 운명일 터이다. 신헌은 호패주머니 속의 십자가를 어루만졌다.

미시未時에 본격적인 협상이 시작됐다. 구로다 일행이 와서 진무영 열무당閱武堂에 대좌했다. 신헌, 윤자승, 오경석, 강위가 앉았고, 저쪽에는 구로다, 이노우에, 미야모토, 모리야마가 마주했다. 긴장이 흘렀다. 일본 사절단은 밤새 담판 전략을 짰는지 득의양양한 표정이었다.

구로다가 따지듯 입을 열었다.

"작년 조선 병사가 운요호를 포격했는데 귀 정부에서는 아무런 사과도 하지 않았소. 이런 무례가 어디에 있소이까?"

신헌이 조용히 입을 열었다.

"구호를 회복하러 온 자리에 적당한 언사는 아니오. 다 지나간 일이니 앞날을 도모합시다."

254

"게다가 7년째 서계를 거절당했는데 우리 정부가 분노하고 있고 민심도 들끓고 있소이다. 몇 년 전에 분노한 장수들이 사가 현縣에 모여 조선을 정벌하자고 군대를 일으켰는데 겨우 무마했소. 그 사실을 알고나 있소?"

"그것도 지난 일이오. 장수들을 무마했다니 고마운 일이오. 감사를 표하오."

"신은 그대 국왕의 회오悔悟를 받으러 왔소. 공식 문서로 답해 주시오. 그대가 전결권이 없다고 하니 조정에 사과공문을 청해 주시오. 며칠 내로 답하지 않으면 돌아가 우리 정부에 그 사실을 고하리다. 이후 일은 신도 책임질 수 없소."

신헌의 표정이 굳어졌다.

"국왕에게 회오란 어울리지 않소. 신하는 군왕에게 그런 무례한 말을 차마 입에 담지 못하오. 백성이 천재지변에 신음하지 않는한, 국왕은 회오하는 일이 없소. 기왕에 먼 길을 왔으니 강신수목*을 논의하는 게 옳을 듯하오."

구로다는 젊은 기운에 분을 참지 못했다.

모리야마가 말을 거들었다.

"소신이 몇 년 전부터 교제를 회복하려고 동분서주했습니다. 대大 자와 황皇 자를 트집 잡았는데 그거야 우리 일본이 알아서 할 일이고 조선의 일은 아니잖습니까. 하도 그래서 몇 글자를 고쳐서 새로 서계를 작성해 제출했는데 2년이 지나도록 감감무소식이니 우

---

* 강신수목(講信修睦): 신의를 강구하고 친목을 다짐.

리 정부가 굴욕을 느낀 것은 당연한 이치 아니겠습니까? 사태가 이
지경에 이른 책임은 조선에 있습니다."

이번에는 오경석이 나섰다.

"소신 생각으로는, 도리를 벗어난 건 귀국도 마찬가지입니다.
대마도 가역家役을 폐하고 한양에 공관을 설치한다고 일방적으로
통고하면 어찌 그걸 덥석 받을 수 있겠습니까? 나라 간 교제에는
항례와 항식이 있는데, 이제는 서양식으로 변경하자고 하면 중국
예부의 허락을 득해야 하는 조선으로서는 난처하고 황망하지요.
이번 일만 해도 중국 예부로부터 아무런 자문이 없습니다. 우리 대
관께서 귀대신의 요청을 품달해도 묘의廟議를 결단하려면 중국 총
서의 조회문을 받아야 합니다. 사정이 그러하옵니다."

구로다가 화를 진정시키며 말했다.

"아무튼 열흘 드리겠소. 국왕의 회오를 받아오시오. 그것이 불
가하다면 한양으로 진격해도 좋다는 정부의 허락을 받았소이다.
함대가 준비를 완료했소. 그리고 이것!"

구로다는 품에서 비단보에 싼 문서를 꺼내 탁자에 놓았다.

"통상조약문이오. 잘 요해了解해서 국왕의 재가를 받아오시오!"

'이자를!'

뜨거운 울화가 목울대까지 올라왔지만 신헌은 내색하지 않고 차
분히 말했다.

"재차 말하지만 회오는 불가하오. 그리고 동래의 관례를 회복하
면 족하지 새삼스레 통상조약문이라니요. 그것 역시 신이 결단할
문제가 아니고 조정의 뜻에 따라야 하오."

구로다가 손짓하며 말했다.

"동래 관례는 구식이오. 이미 수명을 다한 고목과 같소. 고목은 쓰러져 썩을 뿐이고, 거기에 새 생명이 움트듯 나라 간 새로운 교제가 시작된 걸 모르오? 이 조약문은 천지의 공도公道를 따르고 만국보통의 예禮*에 의거한 새로운 약조요. 만약 조약문을 회피한다면 조선이 구호를 회복할 뜻이 없다고 간주하겠소!"

신헌은 직감했다. 만국공법, 그것이었다. 각 나라에 균등과 공평으로 대등한 자격을 부여한다는 명분, 그러나 화이華夷질서를 깨트리려는 의도였다. 화이질서는 기울고 있다. 박 대감도 화이일체**라 하지 않았는가. 그 말은 그럴 법한데, 그 뒤에 도사린 일본의 의도에 음험한 그림자가 어른거렸다. 단호한 태도가 필요했다. 어쨌든 밀쳐내야 했다.

신헌이 못 박았다.

"귀관도 알다시피 조선은 동쪽에 치우친 나라요. 서양이 가장 늦게 오는 먼 지역에 위치했소이다. 영길리나 미리견도 조선에 오자면 여러 달이 걸리오. 그래서 귀국하고만 교제를 했을 뿐 외국과 통상한 적은 수천 년 이래로 없소이다. 게다가 조선은 물산이 부족해서 통상할 만한 게 없소. 산에는 나무가 없고, 땅을 파봐야 나올 게 없소. 해안에 나가보시오. 끝없는 갯벌에 무엇이 있겠소? 억새와 잡풀이 우거졌을 뿐이고 산천은 헐벗었소이다. 목재는 저 북쪽

---

* 만국보통의 예: 앞서 이른 《만국공법》(萬國公法)을 뜻함.
** 화이일체(華夷一體): 중국과 변방국은 대등하다는 뜻.

함경도에서나 뗏목으로 실어오고, 철鐵도 그곳에서 겨우 조달할 뿐이오. 논밭이 협소해서 인민이 먹을 것을 구하기도 어려운 지경이오. 홍수와 한발이 잦아 추수할 곡식이 종종 피해를 입소. 동래 왜관에서 교시攷市한 물자 목록을 훑어보시오. 인삼, 웅담, 비단, 자기, 공예품과 서예품 그런 것밖에 없소이다. 상인도 봇짐 들고 여기저기 다니는 보부상 정도이지 도고都賈는 경강상인 외에는 별로 없소. 없는 물자를 밖으로 내가면 우리도 손해, 귀국도 득 볼 게 없는데 서로 불편한 약조를 뭣하러 이리 애써가며 맺으려 하시오. 천지의 공도는 그럴듯하나 조선에는 어울리지 않는 말이오."

구로다는 이 영감이 보통은 아니라고 판단했다.

'음, 만만한 인물이 아니구나!'

그렇다고 물러갈 수는 없는 법, 구로다가 최후통첩을 하듯 일어서면서 말했다.

"그건 신이 알 바가 아니고, 단지 우리 정부의 명령을 수행할 뿐이오. 어제 본국에서 시나가와品川 병선이 병력 천 명을 태우고 이리로 오고 있소. 무얼 뜻하는지 아시겠지요! 열흘 드리겠소. 귀국의 묘의廟議를 밝히시오."

신헌이 비장하게 받았다.

"이 조약문서는 신이 받을 수 없소이다. 얼핏 보니 대大 자와 황皇 자를 여전히 쓰고 있고, 문서 말미에 국왕 어명御名을 쓰라 하는데 그건 나의 권한을 넘어선 묘당의 결단이오. 조선에는 성姓과 휘諱를 삼가오. 하물며 군부君父에 이르러서야. 대신께서 이리 내놓으셨으니 일단 조약문을 검토하겠소이다. 원본은 접수할 수 없고

258

하니 일단 필사해서 조정에 품신하겠소!"

"원본을 접수하시오! 다른 방도는 없소!"

구로다는 냉정하게 한마디를 남기고 화가 난 듯 나가버렸다. 모리야마와 그의 일행은 약간 당혹스런 표정을 비쳤지만 담판의 계략인 것은 분명했다.

신헌은 오경석에게 조약문을 필사하라 일렀고, 모리야마는 조약문 원본을 거둬 중정으로 물러갔다.

사태의 전모가 이렇게 드러났다. 만국보통의 예, 그에 의거한 조약문, 그것이었다. 합리적 명분을 가장한 일본 세력의 교묘한 팽창, 어둠이 가시지 않은 조선에 새벽을 몰고 온다는 미명하에 날로 뻗칠 일본의 탐욕이 조약문에 가득 들었다.

신헌은 현기증이 일었다. 저 힘을 어떻게 중화시킬 것인가.

겨울 해는 짧았다. 돌아오니 동헌에 어둠이 내리기 시작했다.

완충緩衝

병자년 2월 14일, 담화증이 심해졌다. 몸이 욱신거렸고 신열이 났다. 엊그제 늦게까지 벌였던 격론에 신경을 곤두 세웠던 모양인지 피로가 엄습했다.

신헌은 몸을 일으켜 앉았다. 조약문을 요 며칠 밤새워 읽고 또 읽었다. 천하공법天下公法의 논리로 균등과 공평을 앞세웠지만, 동래를 폐하고 두 항구를 개항하라 하고, 한양에 공관을 설치한다는 조항은 마음에 걸렸다. 대마도와 왜관을 통하던 교린우호의 구례를 완전히 혁파하는 것을 뜻했다.

동헌에 잠시 들른 수행원들과 얘기를 나눴다. 저들의 수작이 수상쩍다고 강위가 성토했다.

"통역이 이르기를, 조선은 산중에서 홀로 늙어가는 노인과 같아서 바깥 사정은 외면한 채 안분자족安分自足하고 있다 비난했습지요. 일본은 벌써 여러 나라와 약조를 체결했다고 하더군요. 서양문물을 받아들여 무기를 만들고 배를 제조한다고 자랑이 늘어졌어요.

260

원래 오랑캐는 감추지 못하고 떠벌리기를 좋아한다던데 꼭 그 꼴입니다. 조약문이 동래 구례와 다를 바 없는데, 수고와 비용을 들여가며 먼바다를 건너온 것에는 필경 곡절이 있을 터. 바다에 그물을 던지고 산을 파헤쳐 보물을 취하고 싶어서인지 원. 교린상경交隣相敬을 이리 무기를 들고 다짐해야 할 명분이 뭔지 수상하기 짝이 없습니다."15

오경석이 다른 의견을 내놨다.

"추금秋琴의 말씀에 사료할 바가 없지는 않습니다. 모리야마와 많은 얘기를 나눴는데 조선의 고집과 아집을 성토하더군요. 그건 귀국이 엄중히 지켜야 할 예법을 지키지 않아서 그렇다고 응수했지요. 그런데 일본이 예전 도쿠가와 막부가 다스리는 나라가 아니고 번주藩主가 천황에게 권력을 바친 지 오랩니다. 법국이나 영길리 같은 나라가 됐다는 거지요. 신식군대를 창설했고 전함과 화포를 자체적으로 만들어요. 부대신 이노우에 가오루가 문명개화文明開化라고 하더군요."

오경석이 주위 분위기를 살피며 조심스레 말을 이었다.

"일본이 조약을 성사시켜 우리 조선에게 문명개화를 가르쳐준다고 하는데 왜 조선은 그리 완강하게 거절하는지 알 수 없다 하더군요. 꼭 이렇게 전함을 동원해서 성사시켜야 하는지 답답하다 했습니다. 가만 따져 보면 일리는 있는데 저들이 말 안 하는 속사정을 숨겨둔 듯해서 영 마음이 놓이지 않습니다. 저들이 무력시위를 저리 하고 있으니 일단은 받아들이고 나서 실리를 따질 궁리를 강구하는 편이 좋지 않을까 생각합니다만…. 중국도 결국 서양의 등쌀에 견디지 못할 듯하고요."

낙희가 분을 억누르며 말했다.

"아버님, 소자는 저들의 화기와 대포와 전함이 두렵습니다. 전함은 세를 내서 들여왔다고 하는데, 그 방도를 기필코 알아야겠습니다. 이대로는 백전백패입니다."

신헌은 오경석과 낙희의 논리에 동감하는 바가 적지 않았다. 세상이 이런 추세로 돌아가 천하공법을 언젠가 용납해야 한다면 지금 용단을 내리는 게 나쁘지 않다는 생각이 들었다. 밀려오는 힘이 저리 강하니 나의 무력으로서는 막아낼 수 없다. 저들을 방어하다 나는 죽을 수 있지만 포대와 진을 짓밟고 조정과 백성을 총과 칼로 핍박한다면 조약문 하나로 완충지대를 만드는 게 현명하다는 판단이 들었다.

조선은 저 완충지대를 활용해서 시간을 벌 수 있을 것이다. 중국 예부가 어찌 나올지 근심이 되었지만 일본이 사신을 보내 무마할 것이다. 묘당에서 중국에 변명할 거리를 만들어야 한다. 일본과는 삼백 년 동안 동래를 통해 교린상경*을 해왔기 때문에 이번 조약은 결코 새로운 것이 아니라고 하면 질책을 피해갈 수 있을 것이다.

조선은 저 완충지대로 잠시 이전해서 벌떼처럼 몰려들 서양과 어떻게 일일이 대적할지를 궁구해야 한다. 일본과의 새로운 약조가 알려지면 영길리, 미리견, 로서아, 법국이 일본과 같은 조약을 맺자고 덤벼들 것이다. 그때 중국은 어찌 나올까? 조회문과 자문

---

* 교린상경(交隣相敬) : 이웃나라 간 서로 공경하고 존대해서 잘 지냄.

이 수십 차례 오가고, 불가 조치가 내려올 것이다. 조선은 구래로 인신무외교*를 존숭했는데 이 약조를 계기로 중국 외에 다른 나라와 외교하지 않는다는 예의성신禮義誠信을 깨트리게 된다.

중국의 오해를 불러 화를 자초하지 않으려면 조약문 12항은 폐기하는 게 옳다.

다른 나라와 통상조약을 맺을 경우에 일본도 동등한 권한을 갖는다.

이 조목을 수용했다가는 중국의 질책으로 묘당이 편치 못할 것이며 호시탐탐 기회를 노리는 외국이 몰려들 것이다.

조선은 이중 고통을 당한다. 내수內需도 단단히 하지 못한 채 양인과 양물洋物에 휩쓸릴 것이고 조선을 속방으로 간주하는 중국과 천하공법을 앞세운 일본의 싸움이 격화될 위험이 있다. 12항을 폐기하면 일단은 쓸데없는 충돌은 막을 수 있다. 그러나 이 조약으로 해방海防과 쇄국의 단단한 참호 속에 살았던 지난 세월은 막을 내리고 있음을 신헌은 직감했다. 아니 막을 내려야 한다.

밀려오는 힘을 더는 막아낼 도리가 없다면, 일단 문을 열어서 그게 무엇인지 깨닫고 시세를 살필 시간을 가져야 한다. 준비할 시간이 필요하다. 이게 어둠을 내릴까, 아니면 새벽을 몰고 오는가? 아무튼 버티자. 조약문을 덥석 받을 수는 없다. 저들이 총칼로 위협하는 조약에 필시 숨은 곡절이 있을 터, 그것을 따져 묻고 간파해

* 인신무외교(人臣無外交): 《예기》(禮記)에 나오는 말로, 남의 신하가 된 자는 외교할 수 없으며 두 군주를 섬기지 않는다는 뜻.

야 한다. 신헌은 새로운 세월이 시작되고 있음을 예감했다.

이게 길을 트는 일인가? 기해박해 때 송추 노릇골에서 체포한 서양 신부 앵베르 주교의 말이 떠올랐다.

'그대는 신령체인 영혼이 음식만으로 살지 못한다는 것을 이미 아는 사람입니다. 천주의 거룩한 마음을 이해하려는 그 표정 …. 언젠가 불쌍한 백성이 마음 놓고 천주님을 찬양할 수 있게 길을 닦을 겁니다.'

일본도 천주교를 박해했던 나라이니 통상조약과 천주교는 아무 관계도 없을 터. 그런데 신헌은 희미하고 미묘한, 바람처럼 가볍고 구름처럼 흩어지는 어떤 연관이 지어졌다 사라짐을 느꼈다. 환각인가.

해방된 해안에 신부들이 끊임없이 발을 디딜 것이다. 전함은 살상을 가져올 터지만, 신부는 구원을 들고 온다. 구원과 살상이 한꺼번에 밀려온다? 그게 진짜 구원일지는 두고 볼 일인데 두 번이나 칼을 받은 앵베르 신부의 얼굴이 그리도 환희에 차 있었기에 진짜 구원일지 모른다. 군왕을 섬기고 조상을 예전처럼 모신다면 천주교가 그리 해가 될 것은 없다. 이 모든 새로운 것의 시작을 조정과 백성은 감당할 수 있을까?

낙희가 밖에서 아뢨다.

"아버님, 점복이가 왔습니다. 문안드립니다."

장지문을 열었다. 점복이가 장지에 싼 작은 항아리를 들고 서 있었다.

신헌은 기운이 났다.

"무슨 일인가?"

"예, 마님께서 이걸 갖다 드리라 해서 아침 일찍 길을 떠났습니다. 탕약입니다."

"그걸 어찌 마련했느냐? 날 주고 밖에서 잠시 기다려라."

작은 항아리에 서한이 달려 있었다. 신헌은 서둘러 펼쳤다. 혜련의 글씨였다.

대감님, 문안드리옵니다. 몸이 편치 않으시다는 얘기를 성안 관리에게 들었습니다. 천식에 좋다는 탕약을 끓여 보내드리옵니다. 부디 옥체 보존하시어 화급한 불을 끄시고 나라의 안위를 지켜주옵소서. 천주님께 간절하게 기도드립니다. 국정골 련蓮 배拜.

신헌은 탕약 항아리를 움켜쥐었다. 아직 따뜻한 온기가 남아 혜련을 안는 듯했다. 기운과 눈물이 동시에 났다. 온기가 팔을 타고 몸 전체로 퍼졌다. 탕약을 단숨에 들이켰다. 그녀의 향기가 온몸에 그득해졌다.

이 한 몸으로 위험천만한 왜 함대를, 오만불손한 구로다를, 그리고 이 나라에 닥쳐올 어두운 그림자를 막아낼 수 있을 것 같았다. 빈손으로 그들을 품어 이 나라의 완충이 될 수 있을 것 같았다. 백성과 조정이 나로 인해 잠시라도 평온을 누린다면 기꺼이 함대와 대포와 구로다의 칼날을 품고 스러질 수 있을 것 같았다. 막아 내리다, 늙은 이 몸에 왜의 대포와 칼이 박혀 무뎌질 수 있다면 기꺼이 그리하리다. 스러지는 완충이 되리다.

신헌은 붓을 들어 답서를 썼다.

내 한 몸 각오한 바요. 기도해 주시오. 여기 그대가 준 십자가가 간절한 기도에 응답할 것이오. 신헌 서書.

점복에게 서한을 전해주며 혜련의 안부를 물었다.

"혈이 안 좋으셔서 기력이 없으십니다. 봄이 오면 괜찮으실 겁니다. 너무 괘념치 마십시오."

점복이가 떠났다. 낙희가 해안첨사들에게서 온 장계 뭉치를 보여주었다.

"도처에서 장계가 도착하고 있사옵니다. 상황이 심상치 않습니다, 아버님."

결렬決裂

항산도를 중심으로 전함들이 시위하고 있음에 분명했다. 요 며칠, 장계가 자주 올라왔다.

통진부사 보고, 이양선 두 척이 왜병을 태우고 염하를 향해 올라갔고, 강화 갑곶진에 상륙했습니다. 이양대선 한 척이 작은 섬에 상륙해 흰 깃발 세 개를 꽂고 측량했습니다.

부평부사 보고, 이양 삼범선三帆船이 신시申時경 영종 경내로 진입했습니다. 덕진진 파수장에 의하면, 병선 한 척이 해안에 접근해 대포를 한 차례 발사했습니다. 하늘이 터졌습니다.

풍덕부사 보고, 진시에 이양대종선 두 척이 통진 경내로 진입했습니다. 다음 날에는 왜인 20여 명이 상륙해 산에서 멀리 관측한 다음 배를 타고 한강 하류로 들어갔습니다.

통진부사 보고, 검은 연기를 뿜으며 소종선 한 척이 통진 앞바다를 지나갔습니다.

영종첨사 보고, 삼범죽선 한 척이 연기를 뿜으며 본진에 합류했습니다.

강화유수영 장계, 이범선 한 척이 외포리에 깃발을 세우고 측량한 다음 다시 내려갔습니다. 16

경내에도 일본 병사들의 움직임이 부산했다. 50여 명이 초지진에서 들어오더니 오후에는 1백여 명이 나갔다. 연무대 앞에서 병사 2백여 명이 군사훈련을 했다. 군기가 잘 잡혔고 절도가 있었다. 조선 병사들이 곁에서 보다가 박수를 쳤다. 총수들이 사격연습을 한다고 알려왔다. 경내에 총소리가 연달아 났다. 남문을 통해 다시 40여 명 병사가 행진해 들어왔다.

모리야마가 접견을 요청해 마지못해 응했더니 강화에서 양화진까지 수심을 측정하게 해달라고 했다. 호통 쳐서 보냈다.

신헌은 사정을 헤아렸다. 깊은 궁리에 잠겨 있는데 오후 늦게 오경석이 관보에 난 소식을 전해왔다. 최익현이 도끼를 들고 광화문에 부복했다는 소식이었다. 왜와 통교는 절대 불가하며, 중국과의 신의를 저버리는 일이며, 예의경신을 신봉하는 나라를 금수로 만드는 파국破局의 길이라고 상소했다는 것이다. 전하가 최익현을 투옥시켰다고 덧붙였다.

다음 날 오후 늦게 신헌은 의정부로부터 관문關文을 받았다.

접견부관이 올린 장계와 필사본을 보니, 그간 예법과 항례恒例로 대치했으나 이제 교린우호를 재개하려고 하니 굳이 거절할 명분은 없다 했고, 조약을 신중히 상의하고 검토해서 양국에 불편할 일이 없게 조처해달라고 했다. 양국 격을 대등하게 하는 일과 12항 삭제를 요청한 접견대관의 품처를 윤허한다는 전교가 있으셨다. 의정부가 별도로 세부항목을 조목조목 쟁단할 일이 없다. 접견대관이 신중히 판단해 재량껏 임하라. 수사재단隨事裁斷을 윤허한다.

수사재단, 일에 임해 결정을 내릴 전권을 부여한다는 뜻이었다. 접견대관이 아니라 전권대관이 되었다. 신헌은 어깨가 무거워졌다. 각오한 바다.

그날 밤, 오경석과 미야모토가 비공식 대담을 길게 나눴다. 신헌이 수정할 내용에 대해 언질을 줬다. 특히, 두 가지를 유념하라 일렀다. 전문에서 황국皇國, 대일본국大日本國에서 황皇 자와 대大 자를 지울 것과, 양국 모두 국왕國王으로 격을 맞춰야 함을 말했다. 그리고 대신이 갖고 온 문서에 조선 국왕 어명御名을 감히 쓸 수 없다는 점을 주지시켰다.

해시亥時경 몇 가지만 남기고 대체적 합의가 이뤄졌다는 소식을 아침에 들었다. 어명 문제는 여전하다고 했다. 수정문 요지를 작성한 오경석에게 노고를 치하했다.

미시未時경 구로다가 다시 대면을 요청한다는 전갈을 낙희가 알려왔다. 시위 목적이 대충 달성됐다고 판단한 모양이었다. 내일

미시, 열무당에 나간다고 일렀다.

　2월 20일, 신헌과 윤자승, 구로다와 이노우에가 대좌했다. 마지막 결전인 듯 각오가 비쳤다. 구로다가 입을 열었다.
　"대관께서 몸이 불편하시다 들었는데 좀 쾌차하셨는지요?"
　"염려해 주신 덕분에 많이 좋아졌소이다. 숙소는 편안하신지요?"
　"배려 덕분에 몸은 편안합니다만, 본국에서 빨리 귀환하라 성화니 마음은 편치 않습니다, 그려…. 헛, 헛, 헛!"
　"조선에는 전신이나 철도가 없어 당마塘馬 편으로 연락을 취해야하니 시일이 걸리는 게 당연하지요. 대신께서 인내해 주셨으면 하오이다. 그리 서두르니 신도 예의상 무척 서둘렀으니 그리 서운치마시기를 비오."
　"예, 대관의 성의를 모르는 바 아닙니다. 감사드립니다."
　"귀 함대가 강화도 인근에서 측량하고 무력시위한 것은 무척 서운하오. 백성이 전란이 난 줄 알고 두려워 떨고 있으니 이 또한 나의 죄요. 어찌 그리 소란을 피우셨소?"
　"제 병력이 그런 건 송구합니다만 병사를 가만두면 사고가 나니 약간의 훈련을 한 것뿐이지요. 너그러이 수용하시기를 부탁드립니다."
　'이자가 의뭉스럽구먼! 겁박하려 했음이 분명한데 둘러치다니!'
　신헌은 이를 지그시 물면서 본론을 꺼냈다.
　"어제 수행원끼리 대체적으로 합의를 본 모양이오. 귀국의 뜻을 존중해 교린우호를 새로이 하는 데 묘당의 윤허가 있었소이다. 몇 가지 남은 조항을 얘기하려 하오."

신헌이 말을 잠시 끊었다가 이었다.

"우선, 영흥永興은 우리 태조대왕의 원묘原廟가 있는 곳이오. 그러니 다른 도道 항구를 별도로 지정하는 것이 좋겠소이다."

구로다가 받았다.

"그러지요, 그건 그리 어려운 일은 아니지요."

"다음, 12관에 '조선국이 타국과 수호' 운운한 것은 인신무외교의 의리를 저버리라는 귀국의 강요요. 그건 조선의 권한이고 앞으로도 귀국 외에는 통호할 리가 없기 때문에 삭제하는 것이 옳다는 생각이오."

구로다가 이노우에와 상의하더니, "좋소이다, 그리합시다"고 쾌히 받았다.

"2관에, 교제사무를 담당할 관청을 한양에 둔다고 했는데 강화가 한양에서 가깝고 귀국 사신이 왕래하기도 편하니 강화에 두는 것은 어떻소이까?"

구로다가 난색을 표했다.

"그건 그렇지 않소이다. 만국의 도에 의거하면 통상수호를 맺은 나라는 자국의 공관을 수도에 두는 것이 원칙입니다. 그래야 외무대신이나 정부 고관을 만날 수 있지 않겠습니까?"

신헌이 받았다.

"흠, 그건 일리가 있는 말이오, 그런 방향으로 정합시다."

"7관에, 일본국이 조선 연해 도서와 수심을 측량해 도지圖誌를 작성할 권한을 달라고 했는데, 아무나 그리하면 곤란하니 그때마다 우리 조정의 허락을 득하는 조건을 달아야 합니다."

구로다가 말했다.

"그리하지요."

"좋습니다. 의견이 잘 통해 다행입니다그려, 허, 허, 허!"

신헌은 웃음을 날렸다.

그리곤 가장 민감한 문제를 꺼냈다.

"이 문서를 살펴보니 정부 간 약조 형식인데 일본국은 전권변리대신이 날인하고 조선은 어명御名을 날인해야 한다는데, 그건 교린지도의 예의가 아니오. 어명어보는 존엄존귀해서 어떤 조규나 문서에도 감히 찍을 수 없고, 그것을 운운하는 것은 신하된 도리를 벗어나는 일이오. 어명은 군부君父이자 삼가야 할 옥당*이오."

구로다가 눈을 서너 번 끔벅이더니 목에 핏대를 올리며 강한 어조로 말했다.

"그건 양보할 수 없소이다. 어명이 없는 문서를 갖고 가면 우리 정부가 뭐라 하겠소이까? 이 건은 절대 물러설 수 없는 사안입니다. 우리가 많이 양보했는데, 대관께서는 귀국의 예법만 강조하시니 서운하기 짝이 없습니다. 만에 하나, 이 일로 인해서 여기까지 합의한 걸 무효로 돌리고 절교를 선언해도 좋겠소? 말이 이 지경에 이르니 개탄스럽기 한이 없소이다. 어명御名을 받지 못하면 우리 정부가 분개할 것이고, 나도 중한 문책을 받을 것이오. 정부가 분노한 나머지 다시 무력을 동원하려 해도 대관은 상관할 바가 아니오?"

신헌은 물러서지 않았다. 목소리가 비장해졌다.

* 옥당(玉堂) : 왕실을 뜻함.

"우리 군왕께서 '윤허한다'고 했는데 그것만으로 충분하지 않다면 양국의 신의가 없다는 의미로소이다. 3백 년 교린우호가 이 정도밖에 아니었던가, 개탄스러운 것은 오히려 나요. 조선은 예의경신으로 살아온 나라요. 군왕의 '윤允' 자 하나로 어보御寶에 가름하는데 새삼스레 어명에 어보를 찍어야 한다니 너무 욕심이 과합니다그려. 게다가 무력을 동원한다고 자주 위협하다니, 이게 교린우호를 도모하는 대신이 감히 입에 달 수나 있는 말이오? 아무리 시세가 변했다고는 하지만 국법과 강상윤리는 변치 않는 법이외다."

일촉즉발의 긴장이 흘렀다.

구로다가 다시 억양을 높였다.

"시세가 변하는 만큼 예법도 변하는 것이 상례이거늘, 어찌 귀국의 관례만을 그리 고집하시오. 먼저 조선 국왕의 어명을 받고 내가 복명해서 천황의 옥새를 찍어 보내면 일이 간단할 것을 왜 그리 고집하시오?"

구로다는 물러나지 않았다.

신헌이 난처해하고 있는 이노우에 부대신에게 화살을 돌렸다.

"이노우에 부대신, 예전에 양국 국서가 오갈 때 조선 국왕의 성姓과 휘諱를 써야 할 곳에는 윤允 자와 인장을 찍었소이다. 그걸로 어명을 가름해 왔는데 부대신은 어찌 생각하시오?"

이노우에가 허를 찔렸다는 표정으로 답했다.

"그러기는 했습니다만 ….''

구로다가 화가 난 듯 말했다. 시간이 해시亥時에 이르렀다.

"신하가 군부의 이름을 함부로 쓸 수 없음은 이치에 닿는 말이오만, 이 조약은 다른 것과는 달라 매우 귀중하고 막중한 문서요. 나는 어명 날인이 없는 문서를 갖고 돌아가지는 못하겠소이다. 귀국의 예법을 다 따를 수 없소. 오늘은 이만 돌아가겠소만, 내일 다시 만날 수 있을지 기약할 수 없소. 이게 벌써 몇 번째 대좌요? 지루한 협상은 결국 결렬로 가는 길이오. 잘 기억해 두기를 바라오. 어명 없이 복명했다가 함대를 이끌고 다시 올 수도 있소. 대관께서 잘 헤아리기를 바라오."

신헌이 받았다.

"일이 이리 되니 애석하기 짝이 없소이다."

구로다가 응수했다.

"애석하긴 피차일반이오."

그는 열무당을 서둘러 나갔다. 찬바람이 휙 일었다.

윤자승과 이노우에는 열무당에 남아 밤새 상의했지만 새벽까지 합의에 이르지 못했다.

회 유

맑고 찬비가 내렸다. 구로다는 본함으로 내려간다고 여장을 꾸렸다. 그의 고집도 보통은 아니었다. 패기만만한 저런 젊은 장수가 조선에는 보기 드물다는 게 아쉬웠다. 담화증이 도져 자리에 누웠다. 아무래도 회유 서한을 보내야 했다.

신헌은 겨우 몸을 추슬러 앉아 붓을 들었다.

우리가 고생 끝에 합의에 이르렀는데 대신께서 그리 가버리신다니 애석한 마음이오. 서로 국사를 충실히 수행하는 마당에 더 상론할 것이 있으면 애써 상통하는 게 좋지 않겠소? 신이 전권을 위임받지 못한 까닭에 어명 문제는 훈도를 조정에 보내어 상의할 것이오. 너무 괘념치 마시고 넉넉잡고 닷새 기다리시기를 간절히 바라마지 않소이다. 접견대관 배상拜上.17

오경석을 중영 숙소로 내려보내 어제 도착한 의정부 관문關文을 보이라 일렀다. 의정부가 일본국과 통상수교를 허락한다는 공문이었다. 그 정도면 성급한 구로다를 누그러뜨릴 거라 짐작했다.

'조선국왕 어보'로 충분한데 왜 계속 어명을 고집할까라는 의구심이 들었다. 성품이 간교하고 말투에 교활함이 느껴지는 모리야마가 걸렸다. 이자가 그간의 마음고생을 앙갚음하러 조선 사정을 잘 모르는 구로다를 구슬려 이간질하는 것은 아닐까 하는 의문이 문득 들었다. 이노우에도 어명 대신 인장을 찍으면 국서로서 효력이 있음을 아는데 유독 어명을 고집하는 데는 까닭이 있을 듯싶었다.

일본 통역관 최조崔助가 떠올랐다. 최조는 원래 조선인으로서 일본 이름은 우라세 유타카浦瀬裕였다. 일찍이 일본에 귀화해 외무성 서기로 활동하는 인물로서 성품이 온화하고 차분해 이 문제를 논의해 볼 만했다. 오경석은 일본 내부사정과 사절단 동향을 주로 이자를 통해 알아냈다. 그간에 정분이 쌓인 듯했다.

신헌은 오경석을 시켜 최조를 오라 했다. 동헌 내실에서 최조는 머리를 조아렸다.

신헌이 물었다.

"너는 본래 조선인으로 너의 몸과 마음에 고향에 대한 그리움이 맺혀 있는 걸 봤다."

최조가 아뢨다.

"사실 그러하옵니다."

신헌이 청했다.

"그럼 나를 도와주겠느냐?"

"예, 물론입지요. 협상이 잘 되다 암초를 만나 소생도 안타까워하고 있었습죠."

"그럼 사실대로 말해 보아라. 일이 엉킨 데는 필시 곡절이 있을 터, 내가 보기에 모리야마가 구로다를 구슬려 어명이 있는 어보를 고집한 것 아니냐?"

"예, 대관나리, 잘 보셨습니다. 그 사람이 원래 성질이 고약하고 일을 도모하는 구석이 있어 이번에도 담판이 결렬되기를 은근히 원하는 듯하옵니다. 사절단이 다시 거절당하고 돌아가면 즉시 군대가 동원될 것을 알지요. 몇 년 동안 맺힌 원한을 전쟁으로 풀고 싶은 욕심이 가득합니다. 안 그래도 동경에서 빨리 끝내고 오라고 성화가 보통이 아닙니다. 고관을 태운 대병선이 요코하마를 출항했다는 소식도 있고요."

"그럼, 어찌하면 좋겠느냐?"

"예, 그렇다면 제게 계책이 있습니다. 우리 대신을 몰래 설득해 모리야마를 따돌리면 어떨까 합니다."

"고맙다, 그리해 보아라."

신헌은 최조의 손을 잡으며 말했다. 최조가 감읍했는지 눈물을 글썽였다.

구로다는 미야모토와 노무라 두 사람을 남겨두고 기어이 여장을 챙겨 떠났다. 콧구멍을 벌렁거리며 쉭쉭 숨을 내쉬는 것으로 보아 노한 기색이 역력했다. 호위병 백여 명이 그를 수행했다. '함대영' 깃발이 여전히 펄럭이는 중영 마당에서 병사 이백여 명이 도열하는 가운데 떠났다.

낙희가 구로다 일행을 진해문까지 호위하고 돌아왔다. 낙희에게 물었다.

"대신의 행동이 어떻더냐? 그리 떠날 기색인가?"

"글쎄요, 아버님. 소자가 보기엔 짐짓 그러한 듯하옵니다. 미야
모토와 노무라를 남겨 둔 것은 계속 협상을 하라는 뜻이겠지요."

"내 생각에도 그렇다. 구로다가 저대로 돌아갈 리가 없어. 빈손
으로 갔다가는 그자의 앞날이 순탄치 못해. 반드시 굽히고 다시 올
거다. 본함에 올라 계략을 꾸미겠지."

해안 첨사들의 장계가 올라오기 시작했다. 함대의 움직임이 부
산해졌다는 보고였다. 보고는 가까운 곳에서 먼 곳까지 종잡을 수
없었다.

통진부사 보고, 이종선 한 척이 갑곶진으로 올라갔습니다.

강화유수영 보고, 성안에 체류하던 병사 일백여 명이 군장을 꾸려 초
지진으로 행군했습니다. 덧붙여, 덕진진첨사 치보에 따르면, 미시
경에 이양선 한 척이 대양에서 연기를 뿜으며 원양으로 나갔다가 풍
도로 방향을 바꾸었습니다.

유수영 장계에 의하면, 이양이범선 한 척이 팔미도 내양에서 연기를
뿜으며 올라와 함대 쪽으로 갔는데 문정해보니 육군경 야마가타 아
리토모가 타고 온 것이라 했습니다.

영종첨사 보고, 금일 묘시에 경내에 정박 중이던 대병선 한 척이 연
기를 뿜으며 팔미도 외양으로 나갔으나 너무 빨라 금시 시야에서 사

라졌습니다.

저들이 여기저기 출몰해 소문을 내고 전함을 이동시켜 거사를 도모한다는 인상을 주는 것임에 틀림없었다. 육군경이 왔다는 얘기는 일부러 퍼트린 거짓 소문일 거다. 구로다를 격려하려 군부가 참모급 고관을 파견한 것을 그리 위장한 계략일 게다.

최조가 찾아왔다. 반가운 마음에 손을 덥석 잡았다. 그가 반색하며 말했다.

"대관 나리, 일이 잘 되었습니다. 우리 대신과 밀담을 해서 모리야마를 따돌렸습니다. 제가 조선의 관례를 장황하게 설명했죠. 어명어보는 중국에 올리는 국서에만 쓰고 다른 대사에는 절대 쓰지 않는다고요. 어보만으로 국서 효력이 충분하다는 걸 우리 대신도 조금 눈치챈 듯합니다. 모리야마는 이 일로 해서 아마 견책을 받을 겁니다. 절대 비밀로 해달라고 대신께 당부를 드렸죠. 모리야마는 당분간 전함에 갇혀 있을 겁니다."

"그래, 잘 되었구나. 그대의 공이 크다. 전란을 막았네, 자네가."

최조가 감읍한 표정으로 물러 나갔다.

오후 늦게 미야모토와 노무라가 찾아왔다. 본함에서 전갈을 받은 모양이었다.

신헌은 연무당에 나가 맞이했다. 오경석이 배석했다.

미야모토가 아뢨다.

"대관 나리, 일이 잘 풀릴 듯하옵니다. 우리 대신께서 어명어보 대신 어보만으로도 괜찮지 않겠냐는 의견을 소신들에게 조심스레 타진하셨습니다. 그래서 조선의 선례를 구구히 설명해 드렸지요.
조금 이해하는 눈치였습니다."

"그대들 노고가 많았소이다. 기왕에 이리 오신 김에 조약문 초안
을 차분히 검토합시다. 합의를 봐야지요. 의정부에서 조선의 입장
을 실어 6개 항목을 더 요청해 왔소이다. 그리 까다롭지는 않은 것
인데 일단 상론해 봅시다."

"예, 지난번 회담에서 합의한 내용부터 점검하고 순차적으로 짚
어보지요."

신헌은 부대신 윤자승, 수행원 강위를 오라 일렀다. 최종점검을
위한 회담이었다. 대청에 대기하던 그들이 황급히 입실했다.

신헌이 입을 뗐다.

"전문에는 대 자와 황 자를 삭제하고, 양국의 격을 균등하게 한
다는 데 이견이 없을 줄로 압니다. 그건 이미 합의된 사항이지요."

미야모토가 말했다.

"예, 그리하시지요."

"12관은 삭제하고, 2관, 7관은 합의대로 수정하기로 합니다."

미야모토가 동의했다.

신헌이 의정부 관문을 꺼내 탁자 위에 펼쳤다.

"조약문에 열거한 12개 조항은 일본정부의 요청이기에 우리 조
선에서도 요청이 없을 수 없지요. 의정부에서 특별히 6개 조목을
세부항목으로 부가했습니다. 그대들의 의견을 가감 없이 피력해
주시오."

신헌은 말을 이었다.

"개항 호시互市에서 상평전 사용을 금한다. 다른 상품은 괜찮은데 미곡米穀만은 교역을 금한다. 조선에는 생곡이 부족해 인민을 먹여 살리기도 어렵다. 호시에서 일인日人 외에 타국인과의 교역을 금한다. 사교邪敎와 아편阿片을 금한다. 조선 근해에 표류민은 구조하지만 고의로 표랑하는 자는 국법으로 다스린다. 어떠하오?"

미야모토가 말했다.

"다른 조목은 매우 좋습니다만, 상평전 사용을 금하면 무엇으로 교역하겠습니까? 미곡은 서로 교역할 필요가 있습니다. 양국에서 혹시 한발이나 홍수가 나서 양민이 굶어 죽게 생겼는데 미곡을 보내지 않으면 교린우호라 할 수 없지요. 상세한 내용은 이후 세부항목 협상으로 미뤄두는 것은 어떠합니까?"

신헌이 생각에 잠겼다 말을 이었다.

"그대의 제안이 지혜롭소. 상평전은 허용해야 할 것 같고, 미곡은 허락을 받은 자에 한하여 교역하게 합시다. 사무역私貿易 폐단을 막을 수 있으니."

미야모토가 반색을 했다.

"대관 나리의 견해가 향기롭습니다."

"자, 그러면, 어명어보 문제를 합의하면 모든 것이 일단락되오. 그간 그대들의 노고로 양쪽이 어느 정도 수긍하게 되었으니 어명 대신 어보를 찍는 것으로 마무리합시다. 어떻소?"

미야모토와 노무라가 동시에 고개를 숙였다.

"예, 대관 나리, 조선국왕 어보가 찍힌다면 국서로서 결함이 없습지요. 그리하면 저희가 바다를 건너온 노고가 결실을 맺을 수 있습니다. 감사드립니다."

신헌은 만족스러운 듯 '허, 허, 허' 웃었다. 실로 한 달 만의 웃음이었다. 긴장이 조금 풀렸다.

"회담은 성사된 것으로 간주해도 좋겠소? 그대들 대신께 가서 사정을 소상히 올려 잘 마무리하기 바라오!"

신헌은 오늘 회담에서 이른 합의내용을 소상히 적은 양해각서를 써줬다. 며칠 후 의정부에서 수호조규修好條規 개정본이 도착하면 연락할 터이니 대신을 연무당으로 모시고 오라 일렀다. 미야모토와 노무라는 감격에 겨워 고개를 숙였다. 모두 만족한 표정이었다.

한 달을 지속한 공방전이 그렇게 일단락되었다. 양쪽 사절단은 차를 마시면서 서로의 노고를 치하했다.

신헌은 동헌으로 돌아와 의정부에 장계를 올렸다. 그걸 바탕으로 조정에서 수호조규 개정본을 작성할 것이다.

밤이 이슥해졌다. 긴장이 풀리자 천식이 가슴을 꽉 채워 쓰리고 숨이 가빴다. 정신이 혼미했다. 신헌은 자리에 쓰러졌다.

이별 離別

　병자년 2월 26일, 신헌은 자리에서 겨우 몸을 추슬러 앉았다. 왜적 일이 이렇게 시작되는구나. '왜를 조심하라'는 조부의 유언과 스승의 계훈이 이렇게 막을 올리는구나.

　신헌은 할 바를 다했다. 그런가? 무력시위가 두렵지는 않았다. 개항 후 교린상경해도 수틀리면 왜는 언제나 전함을 끌고 올 수 있다. 조선은 아무튼 시간을 벌어 준비해야 한다. 긴 잠에서, 긴 고립에서, 어둠에서 깨어나야 한다. 강화도는 그것을 알리는 여명黎明이자 경고였다.

　아, 나는 일생 강화도와 더불어 살았구나. 혜련이 강화도로 가버린 이래 지금껏 강화도는 가슴속에 있었다. 강화도는 나의 안식처였고 보루였다.

　망나니의 칼에 떨어진 앵베르 신부의 머리와 유혈을 보면서 강화도를 생각했다. 법국 함대가 양화진까지 밀고 왔던 그 긴장의 순간에도 강화도가 걱정이었다. 미리견 함대가 초지진에 상륙해 백성을 학살할 때 당장 군대를 끌고 달려가려 했다. 초지진, 덕진진, 광성보 군졸과 백성이 무참히 죽었을 때 끓어오르는 분노를 주체할 수 없었다. 혜련의 무사를 빌었다. 드디어 왜적이 왔다. 강화도로.

모든 시련과 그리움을 품고 나는 마지막 보루 강화도로 나아갔다. 나를 버티게 한 평생의 보루에서 죽을 수 있다면 영광이었다. 오위영 제조들에게 군령을 발령했다. 내가 구축한 모든 진지에서 포를 발사하기를 원했다. 그러나 그것은 죽음임을 안다. 그것은 조정과 백성의 죽음이다. 나는 나 홀로 죽음을 끌어안아야 한다.

나는 완충이다. 완충에서 홀로 스러지는 것이 나의 운명이다. 밀어내고 밀고 오는 두 힘 사이에 완충지대를 만들어야 한다. 강화도는 완충이었다. 반짝이는 한강 물이 넘실거리며 흘러가 닿은 곳, 그리움의 퇴적이 강화도였다. 조정과 촌락에서 만들어낸 모든 정의와 불의가, 시기와 관용이, 정론과 이단이 뒤섞여 흘러 퇴적물로 쌓이는 섬이 강화도였다. 나의 삶은 그 경계에 서 있었다. 정의, 관용, 정론과 불의, 시기, 이단의 어느 한 쪽에도 거들지 못한 허허로움으로 살았다.

강물은 강화도를 육지에서 밀어냈다. 그 강물에 그리움을 실어 나도 떠내려갔다. 내가 상륙한 강화도는 원양遠洋의 역류를 온몸으로 버텼다. 양적이, 왜적이 바다를 밀고 올라왔다. 그 역류는 천년의 고립을 끝내라는 제국의 명령이었다. 밀쳐내고 밀려드는 두 개의 힘이 맞부딪혀 와류가 만들어지는 섬, 나의 완충 강화도. 그리운 여인에게 갈 수 없는 완충에 나의 작은 십자가가 있는 것처럼. 천주교도를 쫓아내는 나의 임무와 그녀를 향한 그리움이 완충하는 곳이 강화도였다. 함대와의 협상은 완충으로 살아온 자신의 삶을 그렇게 마감한다는 마지막 결재였다.

막이 내리고 있다. 길고 긴 조바심과 균열과 허허로움이 끝을 향해 달려가고 있음을 깨달았다. 조정과 백성에게 새로운 시련을 뜻하는 그 완충은 나에게는 허기진 부유浮遊가 몸을 겹쳐 눕는 최후의 안식처였다.

다음 날, 의정부에서 보낸 어보가 찍힌 조규문이 남문에 도착했다. 강화부 판관 박제근이 의장대를 끌고 남문에 가서 예를 갖췄다. 의정부 관헌이 조규문을 양손에 들고 신헌에게 다가올 때까지 고취대鼓吹隊가 연주했다. 일본 사절단도 도열했다. 이윽고 조규문이 연무당 내실로 봉송되었다.

신헌과 윤자승, 구로다와 이노우에가 내실에 마주 앉았다. 역관 오경석에게 전문을 낭독하라 일렀다. 조선 측 조규문이었다. 오경석은 사절단 앞에서 전문을 천천히 낭독했다.

대일본국과 대조선국이 평소 우의를 돈독히 한 지 오랜 세월이 지났는데 양국의 정의情誼가 미흡함을 보고 옛 우호를 중수하여 친목을 다지고자 했다. 그러므로 일본국 정부에서는 특명전권변리대신 육군중장 겸 참의 개척장관 구로다 기요타카와 특명부 전권변리대신 의관 이노우에 카오루를 간택해서 조선국 강화부에 나아가게 하고 조선국 정부에서는 판중추부사 신헌과 도총부 부총관 윤자승을 간택해서 각자 유지諭旨를 받들어 조관을 의립하게 한 것이다. 아래에 개열하노라. 18

신헌이 비감한 목소리로 물었다.

"어떠신가?"

구로다가 동의했다.

"부족하나마 받아들일 만합니다."

오경석이 12관을 모두 읽었다. 조규문 끝에는 신헌과 윤자승 직인란이 있었고 비준서가 별도로 첨부되었다. 비준서에는 대조선국大朝鮮國 주상主上이 명기되고, 어보란이 마련되었다. 거기에 어보가 찍혀 있었다.

신헌이 재차 물었다.

"어떠신가?"

"흡족합니다. 어명御名이 없어 좀 아쉽기는 하지만 그게 국서형식이니 접수하기로 하지요."

구로다는 긴장을 풀고 오랜만에 '핫, 핫, 핫!' 웃었다. 처음 대좌했을 때 그 웃음이었다.

신헌과 윤자승이 조규문 끝에 서명했다. 구로다가 지켜보고 있었다. 서명한 조규문을 신헌이 구로다에게 양손으로 내밀었다. 구로다가 공손히 받았다. 천황 어보가 찍힌 답서가 몇 개월 후 의정부에 도착할 것이다.

사절단은 양국의 오랜 숙원이 성사되었음을 축하하며 차를 나눠 마셨다.

신헌이 말했다.

"내일 연무당에서 축하연을 갖기로 합시다."

구로다가 흡족한 듯 답했다. 요코하마 항을 떠난 지 한 달 반, 신헌과 대좌한 지 한 달 만이었다.

"협상이 타결되어 기쁩니다. 예물을 준비했으니 기쁘게 받아주시기 바랍니다. 부대신이 물목을 알려주시오."

이노우에가 예물 물목을 읽었다.

"회선포 1문門, 첨부탄약 2천 발, 육연단총 1정挺, 탄약 1백 발, 칠연총 2정挺, 탄약 2백 발, 시계 1개, 첨부금동 1개, 자침 1개…."19

모두 처음 들어보는 무기였다.

신헌이 답했다.

"허허, 감사하오. 그런 마음까지 쓰시니 감사하기 이를 데 없소이다. 우리도 답례를 준비했습니다. 역관 편으로 물목을 보내드리지요."

2월 28일 아침, 신헌은 연무당으로 나갔다. 마당에 대기한 양국 사절단에게 노고를 치하하며 연향宴享을 베풀었다. 술잔이 오갔다. 연향이 끝나자 구로다는 예를 갖추고 작별인사를 했다.

"다시 만나 뵙기를 간절히 바랍니다."

다시 만난다? 그게 무엇을 뜻할지 신헌의 마음은 심란했다. 먹구름 같기도 했고, 일진광풍 같기도 했다. 구로다의 옅은 미소에는 '곧 돌아오리다!'는 암시가 묻어났다. 왜倭가 온다, 예전과는 달라진 일본이 온다, 그것도 군함에 병사와 신식 무기를 싣고 강화를 거쳐 양화진으로 온다. 강화는 왜의 행진을 그냥 보고 있어야 하는가?

신헌이 다짐을 받듯 말했다.

"잘 가시오. 다음에는 군함과 병사를 물리치고 조용히 오시길 바라오!"

구로다는 묘한 웃음을 지으며 호위병을 끌고 본함으로 물러갔다. 미야모토와 노무라, 최조가 남아 중영 숙소를 정리했다. 함대영 깃발도 내려졌다. 얼마 후 초지첨사와 영종첨사의 장계가 접수됐다.

화륜선 여덟 척이 검은 연기를 뿜으며 일렬종대로 아산 쪽으로 내려갔습니다. 요망장瞭望長이 계속 추적하였는데 시야에서 곧 사라졌습니다.

아산첨사가 장계를 보냈다.

화륜선 여덟 척이 검은 연기를 뿜으며 팔미도에서 내려와 태안 방면으로 내려갔습니다. 이양종선 다섯 척이 뒤를 따랐습니다.

피로가 몰려왔다. 늦은 오후 신헌은 처소에 있었다.
낙희가 아뢨다.
"아버님, 점복이가 왔습니다. 드릴 말씀이 있다고 ….."
헌이 장지문을 열고 마루에 섰다.
"그래, 무슨 일이냐?"
"……."
"무슨 일… 인가?"
헌의 목소리가 약간 흔들렸다.
점복이가 엎드려 어깨를 들썩였다.

"닷새 전 마님께서 운명… 하셨습니다, 나리."

헌은 현기증이 났다. 기둥을 붙잡았다. 낙희가 급히 마루에 올라 부축했다.

"아버님, 괜찮으신가요?"

"그래… ."

점복이가 품에서 서한을 꺼내 올렸다.

헌이 젖은 목소리로 물었다.

"장례는 잘 치렀느냐?"

"예, 그제 끝냈습니다. 집 뒷산 문중 묘소에 모셨습죠. … 아침에 삼우제를 지내고 급히 왔습죠."

"내일 잠시 들르마, 물러가 있거라."

점복이는 눈물을 훔치며 돌아갔다.

헌은 서한을 펼쳤다. 손이 떨렸다.

대감님, 이 여인 대감님이 계셔 행복했습니다. 천주님 부름을 받고 먼저 갑니다. 거기서도 기도하겠어요, 하직 인사 올리옵니다.
련蓮 복망伏望.

흑! 울음이 솟구쳤다. 이를 악물었다. 사위가 어두워졌다. 신헌은 밤새 앓았다. 신열에 잠을 이루지 못했다.

아침이 밝았다. 신헌은 낙희에게 여장을 준비하라 일렀다. 길동이를 국정골로 먼저 보냈다. 찬이 들어왔지만 수저를 들지 못했다.

신헌이 일어섰다. 낙희가 앞장섰다. 고려산 고비재를 넘었다.

흑풍이 힘겨웠는지 입김을 뿜어댔다. 산을 내려와 논길로 접어들었다. 멀리 산기슭에 기와집이 보였다. 점복이가 길을 안내했다. 산소에 닿았다. 옥이가 소복을 하고 일행을 맞았다.

신헌이 무덤 앞에 섰다. 두 차례 큰절을 하고 엎드렸다.

'연緣이 다했나 보구려, 그대가 있어 버텨냈소. 받아주시오, 내 가거든 다시 받으리다.'

신헌은 호패주머니에서 작은 십자가를 꺼냈다. 갓 덮은 봉분을 파고 그걸 묻었다.

낙희와 옥이가 보고 있었다. 길동이 눈물을 글썽였다.

"가자!"

길동이 흑풍을 잡고 앞장섰다.

낙희가 관모를 살짝 올렸다 내리며 망연히 서 있는 옥이에게 인사를 했다.

옥이 눈에 맺힌 눈물이 뺨에 흘렀다. 낙희를 바라보는 눈빛도 젖었다. 옥이가 이윽고 한 손을 살짝 들어 보일락 말락 흔들었다.

앞으로 무심히 나아가는 흑풍 위에서 신헌은 아침 햇살을 맞았다. 마재를 찾아가던 그 아침 햇살처럼 눈부셨다.

고비재로 접어들었다. 한참을 올랐다. 뒤를 보니 낙희가 반 마장 뒤에 멈춰 서 있었다. 입김을 뿜는 군마 위에서 낙희는 몸을 돌려 방금 떠나온 산 아래 마을을 응시했다.

저 구비를 돌아가면 내가 보이지 않을 것이다.

구비를 돌았다.

신헌은 중얼거렸다.

'낙희야, 늦기 전에 가려무나.'

신헌은 홀로 느릿하게 내리막길을 내려와 서문을 거쳐 성안에 들어섰다. 처소, 동헌, 열무당, 연무당, 중영을 차례로 스쳤다.

군졸과 아전의 환송을 받으며 남문을 통과했다.

갑곶을 배로 건너 오후에 통진에 도착했다.

해 질 녘 양화진을 거쳐 돈의문에 도착했다.

훈련도감에 들러 관복을 갈아입었다.

사위가 어두울 때 입궐했다.

조정 대신들이 도열했다.

주상께 무릎을 꿇었다.

그리고 복명했다.

작품 해설

시대정신과 역사경험을 파고드는 소설

박해현 나남출판 주필

송호근 한림대 석좌 교수의 첫 장편소설 《강화도》는 지난 2017년 4월 초판을 냈다. 당시 송 교수는 서울대 사회학과 교수로서 한국 사회를 조감하는 이성의 고공비행을 수행하면서 학술적 업적을 쌓았을 뿐만 아니라 일간지 칼럼니스트로 활동하면서 첨예한 세속의 갈등 한복판으로 뛰어들어 필설筆舌을 필사적으로 휘두르는 지식인의 대중적 글쓰기를 실천하고 있었다. 사회과학과 저널리즘의 경계를 넘나들던 지식인 송호근은 마침내 청춘의 덫처럼 자아를 옥죄던 문학으로의 귀환을 선택해 소설 《강화도》를 상재함으로써 자신의 삶과 글을 시대의 격랑 속에 헌납하기로 작정했다.

소설 《강화도》는 19세기 외세의 위협에 직면해서 풍전등화의 처지에 놓인 한반도 상황을 배경으로 삼아 역사를 되돌아보게 하는 사회적 공론장公論場을 제공하면서 독자들의 주목을 받았다. 당시 한반도는 전쟁이 곧 터질지 모른다는 '4월 위기설'에 휩싸여 있었기 때문에 더욱더 그 소설이 던진 문제 제기의 파장이 컸다.

292

북한이 핵실험을 추진하면서 한반도 4월 위기설은 날이 갈수록 증폭됐다. 미국의 트럼프 대통령이 그 특유의 막말 정치로 북한 김정은 정권을 겁박했다. 트럼프 행정부는 북한 핵시설을 향한 선제 타격을 암시하면서 엄청난 화력을 지닌 항공모함 칼빈슨을 한반도 해역으로 급파한다고 발표했다. 동시에 미국은 국제 정치의 무대 뒷면에서 중국에 압박을 가하면서 북핵 문제를 해결하지 않으면 미중 무역 분쟁이 심화될 것이라고 다그쳤다. 곤경에 빠진 중국 정부는 북한 지도부와 긴밀하게 접촉해야 했다. 북한이 핵 도발을 저지른다면 석유 공급을 중단하고 국경까지 폐쇄하겠다고 으름장을 놓았다. 결국 궁색해진 북한이 핵 도발을 일단 미룸으로써 4월 위기설은 서서히 사라졌다.

　그처럼 긴박했던 상황 속에서 출간된 송호근 교수의 소설은 19세기 외세의 위협에 속수무책으로 노출된 한반도의 상황을 형상화했다는 점에서 과거와 현재를 아우르는 역사의 중첩重疊을 독자들의 의식 속에 엄중하게 각인시켰다. 당연히 언론과 문단의 주목을 한 몸에 받기에 충분했다. 당시 〈조선일보〉 문학전문기자였던 필자는 임진왜란을 다룬 소설 《칼의 노래》의 작가 김훈과 송호근 교수의 대담을 강화도 덕진진에서 진행했다. 덕진진은 병인양요와 신미양요의 격전지였던 곳이다. 두 사람은 한반도에 불어닥친 전쟁 위협을 의식하면서 "19세기 말 강화도에 몰려온 열강의 힘 앞에 무력했던 한반도의 역사가 지금 되풀이되고 있다"면서 안타까워했다. 다음은 그 대담 전문이다.

한반도는 동맹에 포위된 섬 … 완충의 지혜로 미·중 외교

송호근 교수는 최근 첫 역사 소설 《강화도》를 내면서 "김훈의 문체를 의식하면서 썼다"고 밝혔다. 이 소설은 19세기 조선 무장武將인 신헌申櫶 (1811~1884) 의 삶을 재조명하면서 병인양요와 신미양요, 강화도 조약에 이르기까지 역사의 격변기를 다루었다. 송 교수는 강화도를 방어하면서 강화도 조약 협상의 실무도 맡은 신헌에 대해 "왜양倭洋과 사대부의 척사斥邪 사이에 끼어 온몸으로 조선의 심장에 창槍이 깊이 박히지 않도록 한 사람"이라고 높이 평가했다. 신헌은 무인이었지만 학식이 높고 세계사 흐름도 헤아렸기 때문에 통상 조약 협상을 조선에 유리하게 이끌면서 전쟁도 막았다는 것.

김훈 작가는 송 교수 소설에 대해 "이념과 논리를 버리고 역사를 '풍경'으로 묘사하면서 인간의 진실성과 구체성을 위대한 문장으로 그렸다"며 반겼다. 소설은 1876년 일본 해군 함대가 강화도 앞바다에 몰려와 통상 수교를 요구하며 무력시위를 벌이는 장면에서부터 시작한다. "여섯 척의 함대가 일시에 정지했다. 전함들이 뿜어내는 검은 연기가 섬 쪽으로 날아갔다. 강화 해협 부근의 수심과 지형을 살펴야 했다"라는 것.

김훈 '검은 연기'는 망국亡國의 비애를 알리는 풍경의 언어였다. 그 말은 순결하고 과장 없이 역사를 관능적으로 느끼게 한다. 강화도는 외적이 쳐들어오면 도망가야 하는 최후방이자, 양이洋夷가 몰려온 최전방이었다. 전후방이 함께 있고, 더 이상 도망갈 곳이 없는 곳이었다. 소설 《강화도》의 신헌은 (일본 함대를 맞아) 배척과 수용이라는 양극단을 다 받아들이고, 무질서를 받아들여야 하는 리더십을 보여 줬다.

송호근 망원경이 없던 조선군은 '요망색리瞭望色吏'(시력이 좋아 멀리 보이는 물체를 관찰하는 말단 군졸) 를 시켜 일본 전함의 이동을 정탐했다.

294

요망색리라는 말이 재미있다. 일본 전함을 쫓아가지 못한 채 "기러기처럼 빨리 사라져서 잘 확인이 되지 않는다"라고 보고할 뿐이었다.

김 훈 요망색리가 서양 선박을 보고 이양선異樣船이라고 보고했다. '모양이 이상한 배'라는 뜻이다. 뭔지 모르겠다는 소리이고, '검은 연기를 뿜으며 올라온다'라고 한 것은 증기기관이 무엇인지 모르니까 그랬던 것이다. 이양선이 조선에 나타난 것은 훨씬 오래전부터였는데 세월이 흘러도 그 배의 실체를 탐구하지는 못했다. 초병哨兵이나 그 보고를 받은 임금이나 똑같이 뭔지 모르겠다고만 한 것이다. 흑선黑船에 올라타 연구하고 배운 일본과 비교할 때 참으로 웃기는 일이었다.

송호근 강화도는 동양의 '도道'와 서양의 '기器'가 맞붙은 곳이고, 조선의 천주교 박해는 상제上帝와 천주天主가 충돌한 것이다. 우리는 서양의 '기器'를 단순히 무기武器로만 생각했다. 그 '기' 안에 수천 년 역사와 생각이 있다는 것을 해석할 줄 몰랐다. 조선을 지배한 '문文'의 정치는 모든 것을 '문'으로 해결할 수 있다고 했는데, 실학자 최한기는 "문은 허虛한 것"이라고 했다. 조선은 '극단의 사고'로 문명 충돌을 처리했다. 그런 사고가 강화도조약 이후 140년이 지나도 우리의 무의식을 구성했다. 아직도 '완충'을 모른다. 촛불과 태극기, 남한과 북한, 북핵과 미군 항공모함 칼빈슨호 사이에 완충이 있는가? 없다. 그러나 생존을 찾는다면 해답은 있을 것이다.

김 훈 조선은 중국의 변방이니까, 성리학이 더 완고했다. 사상은 대륙의 중심에서 부드러웠지만 변방일수록 더 교조화됐다. 조선에서 박해받던 천주교 신자들은 《정감록》에서도 예언한 '대박大舶'(큰 배)이 바깥에서 와서 구원해 줄 것이라고 믿었다. 오늘날 그 대박은 항공모함 칼빈슨이다. (한반도) 안전 보장과 전쟁이 함께 올 수 있다는 모순을 아직도 우리는 살고 있다.

송호근 조선이 외세를 배척하면서도 수용해야 했던 모순은 오늘날 사드 배치에도 적용된다. 한국과 미국, 일본은 군사 동맹이다. 한국과 중국은 역사 동맹이다. 우리는 동맹으로 포위된 '섬'이다. 사드를 들여왔다고 이걸 놓고 왈가왈부하는데, 군사 동맹을 포기하자는 것인가. 그렇다면 어디로 가나.

어쩔 수 없는 선택을 물리는 것은 무책임하다. 안보와 전쟁이 동시에 온다는 김훈 선배의 말이 옳다. 한편 우리와 중국은 역사·문화적으로 한 권역이었다. 사드 문제를 해결하기 위해서는 우리가 중국에 '역사적 선물'을 줄 수 있지 않을까. 조선은 중국 황제에게 몸에 좋은 약재를 갖다 바치면서 환심을 사지 않았는가.

사드 문제를 해결하기 위해 우리가 중국 정부의 '일대일로一帶一路'에 협조하는 동반자가 되고, 중화中華의 보편성에 기여하겠다고 할 수도 있다. 완충의 지혜를 찾아야 한다. 우리는 140년 넘게 외부를 경계하는 사고로 살아왔다. 한반도는 열강이 볼 때 땅값이 비싼 곳이다. 우리는 외부를 자꾸 밀어내 땅값을 떨어뜨리고 있다.

역사를 언어의 바다에 녹여 이병주 문학상 수상

소설 《강화도》는 19세기 말 조선에서 학식 높고 서예에도 일가를 이룬 장수였기에 유장儒將으로 꼽힌 신헌申櫶이 남긴 《심행일기沁行日記》에 뿌리를 깊이 두고 있다. 일본이 함대까지 보내 무력시위를 벌이며 요구한 강화도 수호조약 체결 과정을 기록한 《심행일기》에 기록된 대로 당시 역사의 현장을 재현하기 위해 소설적 상상력과 언어를 활용한 것이다.

일본 함대는 조선이 문호를 개방하지 않으면 한강을 타고 올라가 한양을 공격할 계획이었다. 신헌은 오늘날 수도경비사령관에 해당하는 총융사였다. 송 교수는 신헌이 개방과 쇄국, 전쟁과 평화 사이에서 완충 역할을 하면서 일본과 조약 협상을 조선에 유리하게 이끈 것으로 평가했다. 덕분에 "조선의 심장에 창이 깊이 박히지 않았다"는 것이다.

그런데 이 소설에 묘사된 신헌의 개인적 삶은 작가의 인간 정신 탐구에 바탕을 둔 이미지의 형상화에 가깝다. 지식인 송호근의 추상抽象이 소설 주인공 신헌을 통해 소설가 송호근의 구상具象으로 전환되는 과정을 보여준다. 신헌은 자신이 살던 시대와 지역의 경계에 서서 안팎을 동시에 바라본 19세기 말 조선의 지식인으로서 최첨단에 서 있었다고 평가할 수 있다. 그는 600년 조선 왕조 체제에 충실한 인물이었지만, 다가오는 근대의 조짐을 예민하게 깨달았다는 점에서 역사의 시계추 방향을 제대로 인식하고 있었다. 그의 육신은 한반도에서 한 치도 벗어나지 못했지만, 그의 의식은 서책을 통해 세계 정세를 꿰뚫고 문명개화의 대세를 감지했으므로 내부와 외부의 경계를 넘나들었다. 그는 조선의 개방과 변화를 압박하는 역사의 물결 앞에서 나름대로 입지를 확보하려고 애를 썼다. 소설가 송호근은 그러한 신헌의 몸부림을 애절하게 그려냈다.

일본 함대는 무력을 들고 왔고, 서양 천주교 신부들은 구원을 들고 왔다. 어느 것을 받고, 어느 것을 막아야 하는가. 둘 다 막아내면 모두 적이 될 것인데, 막아낼 힘은 점점 고갈되는데, 나는 언제 이 궁지에서 벗어날 수 있는가. 대원군은 화포로 맞서라 외치고, 박규수 대감은 그게 묘수는 아니라고 하는데, 도성을 지키는 나는 어떤 논리로 버텨야 하는가. 신헌은 나아갈 길을 찾지 못했다. 나의 교두보는 대체 어디에 있는가.

이처럼 소설 속에 묘사된 신헌의 자의식은 20세기의 격동기와 21세기의 문명대변혁을 잇달아 겪어야 하는 지식인 송호근의 심란한 내면 풍경을 반영한 것으로 보였다. 소설은 3인칭 시점에서 서술됐지만, 작

1830 (순조 30) 사복시 내승, 훈련원 부정.

1835 (헌종 1) 중화부사.

1839 (헌종 5) 훈련원정 (종3품), 경기중군.

1840 (헌종 6) 성진첨사, 사재를 털어 성해城廨 수축.

1843 (헌종 9) 승정원 동부승지, 전라우수사.

1846 (헌종 12) 봉산군수.

1848 (헌종 14) 전라병사, 동지중추부사, 도총부 부총관.

1849 (헌종 15) 금위대장, 헌종에게 사사로이 약을 지어 올렸다는 죄목으로
녹도에 위리안치 됨.

1853 (철종 4) 무주로 유배지를 옮김.

1857 (철종 8) 해배되어 한양으로 돌아옴. 병조참판, 한성부 좌윤.

1861 (철종 12) 통제사.

1862 (철종 13) 병조판서 (정2품).

1863 (철종 14) 한성 판윤, 공조판서, 우포장.

1864 (고종 1) 병조판서 (정2품).

1865 (고종 2) 지중추부사 (종1품), 판의금부사.

1866 (고종 3) 총융사, 경복궁 건영 당상, 9월 병인양요 시 양화진에 진주하
여 방어책임을 맡음. 의정부 좌참찬, 훈련대장.

1868 (고종 5) 어가를 수행하여 남한강에서 마반차로 대포와 수뢰포를 시
험. 마반차는 네 바퀴 달린 수레로 그 위에 불랑기 (소포) 를 탑
재하여 회전과 사격각도를 자유롭게 하는 병기. 지돈녕부사,
지삼군부사에 포승됨. 보국판삼군부사.

1871 (고종 8) 은퇴하여 과천에 기거.

1873 (고종 10) 판중추부사.

1874 (고종 11) 진무사 겸 강화유수. 연해에 포대 50개를 창설.

1875 (고종 12) 어영대장.

1876 (고종 13) 강화도수호조약 접견대관. 무위도통사.

1877 (고종 14)   총융사.

1878 (고종 15)   퇴직하여 노량진 은휴정에 거처.

1882 (고종 19)   경리통리기무아문사. 미국 제독 슈펠트와 조미통상수호조약
                  체결 시 전권대신.

1884 (고종 21)   고향 충청도 진천에 기거 중 갑신정변이 일어나자 입궐하여
                  고종의 안부를 살피고 귀향. 12월 10일, 74세로 타계. 이듬
                  해 2월 24일 춘천 유점 언덕에 안장됨. 앞에 흐르는 북한강
                  건너편 서면에 신숭겸 묘소가 있음.

천주교 연보

1779 (정조 3)   천진암 주어사에서 서학 강학회, 권철신, 권일신, 이벽, 정
                 약종, 이승훈, 정약용 참석.

1783 (정조 7)   이승훈, 북경 주교에게 세례를 받고 입국.

1785 (정조 9)   중인 김범우 집에서 예배를 보는 신도를 적발, 을사추조 적발
                 사건, 김범우 유배형.

1791 (정조 15)   **신해박해**, 진산에 사는 윤지충과 권상연이 신주를 불살라 처
                 형됨.

1795 (정조 19)   중국인 신부 주문모 밀입국, 북경 주교에게 대박청원문 발
                 송, 신도 4천여 명. *

1801 (순조 1)   **신유박해**, 순조의 《토사주문討邪奏文》 유시, 황사영 백서사건,
                 주문모 처형. 정약종, 최필공, 최창현, 홍교만, 홍낙민 순
                 교. 5백여 명 처형, 정약용 정약전 형제 유배. 신도 1만여 명.

* 신도 숫자는 샤를 달레, 《한국천주교회사》에 근거함.

1827 (순조 27)　　**정해박해**, 전라도, 충청도, 서울 신도 5백여 명 처형.

1831 (순조 30)　　로마교황청 조선대교구 설치.

1836 (헌종 3)　　모방, 샤스탕 신부 조선입국, 신도 6천여 명.

1838 (헌종 5)　　앵베르 주교 입국, 신도 9천여 명.

1839 (헌종 6)　　**기해박해**, 《척사윤음斥邪綸音》 반포, 유진길, 정하상, 조신철
　　　　　　　　　 참수. 앵베르, 모방, 샤스탕 신부 처형, 신도 1만여 명.

1846 (헌종 13)　　페레올 주교 병사, 다블뤼 신부 입국, 김대건 신부 순교.

1856 (철종 5)　　베르뇌 주교, 푸르티에, 프티니콜라 신부 입국,
　　　　　　　　　 신도 1만 4천여 명.

1857 (철종 9)　　신도 1만 5천여 명.

1859 (철종 11)　　신도 1만 7천여 명.

1866 (고종 4)　　**병인박해**, 베르뇌 주교, 다블뤼 신부 처형, 이외 프랑스 신부
　　　　　　　　　 7명 처형, 신도 4천여 명 처형, 리델 신부는 탈출.
　　　　　　　　　 신도 2만여 명.